Franz Zeller · Blutsbande

Chefinspektor Moll ist nicht begeistert: Wem gehört der skelettierte Kopf, der im Leopoldskroner Weiher aufgetaucht ist? Und warum vermisst ihn niemand? Während sich sein Chef um das Sicherheitsempfinden der Salzburger sorgt, hat Franco Moll alle Hände voll zu tun: Ein Vater und seine Stieftochter sind verschwunden und weitere Leichenteile sorgen für Aufregung.
Zusammen mit seinem Krautsuppendiät-geplagten Kollegen Oberhollenzer und Praktikantin Martina Pelegrini versucht Moll, das Geheimnis des Schädels zu lösen, und deckt dabei das tragische Schicksal zweier moldawischer Schwestern auf, die in Österreich ihr Glück suchten. Und auch im Privatleben des alleinerziehenden Vaters geht es nicht weniger turbulent zu, denn zu Hause wartet noch Karpfen Krabbe in der Badewanne auf seine Freilassung ...

Franz Zeller wurde 1966 geboren. Nach einem Studium in Salzburg begann er 1988 als Literatur- und Wissenschaftsjournalist für den ORF zu arbeiten. 2002 übersiedelte er nach Wien, wo er seit 2004 in der Wissenschaftsredaktion von „Österreich 1" Sendungen gestaltet und leitet. Bislang bei Pendragon: „Herzlos", 2009.
Weitere Infos unter: www.franzzeller.at

Franz Zeller

Blutsbande

PENDRAGON

August

Am schlimmsten war das Abtrennen des Kopfes.

Die Leiche schien ihn anzustarren, ungläubig, derart schnell ans Ende der Zeit gekommen zu sein. Ihr Blick bohrte sich durch ihn hindurch, als könnte sie dahinter noch ein bisschen von jenem Leben sehen, das so plötzlich ein Ende gefunden hatte. Die Augen schienen röter als noch vor drei Stunden, wie geflutet von einem Schwall Lebenssaft, der kurz darauf erstarrte.

Der Schein seiner Stirnlampe glitt schnell weg von den toten Pupillen, streifte über den furchigen grauen Holztisch und wanderte nach einem Flackern wie unter Zwang zurück zum Kopf der Leiche.

Es war wie bei Verletzungen im Mund. Obwohl man die Wunde in Ruhe lassen sollte, kehrte die Zunge immer wieder zu ihr zurück. So wie man sehr dicke Leute immer wieder anstarren musste, obwohl man sie nicht sehen wollte. Oder Menschen mit einem körperlichen Defekt.

Nein, so ging das nicht. Dieser Blick paralysierte ihn. Er konnte nicht jemanden zerstückeln, der ihm dabei zusah.

Mit einem Ruck drehte er den nackten Körper auf den Bauch. Und zog seine Hände erschrocken zurück. Der Leichnam hatte nicht mehr die Temperatur des Lebendigen, war aber noch weit von der Leichenstarre entfernt, ein Zwischenreich, in dem Berührungen verboten waren. Die Würgemale am Hals hoben sich schmal und dunkel von der bleichen makellosen Haut ab, so viel konnte man selbst unter dem erbärmlichen Licht der Stirnlampe sehen.

Er würde zuerst einmal Plastiksäcke aus dem Auto holen. Alle machten sich darüber lustig, dass er die Einkaufstaschen aus den Supermärkten dutzendweise hortete, im Handschuhfach, im Kofferraum, im Keller und in der Werkstatt.

„Man weiß nie, wann man welche braucht", antwortete er mittlerweile, ohne nachzudenken und ohne sich mit der Provokation zu beschäftigen, auf die wiederkehrenden Witzeleien über seinen Sammeltrieb. Er murmelte den Satz auch jetzt vor sich hin, als würde er ihm beim kurzen Abstieg von der Jagdhütte zum Parkplatz Halt geben. Der Schein der Stirnlampe verlor sich auf dem dunklen erdigen Weg. Ein paarmal stolperte er fast, obwohl er den Kopf senkte und nur das Stück Pfad auszuleuchten versuchte, das direkt vor ihm lag. Es musste kurz genieselt haben, der verdichtete Boden war rutschig und wie mit einem feinen Film überzogen.

Ja, tatsächlich, dass er die Säcke einmal zum Verstauen von Leichenteilen brauchen würde, das hatte selbst er in seiner fast krankhaften Sammelwut nicht vorhergesehen. Fehlte nur noch, dass jetzt einer dieser Käuze schrie, die die Nachtszenen im Fernsehen vergruselten. Es hätte ihm geholfen, die blutige Dunkelheit wie eine weit entfernte filmische Dramatisierung zu betrachten.

Aber es war still. Sehr still. Nur der Atem ging schnell. Das hier überstieg seine Kapazitäten bei Weitem. Körperlich und psychisch.

Kurz betrachtete er sein seltsames Bild in den spiegelnden Autofenstern. Der Lichtpunkt auf der Stirn glänzte wie ein einziges überdimensionales Auge. Er hatte in den griechischen Sagen von so einer Figur gelesen. Aber er konnte sich nicht mehr an ihren Namen erinnern.

Er nahm so viele Plastiktaschen aus dem Seitenfach des Kofferraums, wie er in den größten Sack stopfen konnte. Seine zweite Hand würde er brauchen, um sich am Geländer des unebenen Weges festzuhalten, der mit Rundlingen befestigt zur Jagdhütte hinauf führte.

Die letzten Meter vor dem Plateau stiegen für seine stämmige Statur etwas zu steil an. Hier verwandelte sich der rutschige Weg in Stufen. Nach ein paar Schritten spürte er das Ziehen in den Oberschenkeln. Dazu kam ein brüchiger Husten. Musste seine Bronchitis gerade jetzt wieder akut werden, wo er unendlich viel Luft brauchte?

Keuchend kam er beim Tisch an.

Vielleicht sollte er doch mehr zu Fuß gehen und das Auto öfter stehen lassen. Gute Vorsätze. In dieser Nacht waren sie von der Wirklichkeit weit überholt worden. Was sollte er sich noch vornehmen?

Die Küchenlade war gut bestückt. Er holte ein paar Messer, von denen er sich erhoffte, sie würden ihm die Arbeit leichter machen, ein Tranchiermesser, ein Hackbeil, ein schweres Kochmesser und auch noch das Wetzeisen.

Das Tranchiermesser schnitt leidlich scharf. Es wurde immer wieder nachgeschliffen, weil sie es häufig zum Zerlegen von Wild brauchten. Mit ein bisschen Übung ging das relativ einfach. Man hängte das Wild an den Hinterläufen am Balken unter dem Vorsprung der Holzhütte auf und schnitt den Bauch vom Waidloch Richtung Kopf auf.

Vielleicht sollte er auch die Leiche so aufhängen. Als er sie vor seinem inneren Auge an den Holzzapfen hängen sah, verwarf er den Gedanken schnell wieder.

Den Kopf musste er trotzdem zuerst abtrennen, daran führte kein Weg vorbei, wenn sie noch in der Nacht hier wegkommen wollten. Am besten eignete sich dafür wohl das schwere Kochmesser.

Er versuchte einen halbrunden Probeschnitt in den alten Holztisch, so wie sie als Buben früher Herzen in die Rinden von Bäumen geritzt hatten oder sich mit dem Namen ihrer aktuellen Liebsten während eines Schulausflugs auf einer Sitzbank verewigten. Mit wenig Erfolg. Es blieb gerade einmal ein feiner Strich zurück.

Das Wetzeisen fand er erst nach einigem Suchen. Es lag halb unter dem toten Körper. Um den Leichnam nicht zu berühren, zog er es am Eisenring am Ende des Griffes unter der Hüfte hervor.

Schon als das Eisen zum ersten Mal unsicher über die Klinge glitt, durchschnitt das Geräusch die Nacht. Das scharfe Kratzen des Metalls schien so unglaublich fremd in dieser Stille, dass er sofort wieder absetzen wollte.

Der Wald erwachte nicht. Nichts regte sich. Der Dunkelheit da draußen schien es egal, was hier passierte.

Das war offenbar nur die Paranoia, die einen in dieser Situation unweigerlich befallen musste.

Er begann die dicke Klinge mit mehr Sicherheit zu schärfen und den Stein entschiedener über das Messer zu ziehen. Bald absorbierte ihn der Rhythmus des Schleifens. Wie in Trance wurde die Klinge immer schärfer.

Als er sie schließlich ansetzte, drang sie leicht in das Fleisch ein.

Er schloss die Augen und stemmte sich mit beiden Händen und seinem ganzen Gewicht auf das Messer. Und musste dafür hören, was er nicht sehen wollte.

Das Knacken der Knochen war so unmenschlich und

tat so weh, dass es in seinem rechten Ohr laut zu summen und rascheln begann.

Als er den Kopf schließlich mit der Hand vom Tisch bugsierte und in den erstbesten Plastiksack fallen ließ, so wie er sonst Abfälle von der Arbeitsplatte in der Küche in den Abfalleimer wischte, rutschte die kopflose Leiche vom Holztisch und vor seine Füße. Kurz lehnte sie sich an seine Knie und fiel dann seitwärts um.

In diesem Augenblick wusste er, dass dies alles nicht wahr sein konnte. Er war in einem dieser Games gelandet, die sein sechzehnjähriger Sohn jetzt ab und zu spielte. Mit viel Spaß spielte. Erst gestern hatte er ihm dabei über die Schulter geschaut, ohne selbst einzugreifen. Seine Finger waren zu tolpatschig zum schnellen Bedienen von Tastatur und Maus. Mit Müh und Not konnte er Briefe tippen.

Er wurde ruhiger. Wenn er es schon nicht schaffte aufzuwachen, wie sonst bei schlimmen Träumen, dann konnte er jetzt wenigstens darauf vertrauen, morgen zwar gerädert, aber ohne Schuld wach zu werden.

Aus der Jagdhütte hörte er das Schrubben eines Besens, so rhythmisch, als machte eine Maschine Musik. Plötzlich ging das Reiben in ein leises Wimmern über. Es schwoll immer mehr an und wurde schließlich zu einem deformierten Schreien, so hilflos und erbärmlich, dass er nach zwei langsamen Schritten Richtung Hüttentür trotz seines Gewichts ins Laufen verfiel. Das musste Ebene zwei des Spiels sein, das sich in den Traum verirrt hatte.

September

Wenn du aufwachst und in deiner Badewanne schwimmt ein Karpfen, dann hast du am Vorabend entweder getrunken und ein seltsames Geschäft gemacht oder du hast einen Sohn.

In Franco Molls Fall traf Letzteres zu. Verdrossen stapfte er angesichts der tierischen Besatzung in der Wanne aus dem Badezimmer zurück in das Schlafzimmer und legte sich noch einmal ins Bett. Er fühlte sich schon beim Aufstehen erschöpft. Die Arbeiter in der Nachbarwohnung hatten wieder um Punkt sieben zu lärmen begonnen.

Das war legal. Es nervte trotzdem.

Die Fachkräfte hinter den Steinmauern kamen wahrscheinlich aus dem Osten, sprachen ein paar Brocken Deutsch und verbrachten ihren „Urlaub" mit dem Bohrhammer, meist ein oder zwei Jahre lang. So wie Tausende andere, die mit einer überschaubaren Sporttasche und Touristenvisum einreisten und alle drei Monate für ein Wochenende zurückfuhren nach Rumänien, Moldawien oder in die Ukraine.

Den Pfuschern seine Kollegen von der Fremdenpolizei auf den Hals zu hetzen, wäre Moll trotzdem zu blöd gewesen. Vielleicht brauchte er sie selber mal für Renovierungsarbeiten. Bei Gelegenheit und guter Laune würde er sie nach ihren Handynummern fragen.

Die Leute gingen kein Risiko ein. Sie rüsteten sich mit unangemeldeten Wertkartenhandys aus. Kontaktpunkte mit Ablaufdatum. Nach einem Jahr oder zwei waren sie nicht mehr erreichbar. Und was den Lärm betraf: Irgendwann würde die Wohnung wieder Bewohner haben und keine Werkstatt mehr sein. Er wollte es sich nicht schon jetzt mit den neuen Mietern verderben. Vielleicht musste er jahrelang mit den noch unbekannten Nachbarn leben.

Dass die Truppe da drüben seinen persönlichen Biorhythmus missachtete, nahm er ihr trotzdem übel. Es mussten mindestens drei Leute sein, falls er die Drill-, Schremm- und Schraubgeräusche richtig unterschied. Wenn man mangels Reichtum schon gezwungen war, morgens das Bett zu verlassen, sollte es wenigstens in würdevoller Stille geschehen können.

Die letzten Wohnungsnachbarn hatte er zweimal im Jahr gesehen – ein älteres Ehepaar namens Brockhaus-Mertens. Es wohnte nur während der Osterfestspiele in Salzburg und im Juli und August, wenn der *Jedermann* seine Todesangst über den Domplatz plärrte und der Kulturtross während der Salzburger Festspiele einen mehr oder weniger frischen Aufguss des *Don Giovanni* oder der *Zauberflöte* kulinarisch feierte. Man hatte sich freundlich gegrüßt, mehr nicht. Angenehme stadttaugliche Nachbarn also. Dabei hatte das Paar keineswegs den sinnentleerten Pseudo-Kulturjargon gesprochen, der von den Artikeln der Kritiker in den Wortschatz der Adabei-Gesellschaft diffundierte. Die beiden schienen sich tatsächlich über jede Oper zu freuen, bei der sie dabei sein konnten. Immer wieder rückten sie mit reisetaschengroßen Partituren zu den Vorstellungen aus. Ihre Wegweiser zurück ins 18. Jahrhundert.

Franco rollte sich endgültig aus dem Doppelbett. Es erstaunte ihn, dass die zweite Hälfte bezogen war und ihn nicht, wie sonst üblich, die nackte Matratze anstarrte. Ob das noch Sinn machte, konnte er im Augenblick nicht sagen. Zweisamkeit war nicht einfach. Vor allem nicht, wenn man in der Abteilung „Leib und Leben“ arbeitete und der Dienstplan nicht von freundlichen Kollegen geschrieben wurde, sondern von Schlägern, Mördern und Perversen. Alexandra sah das leider genauso. Sie haderte damit, dass das Paarleben schnell zu einer zeitlichen Resteverwertung von Mord- und Totschlagpausen in Salzburg degenerieren konnte.

Auf dem Fenstersims lagen ein paar Buchenblätter. Sie stürzten in eigenartigen Flugfiguren vom Festungsberg herunter, obwohl der September gerade erst begonnen hatte und sich nicht so recht entscheiden konnte, ob er schon zu einem Nachruf auf den Sommer ansetzen oder sich in einem retardierenden Moment noch einmal aufheizen sollte.

Sieben Uhr wäre eine durchaus vertretbare Zeit gewesen, dem Tag ins Auge zu blicken. Aber Moll war um vier Uhr wach geworden, weil Felix beim Umdrehen im Bett heftig gegen die Wand gedonnert war. Was dem Jungen im Gegensatz zu ihm allerdings nicht den Schlaf geraubt hatte.

Vier Uhr. Morgengrauen pur. Franco Moll hatte auf die Uhr gesehen und an das verschwundene Paar denken müssen. Und an seinen Traum. An die glühende Stahlplatte, hinter der etwas auf ihn wartete. Damit war das Projekt Schlaf vorderhand einmal erledigt gewesen. Um vier Uhr war der Mensch am verwundbarsten. Da setzten ihm Albträume am meisten zu, da beschädigten ihn erbärmliche Reste aus der Vergangenheit ebenso wie eine Zukunft, zu der man keine Tür fand.

Wie üblich wurde Moll erst wieder gegen sechs Uhr früh müde. Umso schlimmer traf ihn kurz danach der Einbruch der Handwerker in seinen nachgeholten Schlaf.

Alles Lamentieren half nichts. Er wankte ins Bad und stieß mit der Schulter gegen den Türrahmen. Sein Gleichgewichtssinn konnte sich noch nicht aus dem morgendlichen Koma befreien.

Zehn Minuten später war Franco Moll geduscht. Ein Bad wäre ihm lieber gewesen, aber aus der Wanne starrte ihn der Spiegelkarpfen mit trostloser stoischer Ruhe an. Fast zwei Wochen schwamm der Fisch schon in diesem Polyestertümpel. Die Aussichten, dass der Karpfen in den nächsten Tagen ein neues Biotop namens „Pfanne" beziehen würde, waren gleich null. Sein Sohn Felix hatte auf stur geschaltet. Von den zwei Fischen, die Weinmeister aus dem Leopoldskroner Weiher geangelt hatte, musste einer pardoniert werden. Der zweite war bereits in die ewigen Weltmeere eingegangen und starrte bei minus achtzehn Grad in der Tiefkühllade vor sich hin. Heute war Zeit, ihn fürs Abendessen aufzutauen.

Rasch zog Franco eine seiner gerade geschnittenen Jeans an. Sie schnitten am Bauch noch immer nicht ein. Das erste positive Erlebnis des Tages. Mit fünfunddreißig litten viele an jähen körperlichen Expansionsbestrebungen. Und sich im Profil vor den Spiegel zu stellen, um ängstlich die Bauchform zu kontrollieren, das gehörte definitiv zu den demütigendsten Proben im nicht enden wollenden Erwachsenwerden eines Mannes.

Felix hatte bereits gedeckt. Franco hob seinen Jungen hoch und umarmte ihn, als hätte er ihn seit Wochen nicht gesehen.

„Gut aufgelegt?", fragte Felix und strich seinem Vater über den Kopf.

„Nein, überhaupt nicht", sagte Franco, „aber das habe ich jetzt kurz vergessen."

Als er Felix wieder auf den Boden stellte, merkte er, wie schwer der Junge geworden war. Die Zeit verging zu schnell, das alte Lamento.

Plötzlich stiegen die Kleinkinder auf ein Fahrrad mit Stützrädern und waren so klein nicht mehr. Irgendwann lagen die Stützräder dann im Eck und setzten Rost an. Die Spielsteine wurden immer kleiner, dafür die Spiele immer teurer. Kurz darauf sprachen die Kinder zum ersten Mal das Wort „Freund“ aus, und wenig später meinten sie es auch. Dann begann das Herzweh, wenn drei Freunde miteinander spielten und einer aus heiterem Himmel plötzlich weniger „Freund“ war als die beiden anderen. Und irgendwann wollten sie nicht mehr hochgehoben werden, wenn man einen Raum voller Menschen betrat, sondern gingen an der Hand selbstbewusst hinein in den Trubel. Hätte man sich in dieser Zeit des Wandels ebenso schnell entwickelt wie das Kind: man wäre allen seinen Freunden fremd geworden.

Stattdessen bewunderte und bestaunte man, was aus dem Häufchen Mensch wurde, das mit zwei Kilo neunzig und überzogen mit Käseschmiere aus dem offenen Bauch gezogen worden war.

Das kurze Klingeln der Mikrowelle riss Franco aus seinem innerlichen Morgenspaziergang. Er stellte die gewärmte Milch vor Felix hin.

„Ich hoffe, das hört bald auf in der Nebenwohnung.“

Felix schaufelte drei Löffel Kakao in seine Tasse. Als Franco sich wegdrehte und den tiefgekühlten Karpfen aus der Eislade nahm, kippte sein Sohn schnell weitere drei Löffel nach.

„Ich hab das gesehen“, sagte Franco. Aber es klang so, als wäre ihm der Extrazucker heute keine Debatte wert.

Felix rührte konzentriert um.

„Mir ist der Lärm egal, ich muss sowieso um sieben aufstehen. Ärger dich nicht. Die Arbeiter werden diese Woche noch fertig."

In diesem Augenblick vibrierte der Boden im alten Steinhaus, das sonst nicht leicht zu erschüttern war. Offenbar stand den Handwerkern noch ein Teil der Wohnung im Wege.

Franco schüttelte aus Widerwillen den Kopf, während er seine Espressomaschine startete und den feinen braunen Kaffeestrahl beobachtete.

„Woher weißt du das?"

„Ich hab sie gefragt, wie lange sie noch Lärm machen wollen."

„Aha."

„Was heißt ‚aha'?"

„Gut gemacht, soll das eigentlich heißen. Ich hätte auch selber mal fragen können."

Felix deutete mit dem Kopf auf die schwarze Tafel an der Stirnseite der Küchennische.

„Wir brauchen Orangensaft und Kakao."

Er hatte seine Einkaufswünsche mit weißer Kreide notiert. Weder das eine noch das andere Wort war fehlerlos. Trotzdem ging es mit Felix' Legasthenie immer besser. Der Junge war jetzt nicht mehr so deprimiert wie früher, wenn er ein Diktat völlig verhaute. Und auch die Lehrer stellten sich nach den ersten zwei Jahren Volksschule offenbar auf die Rechtschreibschwäche ein.

Erst jetzt bemerkte Franco das grellgelbe T-Shirt an Felix, das dem Achtjährigen noch viel zu groß war. Ein Stück Schwamm mit Gesicht lachte ihn vom Leibchen an.

Franco deutete mit dem Kopf auf Felix' Brust.

„Was ist denn das?"

„Spongebob. Das ist so eine Art frecher Lebensberater", erklärte Felix beiläufig. „Sagt Mama."

„Ist auf jeden Fall schwer auszusprechen."

Franco sah auf die Uhr und stürzte seinen Kaffee herunter.

„Könnte er mir auch helfen?"

Felix dachte kurz nach.

„Ja, durchaus, obwohl er eher leichte Fälle gewöhnt ist."

Kurz nach halb acht war das alte Nonntal noch düster. Der Geruch von Nebel hing in der Luft, wie der Atemrückstand einer großen hässlichen Kreatur, die sich davongemacht hatte. Sie schien eine besondere Art von Düsternis hinterlassen zu haben, die den Blick und die Sicht trübte, einen giftigen Odem, der die Stadt benommen und unberechenbar machte.

Felix schlüpfte mit dem rechten Arm durch einen Riemen der Schultasche, schwang sie lässig über die Schulter und ging, ohne sich noch einmal umzudrehen, Richtung Rudolfskai weg.

Vor wenigen Tagen hatte das neue Schuljahr begonnen. Felix wollte als Drittklässler nicht mehr in die Volksschule begleitet werden. Franco Moll nahm diese kleine Abnabelung mit Gelassenheit. Es waren kaum 300 Meter, die sein Sohn täglich allein in die Josef-Preiß-Allee ging, vorbei an der Erhard-Kirche und am dunklen Südfelsen des Festungsbergs entlang. Mit fünfzig Metern Abstand ging Moll hinter Felix Richtung Bushaltestelle „Künstlerhaus".

Innerhalb kürzester Zeit hatte die Krise ihre Signatur auch ins alte Nonntal geschrieben. Überraschend war die Erhard-Apotheke ausgezogen. Sie hinterließ ein Loch in der Häuserzeile am Felsen. Im Möbelgeschäft daneben türmten sich ungeordnet Korbsessel und Tische. Ähnlich wie vor den verlassenen Apothekenräumlichkeiten hing auch hier ein Schild mit der Aufschrift „Geschäftslokal zu vermieten" im Schaufenster. Und selbst der altehrwürdige Elektromotoren-Hersteller gegenüber suchte nach einem Mieter für seine Werkstatt.

Im Kommissariat roch es nach Kaffee. Nicht nach frischem, sondern nach den säuerlichen Resten, die beim Aufbrühen übrig blieben.

„Sag nichts."

Oberhollenzer saß bereits an seinem Schreibtisch über einem Sudoku-Rätsel. Er drehte sich nicht nach Moll um, als sein Kollege ins Zimmer kam.

„Trotzdem guten Morgen."

Franco drückte auf den Schalter seines Bildschirms. Mit einem leisen Zirpen begann der Monitor hell zu werden. Er hatte sich den Flachbildschirm buchstäblich erkämpfen müssen. Polizisten gehörten laut Brigadier Gokl auf die Straße, nicht ins Büro. Also war es völlig egal, wie es dort aussah und womit man im Innendienst arbeitete.

Moll klopfte dem deprimiert wirkenden Oberhollenzer auf die Schulter.

„Was drückt deine Stimmung?"

„Schau dich um, dann weißt du's."

Franco setzte sich an seinen Schreibtisch, ohne etwas Auffälliges zu bemerken.

„Sieht genauso aus wie am Freitag."

„Eben. Der Papierkorb ist voll, am Tisch liegen noch die Bananenschalen und der Kaffeesatz stinkt."

„Was soll ich darin lesen?"

Oberhollenzer drehte sich endlich zu Moll um.

„Dass unsere Müllbrigade streikt."

Moll tippte sein Passwort in die Maske am Bildschirm und sprach beiläufig mit seinem Kollegen weiter.

„So kenne ich dich gar nicht. Einerseits kleidest du dich in stinkende Tierkadaver, andererseits bist du bei biogenen Resten so empfindlich."

Kurz streifte Oberhollenzers Blick an seinem Körper hinab über die grau-gelbe Hirschlederjacke.

Er öffnete den Mund, wie um etwas zu erwidern, sagte dann aber nichts und nickte einmal. Gelassen schob er sein Rätsel beiseite und beugte sich zu einem weißen Plastiksack hinunter, in dem er mit beiden Händen kramte. Wortlos zog er einen Hammer hervor. In seiner Rechten blitzte ein Nagel auf.

Nun erhob sich Oberhollenzer mit einem Seufzer. Er ging langsam zur Wand, zögerte kurz, als müsste er noch über den besten Platz nachdenken, dann setzte er den Nagel an und trieb ihn mit drei sicheren Schlägen in die Mauer. Ohne Hast ging er wieder zur Plastiktasche zurück. Vorsichtig entnahm er ihr ein lackiertes Holzbrett mit dem Geweih eines Rehbocks. Der wuchtige Kriminalpolizist blickte mit sichtbarem Wohlgefallen auf die Jagdtrophäe. Auf beiden Händen trug er sie durch den Raum und hängte sie bedächtig an den Nagel. Nach einem weiteren ehrfürchtigen Blick rückte er sie gerade und drehte sich dann um, um sich an seinen Schreibtisch zurückzusetzen, ohne Moll eines Blickes zu würdigen.

Die beiden Ermittler waren gerade zwei Tage auf einem Seminar gewesen, eine Klausur mit netter Unterkunft am Mondsee. Vorgestern waren sie sich wegen einer Lappalie in die Haare geraten. Oberhollenzer hatte vor Kurzem die Jagdprüfung abgelegt und sich daheim im Pinzgau einer Jagdgesellschaft angeschlossen, die ein paar Hundert nicht sonderlich wildreiche Hektar bejagte. Um den Jungjäger zu provozieren, hatte Moll auf das Geschäft mit reichen Jagdgästen und die Trophäenjäger geschimpft, die Wild nur schossen, um sich die knöchernen Reste der Tierkadaver an eine Wand zu hängen und vor noch Unkundigeren damit anzugeben.

Zugegeben, Franco hatte keine Ahnung von der Jagd. Aber dieses primitive Protzgehabe ließ in ihm klassenkämpferische Seiten aufleben. Ein völlig unnützer Streit. Banalitäten und Nichtigkeiten.

Moll wusste nicht mehr, was ihn da geritten hatte, und hätte den eskalierenden Wortwechsel vom Vortag gern ungeschehen gemacht. Nachdem Oberhollenzer das Büro monatelang trachtenfrei gehalten hatte, war die unappetitliche Hirschlederjacke heute eine deutliche Gegenprovokation an Francos Adresse.

„Schnösel."

Oberhollenzer sagte nur dieses eine Wort. Es war ein Friedensangebot und sollte heißen: „Lassen wir das."

Fast machte sich Franco Sorgen, wie besonnen und zahm sich der Bär Oberhollenzer in den letzten Wochen benahm. Noch vor Kurzem musste man bei jedem Streit fürchten, der wuchtige Mann würde gleich einen Tisch durch das geschlossene Fenster werfen. Und erst recht, wenn ein Verdächtiger oder ein Überführter Widerstand leisten wollte. Nicht nur einmal musste Franco seinen

Kollegen unter Körpereinsatz bändigen. Aus 120 Kilogramm Durchschlagskraft hatte Oberhollenzer mittlerweile 130 Kilogramm gemacht. Vielleicht drückte auch dies die Stimmung des Pinzgauers, der sich durch solche Äußerlichkeiten sonst kaum aus der Ruhe bringen ließ.

Moll beschloss, seinen Teil zur Friedensmission beizutragen und begann, die stinkende Kaffeemaschine zu reinigen.

Dreißig Minuten später roch es im Zimmer nicht mehr nach Müllkippe, sondern bitter-warm nach Arbeitsbeginn. Amüsiert überflog Moll eine Meldung in den „Salzburger Nachrichten". Bei Ratten reichte angeblich schon allein der Kaffeeduft aus, um ihre Lebensgeister anzuregen. Warum dann nicht auch bei Polizisten, schmunzelte Franco in sich hinein.

Oberhollenzer schleuderte sein Sudoku-Heft missmutig in ein rotes Plastikfach auf dem Schreibtisch.

„Wie machen wir in der Sache ‚Maurer' weiter?"

Franco lehnte sich zurück und verschränkte die Arme hinter seinem Kopf.

„Genau genommen haben wir gar nichts. Vater und Tochter sind verschwunden, die Mutter sitzt ratlos in ihrem Haus."

Ebenso ratlos saßen er und Oberhollenzer in ihrem Büro und starrten Richtung Untersberg aus dem Fenster. Vor fünf Tagen hatte Helene Frei-Maurer ihren Mann und ihre Tochter Julia als abgängig gemeldet, nicht ohne darauf hinzuweisen, wie schwierig die Tochter seit ihrer Scheidung von ihrem früheren Mann geworden war. Angeblich hatte die Achtzehnjährige auch die Verbindung der Mutter zu Leonhard Maurer immer missbilligt.

„Ich versteh das alles überhaupt nicht", sinnierte Oberhollenzer. „Leonhard Maurer ist selbständiger Netzwerk-Spezialist. Er hat keine finanziellen Unregelmäßigkeiten, dafür drei Wohnungen von seinen verstorbenen Eltern und damit sichere Zusatzeinkünfte am goldenen Immobilienpflaster Salzburg."

„Wegen einer Geldgeschichte ist er offenbar nicht untergetaucht."

Moll stand auf und schnappte sich seine schwarze Lederjacke.

„Komm, wir lassen uns das noch einmal von der Frei-Maurer erklären. Irgendeinen Hinweis wird es ja geben, warum die beiden weg sind. Und wohin. Wir haben uns noch nicht einmal das Haus genau angesehen."

„Ich halte das Ganze für eine ziemlich lauwarme Sache", sagte Oberhollenzer und warf sich einen gestrickten grün-weißen Schal über seine Hirschlederjacke.

„Das ist jetzt nicht dein Ernst."

Franco deutete mit dem Kopf auf den Rapid-Fanschal.

„Enthusiasmus ist nicht verboten. Würde dir auch nicht schaden", sagte Oberhollenzer.

„Und warum Rapid und nicht Red Bull Salzburg?"

„Red Bull: verflüssigte Gummibärlis. Das ist was für Weicheier. Rapid: Das hat Kraft."

„Im Ernst?"

„Nein, natürlich nicht", grinste Oberhollenzer. „Aber Rapid hat sich eben für die Europa-Liga qualifiziert und Aston Villa, die verschnöselten Engländer, aus dem Bewerb geworfen. Das verdient Respekt."

Da der Schal den Boden streifte, wickelte ihn der bullige Polizist wie ein Bollwerk um den Hals. Schon im Gehen nahm er noch einen Schluck aus seiner Tasse. Mit der Aufschrift „Kaffee ist die Milch der Denker“ wirkte sie etwas deplaziert im Kommissariat.

Rasant ließ Oberhollenzer den Audi aus der Tiefgarage der Polizeidirektion auf den Frohnburgweg schießen und bog nach neunzig Metern bei dunklem Gelb in die Alpenstraße ein.

Schön war diese Einfallstraße aus dem Süden mit ihren vier Fahrspuren und dem endlosen Surren von Motoren und Reifen nie gewesen. In den letzten zehn Jahren bemühte sich die Stadtverwaltung, die vom Verkehr erzwungene Schäbigkeit der Alpenstraße durch ein paar moderne Großbauten vergessen zu machen. Herausgekommen war eine Art schmuddelige Hochglanz-Kulisse.

Wer allerdings bei Schönwetter die Stadt Richtung Süden verließ, hatte das Panorama der Alpen vor sich liegen wie einen Werbeprospekt des Landlebens gegen die vermeintliche Enge der Stadt.

Oberhollenzer sah kurz zu Franco, als sie an der Ampel vor der Nonntalerbrücke warteten.

„Irgendwie ungewohnt, dass unsere Kleine nicht hinten im Wagen sitzt, nicht wahr?“

Die beiden hatten sich schnell an Martina Pelegrini gewöhnt. Die Praktikantin war rasch zu einem fixen Bestandteil ihres Teams geworden. Jetzt verbrachte sie wegen eines Todesfalls in der Familie ein paar Tage daheim in Wien, wollte aber so bald wie möglich wieder ins Büro kommen.

Auf der Karolinenbrücke staute es sich. Franco Moll sah feinen Dunst von der Salzach aufsteigen. Hier atmete die Stadt aus. Die Nebelfäden zeichneten gespensterhafte Konturen in die Luft, die sich innerhalb kürzester Zeit auflösten, als wollten sie die Betrachter narren und an ihrem Verstand zweifeln lassen. Der Fluss spielte mit allen erdenklichen Grauschattierungen, wie um der schönen halbtoten Kulisse eine Ahnung vom lebendigen Schrecken zu geben, der sich überall dort sammelte, wo Menschen zusammen lebten. Auch Richtung Norden schien es, als hätten sich der Dom und die Altstadtkulisse hinter den feinen Nebeln ins Halbsichtbare zurückgezogen, hinter einen Vorhang, der so manches verbarg, das nicht für die Augen der Allgemeinheit bestimmt war.

Kurze Zeit später bog Oberhollenzer in die Johannes Filzer Straße ein.

Nicht mehr als 700 Meter Luftlinie vom historischen Zentrum entfernt leistete die Stadt sich hier Einfamilienhäuser mit üppigen Gärten. In ein paar Jahren würden sich ihre Besitzer wahrscheinlich nicht mehr gegen das Geld stemmen können, das ihnen Immobilienmakler für die wertvollen Grundstücke boten, um sie in gut verwertbare Luxusresidenzen zu verwandeln.

Oberhollenzer parkte vor einem alten zweigeschossigen Haus.

Helene Frei-Maurer hatte etwas Feenhaftes an sich. Sie trug einen knöchellangen Rock, dessen leichter bunter Stoff ihre Beine verspielt umwehte, als würde sie schweben. Die blonden Haare reichten fast bis zur Hüfte.

Die Frau bemerkte den Blick der beiden Kommissare in der Tür.

„Im Büro bin ich immer sehr förmlich gekleidet. Daheim brauche ich etwas textilen Freiraum."

Sie ließ Oberhollenzer und Moll ins Haus. Es roch intensiv nach Kartoffelgulasch, ein Geruch, der ob seiner Natürlichkeit etwas fremd wirkte in der neu eingerichteten Küche. Glas und Edelstahl strahlten einen kalten Schick aus, wie ein Kontrapunkt zum Rest des mindestens sechzig Jahre alten Hauses. Auf dem Herd dampfte ein großer Topf. Fünf Liter, sah Moll auf einen Blick. Der Tisch war nur für eine Person gedeckt.

„Kochen Sie vor?"

„Nein."

Die schlanke Frau griff sich kurz an die Nase, als könnte sie so ihr inneres Gewicht erhöhen und eine bessere Bodenhaftung bekommen oder zumindest ein paar Tränen zurückdrängen. Erst jetzt fiel Moll auf, dass Frei-Maurers Gesicht durch einen feinen Ausschlag etwas gerötet war.

„Ich ... ich habe mich noch nicht daran gewöhnt, nur für mich allein zu kochen."

Sie pausierte und atmete tief durch.

„Und mein Körper hat sich auch noch nicht an das Alleinsein gewöhnt."

Sie deutete auf die roten Pünktchen in ihrem Gesicht und zog dann eine Lage Tabletten aus einer Schachtel, die die Inspektoren zuvor nicht in ihrer Hand bemerkt hatten.

„Einmal am Tag haben wir gemeinsam gegessen. So widerspenstig Julia sonst ist. Zumindest dabei hat sie guten Willen gezeigt."

Damit drückte sie fünf Johanniskrautpillen aus der Folie und schob sie sich umgehend in den Mund.

„Widerspenstig?"

„Seit fünf Jahren kommen wir nicht mehr wirklich miteinander aus. Ich glaube, dass die Pubertät bei Mädchen weitaus schlimmer ausfällt als bei Buben, wenn ich so im Freundeskreis vergleiche. Und dann habe ich mich vor fünf Jahren auch noch von Julias Vater getrennt. Wahrscheinlich war der Zeitpunkt ungünstig, zumindest für Julia. Ich hätte es trotzdem nicht mehr länger ausgehalten."

„Warum?"

Moll glaubte zwar nicht wirklich daran, beim Geplauder in der Küche einen Anhaltspunkt für das Verschwinden von Stiefvater und Tochter zu finden, aber vielleicht bekamen sie wenigstens einen kleinen Hinweis.

„Deswegen", antwortete Helene Frei-Maurer und ahmte mit Daumen und ausgestrecktem kleinen Finger eine Flasche nach, die sie an den Mund führte.

Oberhollenzer erwachte jetzt aus seinem temporären Koma.

„Hat Julia ihren neuen Mann gemocht oder wenigstens akzeptiert?"

Die aparte Frau schüttelte den Kopf, dass ihre Haare wild durcheinander flogen.

„Nein, weder noch. Sie machte sich schon mit fünfzehn lustig über ihn. Was die Beziehung zwischen ihr und mir auch nicht verbessert hat."

„Dann verstehe ich umso weniger, warum beide verschwunden sind. Gibt es Andeutungen von irgendeiner Seite?"

Aus dem Kartoffelgulasch stieg eine Geruchswolke auf. Helene legte den Deckel auf dem Herd ab und rührte gedankenverloren im Topf.

„Ich verstehe das immer weniger. Die beiden haben zwar immer wieder mal heftig miteinander gestritten, aber selten direkt vor mir. Julia hat in Leonhard natürlich den Grund für die Trennung von ihrem Vater gesehen. Aber ich habe Leonhard erst Monate später kennengelernt, auch wenn wir rasch geheiratet haben. Julia heißt ja noch immer ‚Frei' nach ihrem leiblichen Vater."

Franco Moll schaltete sich wieder ins Gespräch ein.

„Worüber haben die beiden gestritten?"

„Julia war kaum etwas recht, was Leonhard machte. Am heftigsten reagierte sie, wenn Leonhard etwas mir zuliebe tat. Außerdem warf sie ihm immer wieder vor, ein Schwächling zu sein. Dabei schätze ich genau das an ihm, dass er nicht mit dem Vorschlaghammer durch die Wand geht, sondern lieber mal die Klinke einer unversperrten Tür niederdrückt."

Oberhollenzer atmete hörbar genervt aus.

„Ist Ihre Tochter ein zerstörerisches Biest, um es mal auf den Punkt zu bringen?"

„Ja, es scheint so. Ich weiß nicht einmal, was ich ihr zutrauen soll. Ob sie sich oder Leonhard etwas angetan hat ..."

Frei-Maurer schüttelte wieder den Kopf, ungläubig, als sähe sie die beiden irgendwo tot liegen.

„Gibt es Lieblingsplätze, ein Ferienhaus, was auch immer, wo wir suchen könnten?"

„Nein. Auch das Auto ist da."

Franco drehte sich weg von der Frau, die immer mehr in sich versank.

„Wir sehen uns mal Julias Zimmer an, wenn es Ihnen recht ist."

„Im ersten Stock das erste Zimmer links."

„Gehen Sie nicht mit?", fragte Oberhollenzer.

„Nein, Julias Zimmer ist tabu für mich. Sie hat mir mit allem gedroht, wenn ich ihre Privatsphäre nicht respektiere."

„Und Sie lassen sich so etwas gefallen?"

Helene Frei-Maurer nickte.

„Sie hätten ja jederzeit reingehen können, während sie in der Schule war", brummte Franco. Irgendwie verstand er diese komplizierten Beziehungen noch immer nicht. Vertrauen war schon gut, aber es konnte auch bis zur Blödheit gehen.

„Sie kennen Julia nicht. Sie hat sich mit Sicherheit etwas überlegt, um mir auf die Schliche zu kommen. Vielleicht ein Haar auf der Türklinke oder etwas ähnlich Kindisches. Aber abgesehen davon sind wir immer gemeinsam aus dem Haus gegangen. Und ich bin immer viel später heimgekommen als sie. Als Assistentin der Geschäftsleitung ist man zwar gut bezahlt, aber so etwas wie eine moderne Sklavin."

Franco Moll und Oberhollenzer stiegen schweigend in den ersten Stock hinauf. Das Haus wirkte, obwohl man die alten dunklen Holzoberflächen konserviert hatte, einladend und frisch und in keiner Weise muffig.

Julias Zimmer schien weitgehend aufgeräumt. Vor dem Bett lag eine Jogginghose auf dem Boden. Sofort ins Auge fiel ein überdimensionaler Flachbildschirm auf dem Schreibtisch, daneben hatte das Mädchen einige Bücher in Englisch aufgestapelt, Nabokov, Orwell, Huxley, Greene – die üblichen Verdächtigen für den Unterricht, und einige DVDs und Computerspiele in ihren Plastikhüllen.

Hinter dem Bett hingen T-Shirts von Bands an einer Korkwand, offenbar Mitbringsel von Konzerten. Zwei Gruppen kannte Franco aus dem Jugendsender im Radio, den er immer wieder hörte, wenn ihm das altertümliche Hochkulturgeschwätz im Bildungssender zu sehr auf die Nerven ging.

Oberhollenzers Gelassenheit aus dem Büro schien sich verflüchtigt zu haben. Missmutig murmelte er vor sich hin.

„Ich hab keine Ahnung mehr, wie ein Jugendzimmer heutzutage aussieht. Aber sehr hat es sich nicht verändert. Nur dass bei uns nie ein Bildschirm am Schreibtisch stand."

Mit schwerem Atem öffnete Oberhollenzer ein paar Laden. Schminkzeug, eine schwarze Kurzhaarperücke, eine langhaarige blonde Perücke, ein schwarzes Tintenfass, daneben eine Zeichenfeder, ein paar wenige CDs.

Der bullige Polizist deutete darauf.

„Ich dachte, CDs sterben aus. Die Kids hören doch nur mehr Musik, die sie vorher irgendwo im Internet stehlen."

„Tauschen, Oberhollenzer. Sie tauschen Musik. Und wer viel tauscht, kauft auch viel", bemerkte Moll, während er die nächste Schublade öffnete.

Oberhollenzer nickte und legte die CDs zurück in die Schublade.

„Gibt's das auch für Blasmusik?"

„Fragen wir Julia, wenn wir sie finden."

Molls Handy läutete. In Großbuchstaben leuchtete der Name seiner Schwester auf dem Display auf.

„Servus Laura, ich hab grad schlecht Zeit. Ist es etwas Dringendes?"

Laura zögerte nur kurz.

„Es ist wegen Vater."

Familienthemen konnten warten, wenn sie nicht gerade Felix, seine Schwester oder den alten Viktor Moll betrafen, Francos Großvater.

„Ich ruf dich später zurück, ja?"

Damit ließ Franco das Mobiltelefon in sein Sakko gleiten und widmete sich wieder dem Zimmer. Nach einem überstürzten Aufbruch sah das hier nicht aus. Auch der Schrank wirkte ordentlich. Und ziemlich voll.

Helene Frei-Maurer stand plötzlich in der Tür und sah den beiden ratlosen Polizisten wortlos zu.

Franco bemerkte sie zuerst.

„Wozu brauchte Ihre Tochter schwarze Tinte? Hat sie gern kalligraphiert? Oder mit der Feder gezeichnet?"

Frei-Maurer schüttelte den Kopf.

„Sie hat sich damit geritzt. Das ist bei manchen jungen Leuten jetzt in. Sie gehen nicht zum Tätowieren, sondern ritzen sich die Tinte selber in die Haut."

„Warum?"

„Fragen Sie mich nicht. Keine Ahnung, ob sie das nur gemacht hat, um mich zu ärgern, oder ob das einfach schick ist. ‚Autoaggression' hätte eine Psychologin wahrscheinlich gesagt. Vielleicht wollte sie mir damit aber auch nur über ihre Haut schreiben, wie sehr sie mich verabscheut."

Oberhollenzer ballte seine Hände zu Fäusten und trommelte damit gegen die Hosenbeine. Franco wusste, dass sein Kollege jetzt unangenehm wurde.

„Gnädige Frau, jetzt sagen Sie mal, was Sie sich denken. Ich komme mir schon vor wie in einem Sonntags-Ratekrimi." Oberhollenzer stemmte die Hände in die Hüften. „Mann und Tochter sind weg. Wer will hier wem was auswischen?"

Die großgewachsene Elfe zuckte mit den Schultern.

„Wenn ich das wüsste ...."

„... würden Sie es uns nicht sagen, nicht wahr? Was ist denn eigentlich in ihrer komischen Familie los?"

Oberhollenzer wurde laut. Franco legte ihm eine Hand auf die Schulter und hielt die schwarze Perücke hoch.

„Ist das jetzt auch in? Oder gehört das zur Tinte, damit die Hautgravuren zum Haar passen?"

Franco deutete auf ein Foto Julias an der Wand. Sie schien ihrer Mutter wie aus dem Gesicht geschnitten.

„Sie ist doch genauso blond wie Sie, oder?"

„Deswegen hasste sie ihre Haarfarbe. Zuerst schnitt sie ihre langen Haare ab, damit sie mir nicht zu ähnlich sieht. Dieses Foto ist schon zwei Jahre alt. Dann hat sie begonnen, sich die Haare zu färben. Das haben ihre Haare aber nicht ausgehalten. Drum hat sie dann immer wieder diese Perücke mit dem Bubischnitt aufgesetzt."

Sie zögerte.

„Es war ein einfaches Mittel, um mich zu verletzen und mir zu zeigen: Ich will nicht so sein wie du."

„Und die blonde Perücke?"

Die fragile Frau zuckte resignativ mit den Schultern.

„Keine Ahnung."

Franco hatte noch keine Idee, worum es hier ging. Es war mehr als seltsam, wenn sich die Eltern vor ihren Kindern fürchteten. Hoffentlich würde es zwischen ihm und Felix nie so weit kommen.

Die beiden Polizisten notierten sich die Kontodaten von Julia und ihrem Stiefvater und ließen sich die Kreditkartennummer von Leonhard Maurers Mastercard geben, ebenso die Handynummern der beiden und zwei aktuelle Fotos.

Als sie gingen, roch es im Untergeschoss leicht angebrannt.

Zwei Jahre hatten sie gebraucht, bis sie den Weg zwischen

den zwei Welten auf sich genommen hatten. Und jetzt schien alles umsonst. Larisa würde nicht mehr zurückkommen. Davon war Galina überzeugt.

Sie wusste nicht einmal ansatzweise, wie sie und Oleg über die Runden kommen sollten ohne Larisas Hilfe. Der Kleine schlief friedlich im Gitterbett. Die zwei Schwestern hatten das noch neu wirkende Kinderbett vom Müllplatz beim Salzburger Flughafen geholt und dem Arbeiter dort drei Euro zugesteckt. Um nichts vom „Diebstahl" der beiden jungen Frauen zu merken, kehrte er am anderen Ende der Sammelstelle weiter, während sie und Larisa die Seitenteile des Bettes und den Holzrost schulterten und zum Obus trugen.

Zwei Jahre lang hatten die Schwestern überlegt, in den Westen zu gehen. Die Männer im Ort waren währenddessen immer weniger geworden. Sie packten eine kleine Sporttasche und kehrten vier Monate nach ihrer Abreise zum ersten Mal zurück zu ihrer Familie, beladen mit Geschenken für die Kinder und Küchenutensilien für die Frau. Manche schleppten sogar eine Waschmaschine mit im alten Autobus, der sie an der Hauptstraße ausspie wie halbverdaute Fleischbrocken. Auf einem Schubkarren transportierten die Erfolgreichen das kaum erschwingliche Wunderding die restlichen zwei Kilometer ins Dorf, sie plagten sich durch die tiefen Furchen der Lehmstraße, aber die Trophäe, die sie aus dem Ausland mitbrachten, war Mühe und Schweiß wert. Hier in Österreich fand man nicht einmal in den entlegensten Alpentälern solche Wege.

Diese Männer hatten es geschafft. Das konnte man schon an der Art ablesen, wie sie durchs Dorf gingen oder wie sie lachten. Es war der aufrechte Gang von jenen, deren Rückgrat sich lange demütig gebogen hatte.

Wenn die Rückkehrer sich unbeobachtet fühlten und ihre Mienen unkontrolliert erschlafften, erzählten ihre Gesichter eine andere Geschichte, eine von Erschöpfung und Heimweh, eine von Entbehrung und Niedergeschlagenheit, die so gar nicht zum Erfolg passte, den sie zuvor noch in ihren Augen getragen hatten. Aber vielleicht schnitzte ihnen auch nur der Neid der Zurückgebliebenen diese Erzählungen ins Angesicht. Galina erinnerte sich nicht mehr, was sie damals schon über den Preis für die Reise zwischen den Welten gewusst oder geahnt hatte.

Wenn die Männer das Dorf wieder verließen, war in den Reisetaschen kaum Platz für Kleidung. Sie stopften die Säcke voll mit Brot oder fettem Speck, ein Stück Moldawien, das sie sich hier im Westen noch eine Woche einverleibten; nach und nach verflüchtigte sich auch dieser Nachgeschmack des Dorfes. Galina wusste mittlerweile, wie man ein Land verließ, ohne im nächsten richtig anzukommen.

Nach dem ersten Besuch wurden die Abstände zur nächsten Heimkehr im Regelfall größer und die Geschenke weniger. Bis die Männer irgendwann nicht mehr zurückkehrten. Das Muster wiederholte sich bei fast allen, die ihr Glück in Mitteleuropa oder Italien suchten. Und dann zogen auch die Frauen fort. Ohne Söhne und Töchter. Sie überließen die Dörfer den Großmüttern und den Kindern.

Und so hatten Galina und Larisa zwei Jahre lang gezögert und zusammen mit Vitali und seiner Familie weiter im Elternhaus gelebt. Von ihrer Arbeit als Volksschullehrerinnen hätten sie sich nie und nimmer eine Wohnung leisten können. Ihr Bruder Vitali war einer der wenigen gewesen, die sich weigerten, als Glücksritter wegzugehen.

Dann kamen die Keiler ins Dorf. Sie wollten keine Zeitschriften, Töpfe oder Besen verkaufen. Sie wollten kaufen. Nieren. Nieren für reiche Engländer, die sonst keine Chance hatten, an ein Ersatzteil für ihren Körper zu kommen.

Von den vierzehn jungen Männern, die im Dorf geblieben waren, konnten sie zwölf überzeugen. Auch Vitali.

Die Keiler zahlten ihm die Busfahrkarte in die Stadt. Bevor sie den langen schrägen Schnitt links unter seinem Brustkorb setzten, sah Vitali die Frau bereits betäubt auf dem Operationstisch liegen. Sie war um die vierzig, und er mochte sie nicht, ohne sagen zu können, warum.

Von den zweieinhalbtausend Pfund für seine Niere kaufte Vitali zuerst eine Kuh und eine Waschmaschine. Als er mit dem restlichen Geld das Haus zu renovieren begann, war für Galina und Larisa alles klar. Sie konnten nicht in einem Haus leben, das ihren Bruder eine Niere gekostet hatte. Jedes Mal, wenn Vitali den großen Topf vom Küchenkasten hob und ihm das Leibchen hoch rutschte, sahen sie die Narbe. Ein Schnitt, der ihr altes Leben von einem neuen trennte, ein Schnitt wie eine Landgrenze, eine Zäsur zwischen dem Gestern und dem Morgen.

Es war nicht viel, was sie in ihre schönsten Taschen packten. Sie würden Touristinnen sein. Zumindest bei der Einreise. Larisa wischte ihr am Tag des Abschieds von daheim die Schminke aus dem Gesicht. „Zu viel", meinte sie, „die Westlerinnen schminken sich nicht so stark. Und nimm auch nicht die hohen Schuhe. Zieh das an.“ Sie holte ein paar unscheinbare Kleidungsstücke aus dem Kasten, die Galina niemals mitgenommen hätte.

Larisa war immer die Planerin gewesen. Aus Kinofilmen wusste sie genau, wie man sich im Westen kleidete. Sie wollte nicht schon bei der Einreise fremd wirken und Schwierigkeiten mit den Zöllnern vermeiden.

Das Touristenvisum verschlang fast ein halbes Monatsgehalt. Aber so würden sie zumindest drei Monate legal im Westen leben können.

Zuerst nahmen sie den Bus nach Bratislava. Dort stiegen sie um in einen Bus von slowakischen Tagespendlern, die als Kellner oder Tellerwäscher in Wien arbeiteten.

Alle Angst vor dem Grenzübertritt in die neue Welt war unnötig gewesen. Die Zöllner stempelten den Pass nach einem Blick auf das Visum desinteressiert ab und gingen zum nächsten Reisenden weiter.

Hätte Galina gewusst, dass sie in Wien wie eine Sklavin gehalten werden sollte – vielleicht würde sie noch immer Kinder im Südwesten Moldawiens unterrichten.

Brigadier Gokl jubilierte. Sein linker Handballen klopfte immer wieder gegen die Bespannung eines Tennisschlägers, den er aus einer Sporttasche hinter dem Schreibtisch hervorgezogen hatte.

„Meine Herren, ich bin zufrieden. Das sage ich nicht oft.“

„Warum?“, fragte Moll. „Sind Sie Sieger in der Seniorenliga geworden?“

Gokl unterbrach sein mantrisches Handtennis kurz überrascht.

„Moll, Sie können mir die Laune mit Ihren Frechheiten nicht verderben. Nein, ich bin zufrieden, weil die Aufklärungsquoten in Salzburg-Stadt gestiegen sind. Um drei Prozent im Jahresvergleich. Auf zweiundvierzig. Ein leichtes Plus, aber was glauben Sie, was eine Nachricht wie diese für die gefühlte Sicherheit bedeutet? Sie hätten es sowieso heute Abend im Lokalfernsehen gehört, aber ich wollte, dass Sie es von mir erfahren. Schließlich haben Sie auch einen kleinen Anteil daran."

„Das ist sehr freundlich von Ihnen, Herr Brigadier. Wir wissen es zu schätzen, wenn wir vor dem Fernsehen informiert werden", schleimte Oberhollenzer.

Gokl rückte ein Bild im Silberrahmen auf seinem Schreibtisch zurecht und ließ dann seine linke Hand wieder wie einen Gummiball von der Bespannung des Tennisschlägers abspringen.

„Haben wir schon was in der Sache des verschwundenen Paares? Vater und Tochter oder so ähnlich, wenn ich mich recht erinnere."

Moll zuckte mit den Schultern. „Wir machen jetzt mal die Routineübungen. Konto, Handy und das Übliche."

„Kein Problem, meine Herren." Oberhollenzer und Moll sahen einander fassungslos an. So gelassen war Gokl, der manierierte Mittvierziger, sonst selten. Offenbar hatte er beim letzten Fernsehinterview Kreide gefressen.

„Solange wir keine Leiche haben, meine Herren, sind wir dafür ja de facto nicht wirklich zuständig."

Nun schwang er seinen linken Arm, als wollte er eine Verspannung lockern oder einen Aufschlag simulieren. Dabei stieß Gokl gegen den Schreibtisch. Der Bilderrahmen fiel um. Franco nutzte die Gelegenheit, hob ihn auf und betrachtete kurz das Bild. Ein molliges Wesen mit kurzen rabenschwarzen Locken sah ihn frech an.

„Eine junge Frau haben Sie, Herr Brigadier. Sie Armer. Das macht Ihnen sicher viel Stress, oder?"

„Papperlapapp, Moll, junge Frau ... Das ist meine Tochter, eine missratene Göre. Sie ist sechzehn und sieht aus wie zweiundzwanzig. Ansonsten haben Sie leider ausnahmsweise recht. Sie macht ständig Stress und ein bisschen arm komme ich mir wegen ihr auch schon langsam vor. Ich bin nur froh, dass ihr noch nie mit ihr zu tun gehabt habt. Und wenn, Oberhollenzer ..."

Gokl deutete mit spitzem Finger auf das Schwergewicht.

„... in diesem Fall hätte ich ausnahmsweise Verständnis dafür, wenn Ihnen die Hand auskommt. Also sollte es mal passieren, ist es nie passiert, ja? Ich darf ja nicht. Sonst bin ich meine Frau auch noch los. Obwohl, das wäre gar nicht so ... Egal, meine Herren, hoffen wir, dass es nie so weit kommen möge."

Moll war sich nicht ganz sicher, wozu es Gokls Meinung nach nicht kommen möge. Er grinste Oberhollenzer an, während sich Gokl umdrehte und den Tennisschläger zu dessen zahlreichen Brüdern in eine blaue Tasche steckte.

Die schwere Doppeltür zum alten Haus im Nonntal fiel fest ins Schloss. Es hallte im Stiegenhaus, dessen automatische Beleuchtung schon an war. Erst als Franco den Fuß auf die erste Stufe der schmalen Steintreppe zu seiner Wohnung im obersten Geschoss setzte, hörte er das Wimmern. Instinktiv griff er nach seiner Glock am Gürtel. Da war nichts. Er hatte sie in der Polizeidirektion eingesperrt.

Zugleich schüttelte er den Kopf über sich. Was richtete ein Neunmillimetergeschoss gegen Kummer aus?

Franco Moll nahm jeweils zwei Stufen auf einmal. Binnen Kurzem wuchs sich das Wimmern zu einem heftigen Schluchzen aus.

Neben dem Eingang zu seiner Altbauwohnung im zweiten Stock saß eine Frau undefinierbaren Alters auf der obersten Steinstufe. Sie hatte ihr rotes Haar in einem Knoten am Hinterkopf gebändigt und ihr Gesicht in den Händen vergraben. In ihrem Kummer bemerkte sie Moll nicht einmal, als er sie vorsichtig ansprach.

Er wartete kurz. Schon im Begriff, die junge Frau vorsichtig auf die Schulter zu tippen, zog er die Hand langsam wieder zurück. Womöglich brachte sie das Erschrecken über die Berührung noch mehr aus dem Gleichgewicht. Lieber laut ansprechen.

„Kann ich Ihnen helfen?"

Die Frau schob die Finger vor ihrem Gesicht wie einen Fächer auseinander und blickte ihn durch die Zwischenräume an.

„Haben Sie einen Schlüssel für die Wohnung da hinten?", schluchzte sie weiter und deutete mit dem Kopf auf die Eingangstür, hinter der am Morgen noch Schlagbohrmaschine und Schremmhammer ein Maschinentheater veranstaltet hatten.

Moll schüttelte den Kopf.

„Ziehen Sie da ein?"

Die Frau nickte und schien jetzt endlich wieder genug Luft zu haben, um vom Schluchzen loszukommen.

„Mein ganzes Leben ist eine Baustelle. Jetzt hab ich auch noch den Schlüssel vergessen."

Moll schwieg. Besser jetzt nicht fragen. Sie würde schon

erzählen, was sie erzählen wollte. „Und heute sind wir schon zum dritten Mal in diesem Jahr überfallen worden."

Das war nun schon eher Molls Metier.

„Wer ist wir?"

„Die Bankfiliale in Liefering. Ich dachte, ich hätte schon Routine bei den Überfällen. Und jetzt", sie zog Rotz hoch wie ein kleines Mädchen, „jetzt heule ich wie ein Schlosshund."

Die junge Frau holte eine Handtasche hinter ihrem Rücken hervor und suchte nach Papiertaschentüchern. Davon lagen jede Menge in dem Behältnis, das den Charme einer Schuhschachtel ausstrahlte, aber alle Taschentücher waren bereits zerknüllt. Wie riesige Schneeflocken deckten sie den Inhalt der biederen silberfarbenen Tasche zu. Hilfesuchend und mit verschmiertem Gesicht sah die Bankerin Moll an.

„Stehen Sie auf und kommen Sie rein. Ich hab Taschentücher in der Wohnung."

Als Felix hörte, wie sich die Eingangstür öffnete, lief er Franco entgegen. Beim Anblick der verheulen Frau blieb er augenblicklich stehen.

„Was hast du denn mit der gemacht?"

Franco drehte sich zu seiner Begleiterin um.

„Das ist mein charmanter Sohn Felix."

Ein paar Minuten später saß die junge Frau am Tisch in der Wohnküche. Felix hatte ihr fürsorglich ein Paar jener unsäglichen weichen Billigstpatschen gebracht, mit denen Besucher in vielen Häusern fußtechnisch entstellt und schon vor einem allfälligen Essen gedemütigt werden. Melinda Glatt schien Mitte dreißig zu ein, etwa so alt wie Moll. Das sah man allerdings erst, als ihr Gesicht hinter den unansehnlichen Körperflüssigkeiten zum Vorschein kam. Auch das konservative Kostüm trug nicht unbedingt dazu bei, ihr wahres Alter preiszugeben.

„Ja, ich ziehe hier in ein paar Tagen ein", knüpfte Melinda an eine Frage an, die Moll vor einer Ewigkeit gestellt hatte. Intensiv darauf bedacht, in ihren formlosen Schlapfen nicht zu stolpern, schlurfte sie aus dem Bad zum Tisch zurück und kämmte sich noch im Gehen ein letztes Mal durch ihr langes rotes Haar, das sie sofort wieder aufsteckte.

Es gehörte schon Mut dazu, sich fremden Menschen in den hässlichen Fetzenpatschen zu zeigen, wie Moll mit Respekt zur Kenntnis nahm. Wer seine Schuhe ausziehen und nicht in Socken herumgehen wollte, durfte die ästhetischen Zumutungen in Molls Wohnung auf eigenes Risiko tragen.

„Sie haben sicher noch nicht gegessen, oder?"

Melinda Glatt schüttelte den Kopf.

„47.358 Euro hat der Kerl exakt von uns mitgenommen. Zahlt sich das aus?", fragte sie Moll.

Er schüttelte den Kopf. „Ein armer Hund. Als richtiger Krimineller überfällt man eine Bank nicht, sondern gründet eine."

Die junge Bankerin lächelte zum ersten Mal.

„Eine gute Meinung haben Sie von uns."

Moll öffnete den Kühlschrank und holte eine angebrochene Flasche Weißwein heraus.

„Ja, Sie haben recht. Ich sollte meinen Optimismus vergessen und etwas realistischer sein."

Unaufgefordert hatte sich Felix einen Sessel zur Küchenzeile gerückt, zwei Weißweingläser aus einem Oberschrank geholt und sie auf den Tisch gestellt.

„Und jetzt wird Papa Sie gleich einkochen wollen", zwinkerte er Melinda zu.

„Bekochen, Felix, be-kochen", korrigierte Moll ihn schmunzelnd.

Glatt schneuzte sich laut. Es war nicht ganz klar, ob sie hinter ihrem Taschentuch nicht auch ein bisschen lachte.

Die bleiche junge Frau trug ein grünes Kostüm. Es wirkte so brav, dass Moll sich unwillkürlich fragte, was Melinda Glatt zu verbergen hatte, wenn sie sich für ihren Beruf dermaßen offensichtlich verkleidete. Oder vielleicht entsprach es ja ihrem Naturell und die Körperhülle der neuen Nachbarin war weitaus jünger als ihr Kern.

„Was halten Sie von Fisch zum Weißwein?", fragte Moll stattdessen.

Melinda Glatt sah ihn mit großen grünen Augen an.

„Aber doch nicht etwa den, der in der Badewanne schwimmt?"

„Das ist Krabbe. Und Krabbe landet nicht in der Pfanne, sondern wird am Sonntag wieder in den Leopoldskroner Weiher zurück ziehen. Papa hat es versprochen", schaltete sich Felix in das Gespräch ein.

„Also doch kein Fisch. Vielleicht Fischstäbchen?"

Melinda hatte den Vorschlag so ernst geäußert, dass Franco kurz mit einer Antwort zögerte, während sein Gesicht langsam auseinander ging.

Glatt begriff, dass sie Erklärungsbedarf hatte.

„Warum grinsen Sie? Ich mag Fischstäbchen. Sehr sogar. Und ich verstehe überhaupt nicht, warum sich alle Welt abfällig über sie äußert."

„Sehe ich auch so", nickte ihr Felix zu.

Moll ging zum Kühlschrank und holte den Karpfen

heraus, der das schlechtere Los gezogen hatte. Er präsentierte ihn der Nachbarin in spe auf dem Teller.

„Tut mir leid. Ich kann den Fisch hier filettieren und in Stäbchen schneiden, wenn ihr beiden euch damit leichter tut. Aber die Hühner bei uns haben heute Gebärstreik."

Die Frau in Rotgrün sah ihn fragend an. Moll versuchte sich verständlich zu machen.

„Wir haben keine Eier mehr daheim. Panieren ist deshalb nicht drin."

Melinda Glatt merkte plötzlich, wie vertraut sie mit den beiden gesprochen hatte, und genierte sich kurz über diesen Anfall von Nähe, was sonst nicht ihre Art war. In der Bank gehörte freundliche Distanz zum unverzichtbaren Handwerkszeug. Andererseits: Jetzt war sie nicht mehr in der Bank.

Sie hob ihr Glas.

„Ich freue mich, dass ich neben Ihnen und Ihrem reizenden Sohn einziehen werde."

„Ganz meinerseits", sagte Felix, bevor Franco etwas erwidern konnte.

„Ich heiße übrigens Felix."

„Und ich Melinda."

Franco nickte ihr grinsend zu und nahm einen tiefen Schluck. Der Kleine hatte ihn in Sachen Tempo wieder mal ausgestochen. Als hätte er die Verbrüderung der beiden nicht mitbekommen, widmete Franco sich dem Fisch. Sich jetzt noch groß vorzustellen, wäre ein bisschen lächerlich gewesen. Melinda konnte das Türschild lesen, wenn sie wollte. Aber das würde nicht nötig sein, weil Felix eben dabei war, ihn mit Vor- und Nachnamen vorzustellen und die Familienkonstellation mit Francos

Schwester Laura und Uropa Viktor, dem Ticktack-Opa, zu erklären.

„Du hast ja Sommersprossen“, unterbrach Felix plötzlich.

Die junge Bankerin sah auf ihre Unterarme.

„Ja, und sie gefallen mir.“

„Mir auch“, lachte der Junge und deutete auf seine Nase. „Ich hab ja auch ein paar.“

Wie nebenher hatte Melinda Glatt ein Pferd auf ihre Serviette gezeichnet. Felix war nun vollends von den Socken.

„Was, du kannst auch zeichnen?“

„Ein bisschen“, antwortete die junge Frau fast schüchtern.

„Super. Das kann Papa auch überhaupt nicht.“

Einer wunderbaren Freundschaft zwischen Felix und der schrägen Bankerin schien nichts mehr im Wege zu stehen, wie Franco amüsiert bemerkte, während er den Karpfen im Mehl wälzte.

August

So war das Leben. Es teilte einem Rollen zu. In glücklichen Stunden durfte man sich eine auswählen. Das war dann das Glück. Oder das, was man als Glück empfand. Dann hatte man zumindest eine Weile das Gefühl, man könne sein Leben kontrollieren und halte es in der Hand. Irgendwann war man wieder die Stahlkugel im Flipper und kollidierte hier und dort, weil man herumgeschossen wurde, von Fingern, zu denen man kein Gesicht hatte.

Diese Nacht auf der Jagdhütte. Wenn es einen Jackpot gab, musste es auch das Gegenteil geben. Egal wie man es nannte, ob die absolute Arschkarte oder Besuch in der Hölle: Es traf alles zu. Jemand hatte da furchtbar mit ihm geflippert und sich einen Spaß gemacht oder was auch immer. Wie sollte man so eine Nacht schon einordnen.

Wann immer er jetzt einen Plastiksack sah, fürchtete er sich. Einem Profi wäre das nie passiert, ein Stück der Leiche im Kofferraum zu vergessen. Ausgerechnet das Wichtigste. Diese verdammte Tasche mit dem Kopf hatte sich ganz hinten im großen Kofferraum des A6 verklemmt, hinter dem Feuerlöscher, den er vorsorglich montiert hatte.

Sie waren erst in der Früh zurückgekommen aus dem Pinzgau, müde und ausgebrannt, nachdem sie ihre tote Fracht stückweise entsorgt hatten. So etwas konnte einen Menschen innerhalb weniger Stunden aushöhlen. Halb Salzburg eine Leichendeponie.

Am Nachmittag, als er halbwegs wieder zu sich gekommen war, hatte er das Auto auf Blutspuren kontrolliert.

Und dabei die grausige Entdeckung gemacht. Ein gelber Plastiksack und drin der Kopf mit den langen blonden Haaren.

Auch da fehlte ihm dann wieder die Kaltblütigkeit. Mechanisch herzlos wie ein Sägewerk funktionierte er nur im Schock. Also hatte er den Kofferraumdeckel zuschnappen lassen und sich ins Bett gelegt. Von seiner Familie war niemand daheim. Und wenn schon. Er konnte immer noch alles auf seinen empfindlichen Magen schieben.

Und es kam noch schlimmer.

Der Schlaf nach der Entdeckung in der Garage: traumlos. Immerhin. Dieser Schlaf nach dem Fund des Kopfes dauerte fast vierzehn Stunden. Eine selbstverordnete Bewusstlosigkeit. Als er tags darauf aufwachte, wirkte seine Frau sehr besorgt. Er deutete auf seinen Magen. Das alte Problem. Was Falsches erwischt. Im Wirtshaus wusste man ja nie, womit sie kochten – auch wenn man ihnen von den Magenproblemen erzählte. Aber wer hörte denn schon genau zu. So in etwa spulte er seine verzweifelte Litanei ab.

Er durfte Maria auf keinen Fall in diese Geschichte hineinziehen. Sie gehörte zu jenem kleinen Teil seines Lebens, den er sich selbst ausgesucht hatte. Eine seiner besten Entscheidungen und der großartigste Mensch, den er kannte. Sie war die Erste gewesen, neben der er hatte einschlafen können. Sein Körper hatte ihm die Entscheidung für Maria leicht gemacht. Dass sie miteinander lachen konnten, wusste er schon vorher. Er hoffte, ihm würde das Lachen auch jetzt nicht dauerhaft vergehen.

Am Morgen stand normalerweise das Waschen des Autos an erster Stelle, wenn er nicht schon früh chauffieren musste. Bevor er nach den Autoschlüsseln greifen konnte, drückte ihm Maria seine Nordic-Walking-Stöcke in die Hand.

Nein, sein Bäuchlein, das sich zu einem Bauch ausgewachsen hatte, war ihr egal. Mit Ende vierzig brachte sie selber mittlerweile fünfzehn Kilogramm mehr auf die Waage als bei ihrer Heirat. Sie sorgte sich um ihn. Seine Blutfettwerte verhießen nichts Gutes. Auch Medikamente konnten das Cholesterin nicht entscheidend senken. Bewegung schien die einzige Chance, einen allfälligen Schlaganfall oder Herzinfarkt zu vermeiden.

Bevor er zu seiner Fitnessrunde auf die Schwimmschulstraße hinaustrat, um über die Sinnhubstraße bis zum Altersheim Nonntal und weiter durch dessen Park und den Thumegger Bezirk bis zum Leopoldskroner Weiher zu gehen, wollte er noch einen Blick auf das Auto werfen.

Das Garagentor stand offen. Die Garage war leer.

Die beiden Kinder schliefen noch, Maria räumte den Frühstückstisch ab. Aus seiner Familie fuhr also niemand mit dem Wagen durch die Gegend. Und er erinnerte sich plötzlich, dass er den Schlüssel nicht abgezogen und das Tor offengelassen hatte.

Bei einem Audi A6. In Salzburg. Wie konnte man nur so blöd sein. So unglaublich dumm. So herzergreifend trostlos schwachsinnig.

Irgendwann, wenn auch spät, hatte es das Leben gut mit ihm gemeint. Eine wunderbare Familie, wenige Schwierigkeiten, der Traumjob. Ein respektables Haus in dieser teuren Stadt, bei dessen Finanzierung sich sein Bruder nicht ganz unmaßgeblich beteiligt hatte.

Und jetzt fuhr jemand mit dem A6 durch die Gegend,

in dessen Kofferraum ein Schädel in einem Plastiksack herumkollerte. Für beides, Auto wie Kopf, war ER verantwortlich.

Wie zeigte man so einen Diebstahl an?

Er biss kurz auf seine Nägel, was er lange nicht mehr gemacht hatte.

Am besten Zeit vergehen lassen. Hoffen, dass irgendein Pole oder Slowake das Auto über die Grenze brachte und den Kopf dann selbst entsorgte, weil der Schädel zwar Sonderausstattung war, aber den Wert des Wagens nicht wirklich steigerte. Und erst morgen zur Polizei gehen. Frühestens.

Mechanisch begann er die Nordic-Walking-Stöcke zu heben und die Schwimmschulstraße zur Sinnhubstraße hinaufzustaksen. Schnell, viel schneller als sonst. Es gab ja etwas, vor dem er davonrennen musste. Er wusste, wie lächerlich er bei diesem Un-Sport wirkte. Aber das war sein geringstes Problem derzeit.

Vielleicht sollte er besser seinen Bruder anrufen und ihm alles erzählen. Aber Sonny hatte sich noch immer nicht annähernd erholt.

Er ging jetzt einfach seine Runde. Totstellen war im Augenblick mit Sicherheit die beste Lösung. Vor allem die einzige, die ihm einfiel. Auch Hühner konnten ohne Kopf noch zig Meter weit laufen. Was hatte er als Kind gelacht, wenn die Nachbarin dem Federvieh den Kopf am Hackstock abgeschlagen hatte und die Hennen kopflos durch den Obstgarten liefen. Irgendwann fielen sie um. Dann trug man sie an den Beinen zurück zum Weidenkorb, aus dem sie vorher ohne Kopf geflohen waren. Jetzt war er selber so ein Huhn. Noch jemand, der den Kopf verloren hatte, wenn auch nicht seinen. Er setzte einen Schritt vor den anderen, hob koordiniert Arme und Füße. Er ging. Es ging.

September

Die Aussicht auf Martina Pelegrinis Rückkehr hatte Oberhollenzers Laune beflügelt. Er kam mit einem Trachtenhut ins Büro, den er grinsend abnahm und in Richtung seiner Jagdtrophäe schleuderte. Zu seiner sichtlichen Überraschung blieb der Hut auf dem kleinen Geweih hängen.

Als Martina Pelegrini endlich das Büro betrat, warf sich Oberhollenzer sofort an die Espressomaschine, spannte eine Kapsel ein und bereitete der jungen Kollegin einen starken Willkommenstrunk zu, während er sie in die Frei-Maurer-Sache einweihte.

Zwischen zwei Schlucken deutete sie kurz mit dem Kopf in Richtung Rehbock an der Wand.

„Was ist denn das?"

Die Antwort übernahm Moll, ohne von seinen Papieren aufzusehen.

„Ein Selbstporträt. Oberhollenzer mit Hut."

Pelegrini versuchte ein Lächeln zu unterdrücken und wandte sich wieder Oberhollenzer zu, der kurz die Augen verdrehte und die junge Kollegin dann weiter über den Stand der Ermittlungen informierte.

Nicht dass den beiden Chefinspektoren eine Frau im Büro abgegangen wäre; aber die junge Beamtin brachte eine Spritzigkeit ins Team, die die beiden Polizisten schon durch Routine ersetzt hatten. Leidenschaft äußerte sich bei ihnen entweder durch Oberhollenzers linke Faust oder Francos blinde Zornesattacken.

Als Martina Pelegrini vor einem halben Jahr als Praktikantin aufgetaucht war, schien es nicht klar, ob Brigadier Gokl sie nicht als Aufpasserin ins Büro gesetzt hatte.

Innerhalb kürzester Zeit zerstreute sie durch ihre geradlinige und freche Art alle Zweifel bei den beiden Kriminalbeamten.

„Wann kriegen wir denn die Kontobewegungen von Vater und Stieftochter?", fragte Oberhollenzer, als sich Pelegrini zur verlassenen Helene Frei-Maurer aufmachte, um noch mal nachzugraben.

„Spätestens morgen."

Moll lehnte sich zurück und verschränkte die Arme hinter dem Kopf.

„Die Handygespräche sind schon da. Samt Standorten. Schauen wir mal rein, ob wir irgendwas finden. Ein gutes Gefühl habe ich bei der Sache nicht. Ich glaube, ich versteh da was nicht."

Wie um sich in allen Zweifeln zu bestätigen, nickte Molls Kopf nach.

„Komm mir jetzt nicht mit einem Psycho-Schmarrn", grunzte Oberhollenzer. „Oder willst du mir grad erklären, dass man sich in die Rolle der zwei Vögel hineinversetzen muss, um sie zu begreifen?"

Moll kippte wieder nach vorn.

„Ich weiß nicht. Aber helfen würd's wahrscheinlich schon."

Er dachte kurz nach und rümpfte dann die Nase.

„Was riecht hier so?"

„Was meinst du?"

„Naja, hier riechts irgendwie sehr ... nach Küche."

Oberhollenzer zog eine große silberne Thermoskanne unter dem Schreibtisch hervor und stellte sie auf den Tisch.

„Sag gleich, dass es stinkt. Krautsuppe. Ich muss abnehmen."

Franco wusste nicht, ob er grinsen oder nach einem Notfallpsychologen rufen sollte. Vielleicht tat's auch einer der Peers, bei denen man sich nach sogenannten Extremereignissen wie einer Schießerei ausweinen konnte. Oberhollenzer und eine Krautsuppendiät: das war ein Extremereignis und in etwa so wahrscheinlich wie der Einschlag eines Meteoriten auf dem Residenzplatz.

„Muss ich mir Sorgen machen?", fragte er Oberhollenzer.

„Ja, um dich. Du wirkst etwas unrund."

„So rund wie du will ich gar nicht sein", konterte Moll.

„Das wird sich mit der Krautsuppendiät ändern. Zehn Kilo in zwei Wochen – wirst schon sehen."

„Vor allem riechen werd ich's."

Jetzt konnte Franco ein freches Grinsen nicht mehr vermeiden. Mit zwei Fingern hielt er sich demonstrativ die Nase zu.

Oberhollenzer schraubte feierlich die Kappe von der Thermoskanne. Ein Schwall Dampf schoss aus der Öffnung hervor. Bedächtig goss er sich einen Viertelliter Suppe in den Deckel, der auch als Becher diente.

Der Krautgeruch schluckte augenblicklich jede Muffigkeit im Raum und ersetzte sie durch einen Dunst, den manche als angenehm empfanden, andere als Brechreiz.

„Wer macht dir die Suppe?"

„Meine Hausdame, bei der ich wohne", antwortete Oberhollenzer zwischen zwei Schlucken.

„Und was hast du ihr angetan, dass sie dich so behandelt?"

„Du bist ja nur neidisch, Moll, dass sich um dich niemand kümmert."

Franco dachte kurz nach, ob Oberhollenzer recht haben könnte, und nahm dann lieber das Kuvert mit den Mobilfunkdaten von Vater und Stieftochter Frei beziehungsweise Maurer in die Hand.

Die beiden waren am 1. September, vor zehn Tagen, verschwunden. An diesem Tag hatten sie noch telefoniert, Julia siebenmal, Leonhard Maurer fünfmal. Einmal sogar miteinander. Es war das letzte Gespräch gewesen, das sie beide geführt hatten. Zumindest über ihre Mobiltelefone. Das Mädchen hielt sich zu dieser Zeit in der Steingasse auf, Maurer offenbar in seinem Büro in der Kaigasse.

Danach hatte das Mädchen noch einige SMS geschickt, alle an nur zwei Nummern.

Nach kurzer Zeit kannte Moll die Namen zu den kryptischen Zahlen: Diplomkaufmann Werner Breitschuh und Anna Waldhör – ihre Nummern fanden sich zuvor schon bei den Gesprächsdaten.

Vielleicht konnten die beiden ihnen etwas über die letzten Stunden vor dem Verschwinden des Paares erzählen.

Nach den Bewegungsdaten der Mobilfunker hatten sich Julia Frei und Leonhard Maurer um drei viertel sechs im Büro des IT-Fachmannes getroffen und waren ein wenig später vom Kaigassenparkplatz über die Petersbrunnstraße bis zur Fürstenallee gefahren und dann rechts in die Sinnhubstraße eingebogen. Danach endeten die Verbindungsaufzeichnungen – und damit auch die Standortdaten. Um 18.30 Uhr waren beide Handys offenbar ausgeschaltet worden, ohne sich jemals wieder im Mobilfunknetz anzumelden. Wer immer auf die Idee gekommen war, sich aus dem Mobilfunk auszuklinken: er oder sie musste gewusst haben, dass man mit einem Handy herumlief wie ein besenderter Bär in den Alpen.

Oberhollenzer schüttelte den Kopf. Franco saß ruhig da.

„Sieht nach Knochenarbeit aus, Oberhollenzer."

Franco übernahm Diplomkaufmann Werner Breitschuh. Als der Chefinspektor ihn anrief, hob dessen Tochter Anastasia ab, gab das Telefon aber gleich an ihren Vater weiter. Breitschuh fragte nicht einmal, warum ihn der Chefinspektor sprechen wollte, sondern nannte ihm seine Büroadresse im Äußeren Nonntal. Er sei bis 19 Uhr im Büro.

„Modegroßhandel Breitschuh GesmbH" war dezent über der Türglocke zu lesen. Moll erwartete sich stapelweise Kartons in den Geschäftsräumen.

Alles Textile, das er dort zu sehen bekam, hing auf einem einzigen Kleiderständer mit Rollen und schien den vier Angestellten an den Schreibtischen und Breitschuh zu gehören, der hinter einer Glaswand in einem ganz und gar nicht protzigen Büro Unterlagen studierte. Als einzige Extravaganz sahen zwei auf chromglänzende Metallstäbe gesteckte stilisierte Köpfe mit einer schwarzen und einer blonden Langhaarperücke aus einer Ecke des Raumes hervor. Offenbar liebte Breitschuh das Understatement.

Der Händler begrüßte Moll nicht unhöflich, machte aber keinen Hehl daraus, dass er zeitlich unter Druck stand.

Breitschuh bot dem Kriminalpolizisten nicht den Besuchersessel vor dem Schreibtisch an, sondern führte ihn zu einem Stehtisch im Eck.

„Ich hasse Sitzungen", erklärte Breitschuh, während er Franco ungefragt ein Glas Wasser aus einer Karaffe einschenkte. „Bei einer Stehung geht alles schneller."

Moll beschloss, ihm das Gegenteil zu beweisen. Die nächste Million musste auf den Geschäftsmann halt etwas länger warten.

Der Chefinspektor zog die Kopien der Verbindungsdaten von Julia Frei aus einem Umschlag und fragte Breitschuh rundheraus nach seiner Verbindung zu Julia.

„Kenn ich nicht", meinte Breitschuh trocken, während seine rechte Hand unruhig über den Tisch wischte.

Moll deutete mit dem Zeigefinger auf einige Zeilen im Rufnummernauszug.

„Sie haben am 1. September viermal mit ihr telefoniert und ein paar SMS erhalten."

„Nein, bestimmt nicht." Breitschuh schüttelte den Kopf.

Der Kaufmann zog einen BlackBerry aus der Tasche und scrollte durch seine Kurznachrichten.

„Ich bin ein Sammler. Ich lösche die SMS erst, wenn der Speicherplatz knapp wird. Am 1. September habe ich nur eine Nachricht erhalten. Von meiner Frau. Die allerdings in einem Ton, dass ich Ihnen den Wortlaut erspare. Das kommt davon, wenn man seine Familie verwöhnt und wenig zu Hause ist. Alles hat seinen Preis", ließ sich der Händler zu ein paar vertraulichen Sätzen hinreißen, während er auf Molls Zettel blickte.

„Ich verstehe", nickte Breitschuh plötzlich. „Sie haben den Auszug von Anastasias Mobiltelefon. Sie sind ja nicht von der Wirtschaftspolizei, oder? Das Telefon ist natürlich auf die Firma angemeldet. Was hat Anastasia denn ausgefressen, dass jetzt schon die Kripo ins Haus kommt?"

Moll schüttelte den Kopf.

„Nichts, was uns bekannt wäre. Wir möchten sie nur nach Julia fragen. Dürfte ihre Freundin sein."

Breitschuh hatte währenddessen die Bürotür geöffnet und winkte jemanden zu sich.

„Anastasia arbeitet bis Oktober bei mir. Damit sie eine Ahnung vom Geschäft bekommt. Dann wird sie Jus studieren. Das hilft ihr sicher bei den vielen Verträgen, die wir hier abschließen."

„Nein, werde ich nicht", sagte das pummelige Mädchen, das jetzt in löchrigen Jeans ins Büro trat.

Breitschuh sah sie missbilligend an.

„Anastasia ist momentan der Meinung, sie müsse gegen Mode und Glamour rebellieren, obwohl sie bis jetzt mehr als gut davon gelebt hat."

Als Antwort steckte Anastasia ihrem Vater die Zunge heraus. Sie war mit einem Metallstab durchbohrt, der kurz auffunkelte.

„Vergiss das mit Jus, Papa. Ich studiere Psychologie. So wie Tausende andere, nur damit du's weißt. Und rede nicht in der dritten Person über mich, wenn ich anwesend bin."

Moll stellte sich bei dem couragierten Mädchen vor und versuchte es mit einem Überraschungsangriff.

„Wissen Sie, wo Julia steckt?"

Anastasia sah ihn kurz verwundert an, dann schüttelte sie den Kopf.

„Warum sollte ich?"

„Sie haben doch ein paarmal mit ihr telefoniert, bevor sie verschwunden ist."

Die Kleine blieb ruhig, legte den Kopf schief und machte auf unschuldiges Lamm.

„Seit wann ist Julie denn verschwunden?"

Franco ging auf die Gegenfrage nicht ein.

„Das heißt, Sie sind mit ihr in Kontakt, richtig?"

Anastasia nahm das Glas Wasser, das Breitschuh für Moll eingeschenkt hatte, und trank einen Schluck.

„Ab und zu. Sie ist halt eine Schulfreundin. Eine von vielen."

Moll hatte nicht vor, sich mit ihren dämlichen Ausreden abspeisen zu lassen.

„Wann hat sie sich denn zuletzt bei Ihnen gemeldet?"

Anastasia zuckte die Schultern.

Breitschuh hatte bisher ruhig zugehört, wenngleich seine Finger immer wieder über den Tisch wischten, als wäre dort zu viel Schmutz. Nun reichte es ihm. Er schlug mit der flachen Hand auf den Tisch und entlockte ihm das Geräusch einer knallenden Peitsche.

„Red schon, das ist hier kein Selbsterfahrungskurs für wohlstandsverwahrloste Gören, verstehst du mich?"

Widerwillig zog Anastasia ein rotes Handy aus der Hosentasche. Sie drückte ein paar Tasten.

„Zu blöd. Jetzt habe ich alle SMS der letzten zwei Wochen gelöscht. Und auf der Anruferliste kann ich sie auch nicht mehr finden. Da ist sie einfach hinten runtergefallen. Die Jungen von heute telefonieren ja so viel. 2000 Freiminuten und so. Und selbst damit kommen sie nicht aus, Sie wissen ja, wie wir sind."

Frech grinste sie Moll an.

„Haben Sie etwas dagegen, wenn ich das Handy mitnehme? Unsere Spezialisten können da noch einiges sichtbar machen. So finden wir Julia vielleicht."

Anastasia sah Franco wieder provokant an.

„Ja, habe ich. Das waren vertrauliche Nachrichten an mich, die Sie nichts angehen."

Breitschuh griff zornig nach dem Mobiltelefon, aber Anastasia war schneller und hüpfte einen Schritt zurück.

„Das hast auch du zu respektieren", zischte sie ihren Vater an.

„Wer ist denn diese verdammte Julia überhaupt?", fragte Breitschuh ziemlich laut.

„Hast du doch gehört. Außerdem triffst du ihren Vater immer wieder im Lions Club."

„Da gibt's keinen Mann mit Namen Frei."

„Dann denk mal nach. Ihr Stiefpapa heißt Maurer."

Breitschuh schien sich zu erinnern.

„Ein netter Kerl. Nur ein bisschen unmännlich. Seine Tochter – oder Stieftochter – ist genauso eine Göre wie Anastasia. Sehr provokant. Auch körperlich."

„Das heißt?"

„War nur so eine Beobachtung", sagte Breitschuh, während er an seinen Kunstwerken vorbeiging. Er strich, als wär's Gewohnheit, über den dunkelhaarigen Kopf und setzte sich an seinen Schreibtisch. Dabei fiel die Kartonverpackung eines Computerspiels um. „Assassins Creed" las Moll im Vorbeigehen.

Breitschuh starrte bereits wieder auf seinen Bildschirm. Deutlicher konnte man eine Unterredung nicht beenden.

August

Der Tag, an dem der Kopf verschwand. Mit dem A6. Wie sollte man durch so einen Tag durchfinden?

Anders als die geköpften Hühner fiel Walter auf den ersten Metern seiner Nordic-Walking-Runde nicht tot um. Dann, nach vier- oder fünfhundert Metern auf der Sinnhubstraße, kurz vor dem Henkerhäusl, läutete das Handy. Sonny wollte am frühen Nachmittag in die Firma chauffiert werden. Also kürzte er über den Wolfgang-Schaffler-Weg ab und ging schnellen Schrittes zurück zum Haus.

Reflexartig griff er wieder zum Mobiltelefon und mietete ein Ersatzfahrzeug. Das kam immer wieder mal vor, wenn der A6 zum Service musste. Wo immer das Fahrzeug mit dem Kopf im Kofferraum nun herumfuhr. Je später es entdeckt wurde, umso besser. Wenn es nie mehr gefunden werden sollte. Großartig. Daheim hatte alles seine alte vertraute Struktur. Seine Frau küsste ihn, bevor sie ins Geschäft ging, und sagte nichts, obwohl sie ihn lange besorgt ansah. Die Kinder standen in den Ferien wie üblich spät auf, noch zu müde, um miteinander zu streiten oder sich zu hänseln. Wie immer, wenn er ihn allein chauffierte, setzte sich Sonny neben ihn, als er ihn vor seiner Villa in Salzburg-Aigen abholte. Er wirkte krank, schien leicht zu fiebern. Und das im August. Vor allem fragte er nicht nach dem A6. Und auch sonst kaum etwas. Schweigend fuhren sie in Salzburg-Süd auf die Autobahn auf. Als sie bei Golling in den ersten Tunnel eintauchten, strich Sonny kurz über seine Hand.

„Es wird wieder gut, Waldi."

Walter sah geradeaus und antwortete nichts. Sein Kopf

nickte reflexartig. Wie in Trance aktivierte er den Tempomat. Ein weiteres Zeichen, dass es ihm schlecht ging. Sonst liebte er den Druck auf das Gaspedal. Mit 100 km/h glitten sie ruhig über die Autobahn. Das Licht in den Tunneln raste über ihren Köpfen dahin wie eine weiße züngelnde Schlange. Die Autobahnausfahrt fand das Auto fast von selbst. Sonny stieg vor dem Eisenwerk in Tenneck aus.

„Fahr heim. Möglicherweise wird's abends länger dauern. Ich nehme ein Taxi zurück“, verabschiedete er sich und schlug die Tür zu.

Er lief, als wäre er wieder ganz der juvenile toughe Manager, die Treppe zum Bürogebäude hinauf. Sonny saß in Salzburg-Aigen in einem goldenen Käfig, mit einer Frau, die wirkte, als hätte man sie aus einem Katalog ausgeschnitten. Genauso leblos, aber aus der Ferne gut anzuschauen. Schon ihr Händedruck war von einer Kälte, die erschreckte. Die Hände strahlten die Temperatur ihrer Seele aus. So zumindest stellte er, Walter, sich das vor. Kühlte auch seine Seele jetzt aus? Nach der Geschichte mit dem Kopf? Die Rückfahrt in die Schwimmschulstraße hinterließ keinerlei Erinnerungen. Die Geschwindigkeitsbeschränkungen und Radarfallen auf der A10 kannte er in- und auswendig. Sein Fuß ging wie automatisch vom Gas und beschleunigte erst nach den Tunneln wieder, wenn erlaubt. Das war das Einzige, bei dem Sonny ihn allein ließ: Die Strafzettel musste er selber bezahlen.

September

„Meine verehrten Superkieberer, ich sag nur ‚bingo'."

Martina Pelegrini winkte mit einem Haufen kleinformatiger Zettel, als sie die Bürotür hinter sich schloss.

„Die Frei-Maurer hat jetzt doch im Zimmer von Julia gestöbert. Und siehe da: Das Mädel hat ihr eine Botschaft hinterlassen."

Die junge Polizistin kramte in ihrem Packen nach einem bestimmten Blatt.

„‚Du wirst deinen Mann nicht wiedererkennen, wenn du ihn jemals zurückbekommst'", las sie laut vor und wartete gespannt auf die Reaktion ihrer Kollegen auf die Botschaft.

„Klingt nicht nach einem Krippenspiel", bemerkte Oberhollenzer.

„Und die Nachricht ist sicher von Julia?", fragte Moll nach.

Pelegrini triumphierte wieder.

„Ziemlich sicher. Ich hab sie mit der Schrift auf ein paar Schulunterlagen verglichen. Aber das sollen die Schriftexperten klären. Ich hab ein Vergleichsblatt mitgenommen."

Franco streckte seinen Arm aus. Die Polizistin drückte ihm den Zettel in die Hand.

Die Schreiberin hatte hinter die Drohung noch drei höhnisch lachende Smileys gesetzt. Was für ein Miststück.

„Wie hat die Mutter darauf reagiert?", hakte Moll nach.

„Sagen wir's so: Ich war knapp davor, sie einweisen zu lassen."

„Echt oder gespielt?"

Martina Pelegrini nickte, ohne nachzudenken.

„Kein Schauspiel, wenn du das meinst.“

Es hatte einige Zeit gedauert, bis auch Pelegrini und Moll beim Du gelandet waren. Oberhollenzer hatte sich viel früher am Biertisch mit der jungen Kollegin arrangiert, die wie ein blondgelockter Engel in der Abteilung „Leib und Leben“ erschienen war. Um ihre Jugend etwas zu verschleiern, trug sie die Haare mittlerweile kürzer. Meist steckte sie ihre Mähne mit unzähligen Clips und Spangen streng auf. Wenn Pelegrini nachdachte, griff sie selbstvergessen immer wieder in ihren Nacken, um die langen Haare zu bändigen, die längst nicht mehr über ihren Rücken baumelten.

Moll ging diese verworrene Familiengeschichte langsam auf die Nerven. Dass die kleine Breitschuh mehr wusste, war klar. Aber wie man Anastasia knacken konnte, dafür hatten auch Fräulein Pelegrini und Oberhollenzer vorderhand keine Idee. Sie hörten sich Molls Erzählung von seinem Besuch bei den Breitschuhs stumm an, die junge Polizistin schrieb immer wieder mit.

„Und was war bei dir, Oberhollenzer?“

„Auch eine Pleite. Anna Waldhör ist ein nettes Mädchen, sehr kontrolliert, fast ein bisschen bieder. Das ist wohl das Kontrastprogramm zu ihren ausgeflippten Eltern. Der Vater ist Maler und dürfte die Wohnzimmer der finanzkräftigen Gesellschaft mit seinen Leinwänden behübschen. Die Mutter macht Schmuck, moderne Dinge halt, wie sie das Fräulein Pelegrini auch tragen würde, wenn sie was Gescheites gelernt hätte und sich das Zeug leisten könnte.“

Pelegrini streckte Oberhollenzer kurz die Zunge heraus, während sich Moll über die Zuneigungsbekundung seines Kollegen amüsierte.

„Haben wir abgesehen von diesem Einkaufsratgeber noch was erfahren?"

Oberhollenzer atmete tief durch.

„Ich glaub, Anna, Anastasia und Julia sind so was wie eine Dreierbande. Jede weiß alles von der anderen."

„Aber gibt nichts davon preis", schaltete sich Pelegrini ein.

Gedankenverloren hatte sie ihr neues Handy, ein Smartphone, aus der Tasche gezogen und tippte auf dem berührungsempfindlichen Schirm herum.

Moll bestaunte das Gerät als Erster.

„Was ist denn das für ein Wunderding?"

Pelegrini wischte mit den Fingern über den Bildschirm, als blättere sie um.

„Einer von diesem Computern, mit denen man auch telefonieren kann. 300 Euro mit 24-Monatsbindung. Ich hab's mir zum Geburtstag schenken lassen. Da ist fast meine ganze Musik drauf, einige Fotos, und wenn ich will, kann ich auch Facebook und Twitter vom Handy aus nutzen."

Oberhollenzer lehnte sich über den Tisch.

„Was?"

Pelegrini sah ihren korpulenten Kollegen herausfordernd an.

„Das ist so was wie der Biertisch für Leute, die selten ins Wirtshaus gehen."

Oberhollenzer schüttelte den Kopf.

„Nein, Oberhollenzer, keine Angst. Die Welt geht deswegen nicht unter. Ich könnte dir noch ein paar andere Dinge zeigen, die das Telefon kann, aber ich will deinen Glauben an den Rückschritt nicht erschüttern."

Oberhollenzer lachte kurz verächtlich.

„Ich bin ein Mensch der ersten Welt, weißt du? Und wenn du glaubst, ich wüsste nicht, was ein digitaler Eingeborener ist, dann hast du dich getäuscht. Ich bin auch mit dem Computer aufgewachsen, zumindest in der Schule, Fräulein Pelegrini. Auch im Pinzgau gibt's Breitband. Und genau deswegen hab ich kein gutes Verhältnis zu dem Zeug. Zeitfresser. Wenn ich zu wem grauslich sein will, dann mache ich das nicht via E-Mail, sondern von Angesicht zu Angesicht."

Pelegrini verdrehte die Augen.

„E-Mail, Oberhollenzer. Das ist vorgestern. Für Leute wie dich. Ich schreibe kaum mehr Mails. Wir chatten über Facebook oder Skype oder Windows Live."

„Ich chatte nicht, ich rede mit Leuten."

Oberhollenzer verschränkte die Arme vor seiner Brust.

Moll hatte sich kurz über den Wortwechsel amüsiert, aber mittlerweile fadisierte ihn der stilisierte Kulturkampf.

„Okay, Fräulein Pelegrini, du bist jetzt unsere Expertin für die neuen Medien. Wenn das Diskettenlaufwerk klemmt, wirst du es nächstes Mal reparieren. Und du, Oberhollenzer, sollst auch deinen Fähigkeiten entsprechend eingesetzt werden. Du kannst den Rechner aus dem Fenster werfen, wenn wir einen neuen brauchen."

„Diskettenlaufwerk? So was gibt's noch?"

Pelegrini kniete sich auf den Boden und kroch auf allen Vieren unter Molls Schreibtisch.

„Tatsächlich", hörte man sie nach kurzer Zeit dumpf unter der Tischplatte hervorkeuchen. „Das Laufwerk muss ebenso alt sein wie der Lurch unter deinem Tisch." Hustend stand sie auf und klopfte sich den Staub von den Knien. Mit einem lauten Nieser setzte sie sich und griff erneut zu ihrem Smartphone.

„Hast du sonst noch irgendwas herausgefunden?“, fragte Moll nach einer kurzen Pause und versuchte, so desinteressiert wie möglich zu klingen.

„Ja, doch, das hätte ich fast vergessen“, murmelte Pelegrini beiläufig.

Statt weiterzureden, hörte sich die mädchenhafte Polizistin selbstvergessen einige seltsame Klingeltöne auf ihrem Handy an und tippte immer wieder auf den Bildschirm.

„Und?“, fragten Oberhollenzer und Moll fast gleichzeitig.

Pelegrini zuckte zusammen.

„Ich hab Kontoauszüge von Leonhard Maurer mit. Er bekommt sie heim geschickt. Sie lagen ungeöffnet im Poststapel, wo seine Frau alles sammelt, falls er doch noch zurückkommt. Prompt ist der Brief von der Bank in meine Tasche gefallen. So ein Zufall aber auch.“

„Was, du hast sie nicht einmal gefragt, ob du die Unterlagen mitnehmen kannst?“

Moll überraschte die Kaltblütigkeit der jungen Polizistin. Halblegale Improvisationen sollte man sich seiner Meinung nach für jene Situationen aufsparen, in denen es nicht mehr anders weiterging.

„Braves Mädel“, kommentierte Oberhollenzer verzückt. Ihre Courage war ganz nach seinem Geschmack.

„Ja, egal ob ich jetzt Engerl oder Bengerl bin: Der Maurer hat am Tag seines Verschwindens 22.000 Euro vom Gehaltskonto abgehoben.“

Moll schluckte.

„22.000? Hat jemand von euch schon jemals so viel auf seinem Gehaltskonto gehabt?“

„Ist deine Frage wirklich ernst gemeint oder trinkst

du im Dienst?“, schüttelte Martina Pelegrini verständnislos den Kopf. „Ich hab ein Konto, das für maximal vier Stellen vor dem Komma ausgelegt ist. Und bei der Bezahlung in diesem Verein werde ich wohl nie um ein Upgrade auf fünf Stellen ansuchen müssen.“

„Du bist eine von uns, Fräulein Pelegrini. Daran besteht kein Zweifel mehr. Noch ein bissl zynischer und du wirst Chefinspektorin“, zwinkerte Moll ihr anerkennend zu.

„Noch schöner wär's, du wüsstest auch, wozu Maurer die 22.000 Euro abgehoben hat“, schaltete sich Oberhollenzer ein.

„Ich hab so ein Gefühl“, murmelte Pelegrini mehr zu sich selbst und war sich nicht im Klaren, ob sie ihrer Intuition trauen sollte, „aber das sage ich euch erst, wenn ich mit den zwei Mädchen geredet habe.“

August

Als Walter mit dem Leihauto zurückkam, ließ er es in der Zufahrt stehen. Langsam ging er in die Garage und zog das Tor hinter sich zu, ohne seine Kleidung zu wechseln. Er setzte sich auf einen Schemel und atmete tief ein. Der feine Geruch von Öl beruhigte ihn. Er gehörte zur vertrauten Welt, nicht zu den Dingen, von denen er am liebsten nichts gewusst hätte und die ihm schon beim Fernsehen Angst einjagten.

Der A6 hatte sicher schon die Grenze passiert. Wenn sie den Autoknacker jetzt erwischten, hatte er einen verdammten Erklärungsnotstand. Vielleicht war es sogar ein Glück gewesen, dass ihm jemand die Last der Entsorgung abgenommen hatte, und es ging schon längst wieder aufwärts, ohne dass er es mit seinem tumben Verstand merkte.

Weitaus agiler, als er sich gesetzt hatte, stand Walter auf und wechselte in die Sportkleidung. Wenn das Leben es doch gut mit ihm meinte, wollte er schon seinen Teil dazu beitragen.

Diesmal kamen ihm die Nordic-Walking-Stöcke weniger lächerlich vor. Er mied die Straße und kürzte über die Wolfgang-Schaffler-Promenade ab zum Altersheim Nonntal, um dort anzusetzen, wo er am Vormittag abgebrochen hatte. Die Dächer der stadteigenen Glashäuser vor dem Donnenbergpark wirkten schmutzig-grau. Zum Schutz vor der Augustsonne dunkelten die Stadtgärtner ihre Gewächshäuser bis zum späten Nachmittag ab.

Zwischen Thumegger Bezirk und Leopoldskronstraße versteckte sich eine Kleingartensiedlung. Es roch nach

Holzkohle und nach Grillrosten, an denen ein bisschen Fett klebte. Hier war das Leben in Ordnung, in den kleinen langgezogenen Gartenparzellen mit ihrem normierten Bewuchs, der ein braves Paradies vortäuschte. Jedes Häuschen hatte seine Fixmaße und einen festen Platz, hier war die Natur in Ordnung gebracht.

Plötzlich ging alles so leicht. Nichts tat ihm weh. Am Leopoldskroner Weiher hielten ein paar Unverbesserliche Angelruten in der Hand und hofften, die Fische mögen sich vom heißen Wetter den Appetit nicht verderben lassen. Er nickte ihnen freundlich zu. Sie hoben ihre grünen Bierdosen zum Gruß und grinsten zurück.

Vor der Pizzeria am Nordwestende des Teiches kam er kurz aus dem Rhythmus, weil ein Autobus eine Ladung Japaner ausspuckte. Zumindest schloss er von der Nikon-Dichte darauf, dass es Japaner sein mussten. Sie knipsten auf Teufel komm raus zum Schloss Leopoldskron hinüber.

Danach kam er nicht mehr ganz rein in die Bewegung.

Die Firmianstraße war wie immer an Badetagen zugeparkt von den Gästen des Leopoldskroner Bades. Jetzt, am späten Nachmittag, leerte sich das Lepi, wie die Salzburger die Anlage nannten, allmählich. Autos rangierten millimeterweise, Menschen in Shorts und mit Strohmatten unter dem Arm überquerten ohne Rücksicht auf Autos oder Jogger Firmian- und Leopoldskronstraße.

Beim Einbiegen in die Schwimmschulstraße kam er völlig zum Stehen. Nicht wegen übermotivierter Autofahrer oder der Badegäste. Nein, aus schierer Verblüffung.

Vor dem Strasserwirt stand der A6.

Walter wagte nicht, sich dem Auto zu nähern.

Vielleicht war das eine Falle. Er sah sich um, konnte

aber niemanden entdecken, der ihn beobachtete. Auch hinter den Fenstern der umliegenden Wohnhäuser bewegte sich keine Gardine. Niemand schien zu lauern.

Wie zufällig trottete Walter zum Auto. Es war unversperrt.

Jeder in der Straße wusste, dass es ihm gehörte, beziehungsweise als Dienstauto zur Verfügung stand. Wozu also so tun, als ginge es ihn nichts an.

Als hätte er etwas im Innenraum vergessen, öffnete er die Fahrertür. Der Schlüssel steckte nicht mehr. Walter fand ihn ein paar Sekunden später unter dem Vordersitz.

Instinktiv legte er seinen Finger auf die Fernbedienung, um den Kofferraum automatisch zu öffnen. Im letzten Moment zuckte er zurück. Was, wenn jemand hinter dem Auto stand und dann direkt auf einen frei herumkollernden Schädel blickte?

Also ging er, gelangweilte Bedächtigkeit vortäuschend, um das Auto herum und sperrte auf. Langsam und elegant hob sich der Deckel zum Laderaum.

Walter stand davor wie erstarrt. Der Kofferraum war leer.

September

„Ich hab nur kurz Zeit, Franco."

Laura klang deprimiert am Telefon.

„Überarbeitet?", schnitt Moll seiner Schwester das Wort ab. Er hätte mit Oberhollenzer längst bei Gokl sein sollen.

„Auch. Warum hast du mich nicht zurückgerufen?"

„Ehrlich gesagt, ich hab's vergessen. Tut mir leid. Gestern ist mir mehr oder weniger ein Banküberfall dazwischengekommen."

„Bist du dafür jetzt auch zuständig?"

Franco zögerte ein wenig.

„Nein, das war ... eher privat."

„Ein privater Banküberfall?"

Jetzt sprach wieder die Journalistin aus Laura.

„Naja, Felix hat eine neue Freundin, die gestern überfallen wurde."

Laura wurde ungeduldig.

„Kannst du bitte in ganzen Sätzen mit mir reden, die auch Sinn machen? Oder mir alles, was du mir sagen willst, in zehn Zeilen erzählen?"

Wenn seine Schwester redete, als müsste man alle Vorgänge in der Welt in Kurzmeldungen für die Nachrichten komprimieren, war es Zeit, sich große Sorgen um sie zu machen. Franco kannte diese Anfälle zur Genüge.

„Was ist los, Laura? Sag's gleich, bevor wir zu streiten beginnen."

Kurz wurde es still im Telefon.

„Papa ist krank."

„Ich hab keinen Vater mehr", antwortete Franco, ohne zu zögern.

Die Reaktion seiner Schwester brauchte keine halbe Sekunde.

„Hör endlich auf mit dem Scheiß. Papa hatte einen Schlaganfall."

Laura schrie ihn jetzt an.

„Wir wissen nicht, ob er durchkommt."

„Wir: das sind du und deine Mutter."

„Die bekanntermaßen auch deine Mutter ist", redete Laura mit unverminderter Lautstärke weiter. „Hast du verstanden, was ich gesagt habe? Schlaganfall. Ein schwerer Schlaganfall. Wenn du jetzt weiter auf stur machst, dann verpasst du vielleicht deine letzte Chance, dich mit ihm zu versöhnen. Ihr verdammten sausturen Idioten ihr. Warum habt ihr euch so lange Zeit gelassen, eure kindischen Unstimmigkeiten auszuräumen?"

Franco atmete lang aus.

„Ist es daheim in Linz passiert?"

„Ja", antwortete Laura nach wie vor genervt.

„In welchem Spital liegt er denn?"

„Bei den Elisabethinen."

Franco zögerte mit der nächsten Frage.

„Du meinst, ich soll hinfahren?"

„Ja, das meine ich", antwortete Laura. „Nicht irgendwann, sondern bald."

Der Kopf des Vaters sollte nicht der einzige bleiben, der in diesen Tagen aus der Vergangenheit auftauchte. Die beiden Fischer hatten sich trotz des diesigen Wetters schon um sieben Uhr früh an den Leopoldskroner Weiher gesetzt. Es war Samstag. Sie hätten nicht gewusst, was sie sonst am Wochenende hätten tun sollen. Überraschenderweise hatte sie niemand für irgendeine Spachtelarbeit in irgendeiner Wohnung gebucht. Der eine war eigentlich Ingenieur der Elektrotechnik, der andere Veterinärmediziner, aber dort, wo sie herkamen, konnte man von ihrer Arbeit nicht leben. Spachteln, das konnten sie hingegen. Mittlerweile.

Ein Freund hatte sie in eine von diesen Firmen eingeschleust, bei denen man besser nicht nachfragte, wie sie gestern hießen und morgen heißen würden. Das Geld bekamen sie am Ende der Woche auf die Hand, das passte. Manchmal buchte jemand sie privat. Dann gingen die neun Euro pro Stunde ohne Umwege in ihre Privatkasse, sonst zahlte ihnen der Chef sechs Euro. Angeln: das war so etwas wie ein bisschen daheim sein. Beziehungsweise für ein paar Stunden vergessen, dass man in der Fremde lebte.

Pjotr nahm einen Köderfisch aus dem Kübel. Er schlug ihm mit der Rückseite des Fischermessers zweimal auf den Kopf, dann schnitt er die Bauchunterseite auf. Das Fischen mit lebendem Köder war verboten. Vorsichtig entfernte er die Galle und die Innereien und holte schließlich das zuckende Herz aus den Eingeweiden auf dem Boden. Er kniff die Augen konzentriert zusammen und montierte es bedächtig auf einen Haken. Es bewegte sich nervös, wie ein rosa Käfer, der sich befreien wollte. Mit einem eleganten Schwung der Angel warf Pjotr Köder samt Schwimmer etwa fünfzehn Meter in den Weiher. Sein Kollege saß schon auf dem Klappschemel und rauchte. Der Gestank des Tabaks haftete auf ewig an seinen Fingern. Der Geruch klebte auch am Köder. Fische waren keine Nikotinjunkies. Darum hatte Pjotr meist mehr Anglerglück als sein stinkender Freund. Pjotr holte seine zweite Rute aus der Sporttasche. Langsam löste er den rotsilbernen Blinker von einem Ring an der Rute und zog die Teleskopstangen bedächtig aus.

Rechts von ihnen lag eine Birke im Wasser. Sie war von der nördlichsten der drei malerischen Kleinstinseln in den Weiher gestürzt. Zwei Reiher saßen in ihrer Krone und schienen belustigt auf die Fischer zu starren. Lausige Konkurrenten, die es besser hatten. Während die Männer pro Rute nur zwei Fische mitnehmen durften, konnten die Fischreiher fressen, was sie wollten. Daheim hätte man mit den Viechern kurzen Prozess gemacht. Aber hier lief man Gefahr, gelyncht zu werden, wenn man den Biestern eine auf den Pelz knallte.

Pjotr warf den schweren Blinker weit in den Weiher hinein, ließ ihn kurz absinken und begann ihn dann mit ruhiger Hand einzuziehen. Gleichmäßig und beruhigend ratterte die Rolle, während er die Kurbel drehte. Am Schloss gegenüber zogen Dunstschwaden vorbei. Auch an der Oberfläche des Teichs schienen einzelne Stellen mehr zu dampfen als andere. Immer wieder stiegen irgendwo Luftblasen auf, als gäbe es in der Dunkelheit des Wassers unbekanntes Leben, das sich ab und an verriet. Wie ein tänzelnder Fisch, der Himmel und Wasser abwechselnd seine silbern blitzende und seine stumpfgraue Seite zeigte, glitt der Blinker an die Oberfläche. Pjotr hob ihn ohne Enttäuschung aus dem Wasser. Sein rauchender Freund hob den Deckel von der Kühlbox und nahm zwei Dosen Bier heraus. Eine reichte er wortlos herüber. Das Knacken des Blechverschlusses beim Aufreißen wirkte fremd und laut im Grau des Dunstes. Trotzdem: Es würde ein schöner Tag werden, davon war Pjotr überzeugt. Bis er kurz nach acht die Angel mit dem Blinker zum fünfzehnten Male einzog.

„Ich fürchte, du musst packen“, rief Franco in Felix' Zimmer, während er das Handy in seine Hosentasche zurücksteckte.

„Packen für Urgroßvater? Plan-U? Ist wieder einer tot?“

Franco nickte. Felix hatte eben begonnen, den Looping seiner Autorennbahn aufzubauen. Kurz zuvor beim Frühstück hatten sie ausgemacht, ein paar Rennen gegeneinander zu fahren. Umso mehr schlechtes Gewissen schlich jetzt in Moll hoch.

„Komm, wir nehmen die ganze Rennbahn mit, ja?“

„Aber der Ticktack-Opa ist kein Gegner für mich. Mit seinen alten Händen kommt er mit dem Regler nicht mehr gut zurecht. Er bremst zu langsam und fliegt aus jeder Kurve. Das macht keinen Spaß.“

„Aber zum Trainieren reicht's doch, oder?“, versuchte Franco die Situation ins Positive zu drehen. Er ging zum Kasten und zog Felix' Notfallrucksack aus einem Fach.

„Vielleicht können wir morgen das Rennen nachholen.“

„Nachholen? Ich will *jetzt* mit dir Rennbahn spielen.“

„Ich eigentlich auch“, seufzte Franco. „Schau, du weißt, ich bin Kriminalpolizist. Wenn mir der Chef einen Fall gibt, kann ich nicht nein sagen. Von dem, was ich verdiene, können wir uns dann eine Rennbahn kaufen.“

„Ich brauche keine Rennbahn mehr. Ich hab schon eine.“

Mit zusammengekniffenem Mund nahm Felix seinem Vater den Rucksack aus der Hand und wollte ihn sich über die Schulter hängen.

„Zieh zuerst die Jacke an, Felix.“

Auch das ließ Felix ohne Reaktion mit sich geschehen.

Ebenso still setzte er sich im Vorraum auf einen Schemel und schlüpfte in seine Schuhe. Solange Felix schweigend schmollte, wusste Franco, dass es nur Schauspiel war. Wenn sein Sohn wirklich empört war, flippte er aus und begann herumzuschreien. Als Moll die Wohnungstür schloss, drehte sich Felix' Stimmung um 180 Grad.

„Melinda! Hallo!", jubilierte sein Sohn.

Die Nachbarin in spe kam eben die Stiege herauf.

„Kann ich bei dir bleiben?"

Melinda sah ratlos zwischen Franco und seinem Sohn hin und her.

„Ich muss ausrücken. Ein Notfall", erklärte Franco und zog sein Ledersakko zurecht. „Felix darf in solchen Fällen bei seinem Urgroßvater übernachten."

„Und das wissen Sie schon jetzt kurz vor neun Uhr früh, dass Sie nicht heimkommen?"

„In diesem Fall: ja."

Melinda drehte sich zu Felix und ging in die Knie. „Beim nächsten Mal kannst du gerne bei mir bleiben. Heute ist es irgendwie blöd. Ich warte in der Wohnung auf zwei Handwerker und krieche den ganzen Tag im Staub herum. Das würde dir kein Vergnügen machen, glaube ich."

Felix nickte. „Okay, aber nächstes Mal sicher, ja?"

Melinda nahm seinen Kopf kurz in ihre Hände. „Ja, versprochen. Dann habe ich auch schon eine Couch und Sessel zum Sitzen."

„Einen Tisch bekommst du aber auch? Oder müssen wir die Fischstäbchen auf der Couch essen?", sorgte sich der Achtjährige.

„Nein, es wird alles zu deiner Zufriedenheit eingerichtet werden."

„Dann ist es ja gut", rief Felix und sprang vergnügt die Stufen hinunter.

Pelegrini hatte kein Auto. Moll holte sie von der Bushaltestelle „Justizgebäude" ab. Ihn plagte noch immer das schlechte Gewissen wegen des verpatzten Wochenendes mit Felix, und Martina Pelegrini wirkte übernächtig. Jeder mit seinen Gedanken beschäftigt, fuhren sie in den morgendlichen Schatten des Rainberges ein und schließlich in der Gegenrichtung die Leopoldskroner Straße hinauf. Oberhollenzer würde frühestens in zwei Stunden zu den beiden stoßen. Er verbrachte das Wochenende wie immer daheim im Pinzgau und schlief sich womöglich noch den Rausch von der rituellen freitäglichen Heimkehrfeier aus. Oder er war bereits an Krautsuppenvergiftung gestorben. Bei der Pizzeria am Weiher stellten sie wegen des Fahrverbots am Seeufer den Wagen ab.

Etwa 150 Meter entfernt hatte der Gruppenleiter der Tatortgruppe I, Hans Schmid, bereits einen kleinen Bereich absperren lassen. Die paar Meter konnten sie zu Fuß gehen.

„Was ist denn das für ein Anwesen?"

Martina Pelegrini deutete mit dem Kopf auf das monumentale Schloss Leopoldskron am gegenüberliegenden Ufer des Weihers. Über seinem hellen Dach waren durch den Dunst, der sich jetzt langsam auflöste und von einzelnen feinen Sonnenstrahlen zerstäubt wurde, die weißen Mauern der Festung zu sehen.

„Das gehört einer amerikanischen Stiftung. War mal tatsächlich ein Wohnhaus. Naja, Wohnschloss. Es gehörte bis 1938 Max Reinhardt, dem Theatermann. Er hatte offenbar auch im Leben Sinn fürs Theatralische. Sonst kauft man sich ja kein Barockschloss, oder?"

Pelegrini schüttelte verständnislos den Kopf. „Ich glaube, ich mag superreiche Menschen nicht. Und das hat er sich alles mit Theater erarbeitet?"

„Keine Ahnung. Aber den Atem von Max Reinhard spürst du jetzt noch in Salzburg", sinnierte Franco. „Er hat die Stadt zu einer Bühne gemacht. Also, die Festspiele hat er zumindest gegründet."

„Mit einem Weihrauchkessel?", ätzte die junge Polizistin.

Franco grinste und sparte sich eine Antwort, weil ihnen am rotweißen Band der Absperrung bereits Hans Schmid entgegenkam.

„Ich seh keine Leiche", sagte Franco, während er dem fast sechzigjährigen weißhaarigen Kollegen die Hand schüttelte.

„Vorerst haben wir nur einen Kopf. Einer von den beiden Russen da hat ihn beim Angeln aus dem Weiher gezogen. Aber schau's dir selber an. Die Taucher vom Einsatzkommando sind schon unterwegs. Die werden hoffentlich noch was finden."

Pjotr und sein Freund saßen scheinbar unbeeindruckt vom grausigen Fund auf ihren Schemeln. Nur der Biervorrat in der Kühltasche hatte sich durch das Geschehen der letzten Stunde etwas schneller reduziert. Die Angeln steckten in einer Halterung am Ufer. Wie der Rückstrahler eines Fahrrades glänzte der silberrote Blinker im fahlen Licht. Ein Mann in einem weißen Overall samt Kapuze stand ratlos im Hintergrund. Neben Pjotr lag ein aufgerissener gelber Plastiksack mit der Aufschrift „Glutenfrei leben" und der Adresse eines Geschäfts in der Innenstadt auf dem Boden. Auf ihm starrte ein fast vollständig skelettierter Schädel Richtung Schloss Leopoldskron. Nur der Unterkiefer fehlte ihm. Hans Schmid hielt ihn mit zwei spitzen, behandschuhten Fingern.

„Sehr alt kann der Kopf nicht sein. Schau dir die Zahnfüllungen an. Die sehen zumindest für einen Laien wie mich modern aus." Franco Moll nickte.

„Max Reinhardt hätte dieses Theater gefallen. Wer hat den Kopf so schön auf dem Plastiksack drapiert?"

Schmid deutete auf Pjotr. „Der hat den Kopf im Sackerl aus dem Wasser gezogen."

Pjotr nahm einen Schluck aus der Bierdose. Er redete, ohne sich zu den Kriminalpolizisten zu drehen. „Ist eigentlich gute Zeit für Hecht. Kopf sollte Schonzeit haben. Ganzjährig."

Moll und Pelegrini gingen auf den Fischer zu und schüttelten ihm die Hand.

„Wie fischt man einen Kopf?", fragte Franco und blickte suchend über den Weiher.

„Mit Blinker. Hab aus Bier getrunken bei Fischen. Einmal zu viel vielleicht. Da ist Blinker zu tief gesunken. Und dann: war wie schwerer Biss von Hecht. Ging aber dann viel leichter als erwartet. Hab gedacht: vielleicht ein kleiner Zander. War aber Plastiksack mit Kopf drin. Ist kein Platz dafür in meinem Kescher. Hab deshalb gleich von Lokal telefoniert." Pjotr deutete auf die Pizzeria. „Hab sonst nix gemacht, außer Kopf hingestellt für letzten Blick."

Moll klopfte dem Russen kurz auf die Schulter. „Gut gemacht, danke."

„Petri Heil", rief Pelegrini ohne Bewusstsein für die

Ironie ihres Grußes dem glücklosen Fischer noch zu und drehte sich zu Schmid um.

„Sag mir was, Franco", hörte Moll eine bekannte Stimme. Am Rand der Absperrung stand seine Schwester Laura. Der Mann daneben hatte eine Kamera auf seiner Schulter.

„Was machst du mit dem Fernsehen da?"

Laura zupfte am Absperrungsband. „Ich muss einspringen. Am Wochenende sind kaum Redakteure da. Einer ist jetzt noch krank geworden."

Franco ging ihr ein paar Schritte entgegen, blieb dann aber auf halbem Weg stehen.

„Ich kann dir trotzdem nichts sagen. Mach das mit Gokl aus."

„Ein Schädel im Leopoldskroner Weiher. So was passiert ja nicht alle Tage. Was werdet ihr jetzt machen?"

„Zuerst mal schauen, wem er fehlt. Vielleicht gibt's noch biologische Spuren, die verwertbar sind. Aber das ist jetzt Sache der Gerichtsmedizin. Bitte, Laura, frag Gokl, und bring mich nicht in Verlegenheit."

Laura gab nicht nach. Offenbar konnten nicht einmal Familienbande die Blutgier von Chronikjournalisten bremsen.

„Aber ihr werdet ja wissen, wer abgängig ist und wem der Kopf fehlen könnte, oder?"

Moll schüttelte den Kopf. „Dafür ist es jetzt noch zu früh."

Überhaupt war er nicht gut auf Laura zu sprechen, seit sie ihn am Telefon so angeschrien hatte. Moll ging langsam zurück zu Schmid und Pelegrini.

„Meinst du, der gehört zu Julia oder ihrem Stiefvater?"

Moll zuckte mit den Achseln. 50 Meter weiter Richtung Pizzeria zogen sich eben zwei Taucher ihre Brillen über die Augen und steckten sich die Mundstücke ihrer Pressluftflaschen zwischen die Zähne. Schmid gab den schwarzen Froschmännern mit der Hand ein Zeichen. Vorsichtig stiegen sie ins Wasser.

„Vielleicht finden wir noch ein paar Teile zum Leichenpuzzle. Obwohl: ein Kopf in einem Sack, das schaut eher nach Einzelverpackung aus. Wir bringen das Ganze jetzt mal rein, ja?"

Moll nickte, während Schmid seinem Mitarbeiter im weißen Overall ruhig Anweisungen gab.

„Wo ist die Szifkovits?", fragte Moll.

Schmid lachte. „Du wirst doch nicht glauben, dass sie wegen einem Schädel ihre heilige Wochenendruhe unterbricht, oder?"

In diesem Augenblick läutete Pelegrinis Telefon. Es klingelte nicht mit den üblichen Gongs und Musikfetzen, es machte eher ungewöhnlich auf sich aufmerksam: mit dem Geräusch von aufheulendem Tennispublikum samt dem Ploppen von Tennisbällen im Hintergrund und abschließendem Applaus nach einem Ballwechsel, wie ihn Moll nur von den Grand-Slam-Turnieren im Fernsehen kannte.

Pelegrini ließ sich Zeit, bis sie das Gespräch annahm. „Herr Brigadier?" Pause. „Ja, der ist da. Ich weiß auch nicht, warum er nicht abhebt." Kurze Pause. „Okay."

Damit reichte Martina Pelegrini das Telefon an Franco weiter. Der Brigadier klang not amused. Moll ging sofort in Verteidigung.

„Ich hab mein Handy im Auto liegen gelassen, tut mir leid. Aber wie Sie sehen, bin ich trotzdem erreich..."

„Egal jetzt", schnitt Brigadier Gokl dem Chefinspektor den Satz ab, „wir haben einen Kopf gefunden, richtig?“

„So ist es.“

„Wissen Sie, was das für das Sicherheitsempfinden bedeutet? Dass in Salzburg Menschen ihren Kopf verlieren und keiner findet was dabei? Keinem fällt's auf? Vor allem uns nicht? Ich sage nur ‚Alarmstufe Rot‘, verstehen sie mich? Das Fernsehen sitzt mir schon im Nacken. Ackern Sie alle Vermisstenmeldungen der letzten Zeit durch. Machen Sie Szifkovits Druck.“

Jetzt unterbrach Moll. „Herr Brigadier, mit Verlaub. Ich werfe mich nicht selber in den Rachen des Löwen. Das gehört hochoffiziell auf Ihrer Ebene gelöst. Ich möchte mir nicht Szifkovits' heiligen Zorn zuziehen, weil ich die Frau Doktor aus dem Wochenende hole.“

„Gut, sagen Sie Ihren weichen Knien, sie sollen zu schlottern aufhören. Das übernehme ich. Um alles andere kümmern Sie sich, Chefinspektor Moll.“

Gokl hatte die letzten zwei Worte besonders deutlich ausgesprochen, als müsste er Franco wieder einmal an seine Funktion erinnern. Damit legte der Brigadier auf.

„Super Klingelton“, sagte Moll, als er seiner Kollegin das Handy zurückgab.

„Den hab ich nur für Gokls Festnetz- und Mobilnummer“, grinste Pelegrini.

Der Vormittag verging wie im Flug. Pelegrini und Moll ließen sich noch einmal alle Vermisstenmeldungen des letzten Jahres geben. Es war ein ganzes Dutzend. Gegen Mittag tauchte Oberhollenzer auf. Er sah zum Erbarmen aus, in der linken Hand trug er seine silberne Thermosflasche. „Ich hab dir ja gesagt, dass dich die Krautsuppendiät umbringt“, ätzte Moll.

„Es ist ein langsames qualvolles Eingehen, begleitet von bestialischen Gerüchen.“ Oberhollenzer ließ sich stöhnend in den Sessel sinken.

„Wenn du nur so grauslich zu mir sein kannst wie die Suppe, dann bist du glücklich, stimmt's? Aber es war alles ganz anders. Der Steiner Bertl hat einen Hirsch geschossen. Der hatte sicher acht Kilo.“

Pelegrini blickte überrascht hinter ihrem Monitor hervor.

„Ein Hirsch mit acht Kilo? Bringt ihr schon die Bambis um?“

„Ach, du Stadtkind. Die Trophäe hatte acht Kilo. Das Geweih, verstehst du? Der Kopfschmuck des Hirschen, sein Käppi. Das Tier selber hat sicher 150 Kilogramm in der Decke.“

„In der Decke?“

„Mit Eingeweiden.“

„Ah ja, dann bist du jetzt mit der Schädelsuche eh ganz richtig bei uns, wenn du so auf grausliche Kadaver stehst“, parierte Pelegrini.

„Das Favoritener Kindl redet schon wie eine Große. Brav ist sie, nicht?“, nickte Oberhollenzer ihr anerkennend zu. „Aber das war noch nicht das Schlimmste. So einen Hirsch muss man tot trinken, weißt du?“

„Heißt was? – Obwohl, wenn ich dich so anschau, Oberhollenzer, dann versteh ich's eh. Ein paar Hirschen blasen sich alkoholisch um, weil sie ein armes Tier aus der Distanz mit Zielfernrohr hingerichtet haben.“

„Das gebietet der Respekt, Fräulein Pelegrini, also das, was dir fehlt. Und es heißt auch nicht Zielfernrohr, sondern ‚Glasl‘, ja?“

„Dort, wo du zu tief hineingeschaut hast?“

Oberhollenzer winkte ab. Der Wortwechsel mit dem Stadtkind, das nichts vom Werden und Vergehen, von Waidwerk und Naturliebe verstand, hatte ihn rasch ermüdet. Er ging zwar erst seit Kurzem mit dem Gewehr auf die Jagd, aber mit dabei gewesen war er in den letzten Jahren oft.

„Und jetzt?“, fragte Pelegrini, als sie die Vermissten sondiert hatten.

„Jetzt gehen wir aus Verzweiflung zu Bruno ins LAGE essen und danach machen wir die Zahnbürstentour.“ Moll teilte die Vermisstendaten auf drei Stapel auf. „Jeder von uns übernimmt vier Vermisste, fährt zu ihnen heim und nimmt was mit, wo wir noch biologische Spuren erwarten können, Haarbürste, Zahnbürste, Computertastatur, Wimperntusche. Wenn wir sehr viel Glück haben, dann passt eine DNA zum Kopf. Ich nehme ja doch an, dass jemand aus der Szifkovits-Truppe noch Erbgutspuren am Schädel findet.“

Das LAGE zu betreten, war ungefähr so geruchsintensiv wie aus einer kalten Fritteuse zu inhalieren. Bruno stand gelangweilt hinter dem Tresen, vor sich ein kleines, unangetastetes Bier, dessen Schaum eingesunken war. Offenbar beschäftigte ihn etwas sehr. Abwesend schob er sich ein paar Grammeln in den Mund und trank dann doch einen Schluck nach. Als die drei Kriminalpolizisten das LAGE betraten, hellte sich seine Miene auf.

„Ich wollte schon zusperren. Gar kein Umsatz bis Mittag, ist doch zu wenig. Selbst für den bescheidensten Ex-Gendarmen.“

„Hast du was Magenverträgliches für uns, Bruno?“

„Nein“, antwortete der korpulente Wirt wie aus der

Pistole geschossen. „Heute gibt's ein Einheitsgericht. Einen ‚Horstl', benannt nach meinem Lieblingsfleischer. Ich kann euch eine Eierspeise mit Grammeln auf Schwarzbrot machen. Und weil ihr meine Lieblingskieberer seid's, toaste ich euch das Schwarzbrot auch noch."

„Hervorragend", sagte Pelegrini und lächelte den Wirt an, den sie bisher nur als grantelnden Patron erlebt hatte.

„Du weißt schon, dass wir heute noch arbeiten müssen?", versuchte Moll vorsichtig einzuwerfen.

Bruno nickte. „Wenn du willst, mache ich deinen ‚Horstl' mit vier statt mit drei Eiern. Das gibt Kraft."

„So meinte ich das nicht." Franco überlegte kurz, ob er Bruno die Sache mit den Steinen im Magen erklären sollte. Sich's mit Bruno zu verderben, bekam niemandem gut.

„Für mich bitte eine Kinderportion", zwinkerte Pelegrini dem dominanten Wirt zu. Sie hatte es offenbar faustdick hinter den Ohren, wenn es drauf ankam, wie ihre beiden Kollegen mit Erstaunen merkten.

„Und du, Oberhollenzer?"

„Vergib mir untertänigst, du Respektwürdigster aller Gastronomen. Aber mir geht's nicht gut. Der Arzt hat mich auf Diät gesetzt, damit ich ihm als Patient und dir als Kunde erhalten bleib. Darf ich meine Suppe bei dir trinken, wenn ich dafür zahle? Ausnahmsweise?"

Er sah Bruno treuherzig an, dass es einem warm ums Herz hätte werden können für den 130-Kilo-Koloss.

„Arme Sau", sagte Bruno nur und schlurfte zurück hinter den Tresen. Gefühlte 12.000 Kilokalorien später erhob sich Moll. Es ging nur mit Mühe. So ähnlich musste sich der Wolf mit den Wackersteinen gefühlt haben, bevor er ins Wasser stürzte. Ja genau, er hatte Felix ja etwas versprochen. Wenn er das Versprechen morgen nicht einlöste, war er in der Bredouille. Dann konnte er auch nicht mehr auf Verständnis von Felix hoffen.

Gegen 19 Uhr trafen sie sich nach dem Abklappern der Vermisstenadressen wieder in der Polizeidirektion. Moll hatte am Nachmittag einmal kurz auf einem Parkplatz geschlafen, und auch jetzt fühlte er sich noch nicht gut. Die Grammeln würden seinen Magen wahrscheinlich nie wieder verlassen. Sie würden sich dort einnisten wie eine bakterielle Krankheit und ihn ab jetzt und in alle Ewigkeit stündlich daran erinnern, dass er Bruno wegen seiner Küche endlich in Handschellen legen sollte. Das größte Fundstück brachte Oberhollenzer mit, einen Teddybären, den er in eine transparente und sauber beschriftete Tasche gepackt hatte. Er bemerkte Molls Blick.

„Die Zahnbürste war schon längst im Müll. Und die Haarbürste teilen sich alle. Der Bär stand noch immer in einer Nische neben dem Bett."

Plötzlich klopfte Moll verärgert mit den Handknöcheln auf den Schreibtisch.

„Verdammt, wir haben die Frei vergessen."

„Okay, das übernehme ich", meldete sich Pelegrini und zog ihre Jacke von der Stuhllehne.

„Ich fahr mit", sagte Moll, „Oberhollenzer schicken wir ins Bett. Er war brav und darf sich nach den Strapazen der letzten Nacht ausruhen."

Oberhollenzer nickte dankbar. „Was täte ich ohne euch?"

Er überlegt kurz und gab sich dann selbst die Antwort. „Wahrscheinlich ein Leben ohne ständige Demütigungen führen."

„Ja, aber auch ohne Liebe", fügte Moll grinsend hinzu.

Pelegrini bemühte sich, als Erste beim Auto zu sein, um sich hinter das Steuer zu setzen. Moll war das mehr als recht. Autofahren ödete ihn an. Als sie die Tiefgarage verließen und das Handy wieder Empfang zeigte, rief er Weinmeister an. Nach dem Besuch bei Helene Frei mussten sie alle sichergestellten Vergleichsmuster noch zur Gerichtsmedizin bringen. Danach war es zu spät, um Felix noch von Viktor abzuholen. Sein Sohn schlief spätestens um acht Uhr ein. Eine gute Gelegenheit, den Abend nicht in der Wohnung zu verbringen, sondern wieder einmal einen Freund zu treffen.

Weinmeister ließ es lang läuten. Er klang gehetzt, als er sich meldete.

„Was ist los, Heinrich?", fragte Moll.

„Ich bin im Stress."

„Du arbeitest noch?"

„Mehr oder weniger. Ich bin mit meiner Gilde unterwegs."

Moll überraschte, dass Weinmeister plötzlich zum Herdentier geworden war und sich einer Gruppe angeschlossen hatte.

„Wo seid ihr unterwegs? Im Lethe?"

„Ach wo, Franco. In *World of Warcraft*. Das Online-Spiel. Ich bin da jetzt auch dabei. ‚Headhunters' nennen wir uns."

„Ach so, du spielst Computer."

„Du", sagte Weinmeister, „das ist kein Spiel. Das ist Ernst."

„Willst du nicht mal wieder unter reale Menschen?

Ich geh dann ins Lethe, in eineinhalb Stunden circa."
„Geht nicht, Franco, meine Gilde braucht mich. Ich bin einer der Heiler. Ich mach die Tanks wieder gesund, damit die Aggro nicht fällt. Und Mana muss ich auch noch jede Menge verdienen, sonst gehen wir den Bach hinunter."

Franco zögerte.

„Ich mach mir Sorgen um dich, Heinrich."

„Brauchst du nicht, ich hab hier viele Freunde, keine Angst. Aber wenn du jemanden fürs Wirtshaus brauchst: Ruf Ulrichsberger an. Der kann heute Trost gebrauchen."

„Warum?"

„Das soll er dir selber erzählen. Bis bald, Franco, ich muss weiter heilen. Vor Mitternacht ist hier nicht Schluss."

Mit einem schnellen „Bis bald" legte Weinmeister auf.

Franco hatte Ulrichsberger vor ein paar Monaten bei Heinrich kennen gelernt. Sie hatten sich auf Anhieb gut verstanden, ein erdiger Mühlviertler mit tiefer Stimme, den die Warnungen auf den Zigarettenschachteln nur einen verhusteten Lacher kosteten. Seinen Lebensunterhalt verdiente er sich als Anwalt, ein Geschäft, in dem er sehr erfolgreich war. Bevor Franco die Nummer auf seinem Telefon gefunden hatte, parkte sich Pelegrini vor dem Haus in der Nähe des Volksgartens ein.

Helene Frei war bleich. Sie grüßte auch nicht. „Er ist es, oder? Ich hab eben den Bericht im Fernsehen gesehen. Sie haben Leonhards Kopf gefunden, nicht wahr? Im Weiher."

„Wir wissen es nicht, Frau Frei", versuchte Moll sie zu beruhigen. Sie standen noch immer unter der Haustür.

„Dürfen wir reinkommen?"

„Julia hat es mir ja geschrieben. Ich werde ihn nicht so zurückbekommen, wie ich ihn in Erinnerung habe."

Sie sah auf ihre Hände, als gäbe es darauf einen geheimen Text zu lesen, eine Anleitung für die nächsten Stunden oder Jahre. Oder als klebte da Vergangenheit dran, derer sie sich noch einmal versichern musste.

„Die Fische haben ihn schon völlig entstellt, nicht wahr? Löcher in sein Gesicht gefressen. Das geht schnell. Es sind ja viele Fische im Weiher. Ich sehe auch immer viele Angler dort, wenn ich mal vorbeikomme. Die Fische haben alles abgenagt von Leonhard. Die Natur ist ein Biest. So wie Julia." Sie pausierte wieder und hielt kurz den Atem an. Plötzlich brach es weiter aus ihr heraus. „Sie war ein Wunschkind. Aber sie ist ein undankbarer Kretin. Ich hätte sie nie auf die Welt bringen sollen. Mein Kind nimmt mir meinen Mann. Wie kann das sein? Was hab ich ihr angetan? Können Sie mir das erklären?"

Die Frau mit den langen Haaren und der fragilen Gestalt blickte zwischen Pelegrini und Moll hin und her. Die junge Polizistin legte den Arm um ihre Schulter.

„Setzen Sie sich. Wir sind nicht da, um Ihnen schlechte Nachrichten zu bringen."

„Wir möchten im Gegenteil sichergehen, dass der Kopf nicht von Ihrem Mann stammt", setzte Moll fort, während Pelegrini die zitternde Frau vorsichtig zu einem Sessel steuerte.

„Soll ich ihn identifizieren?"

„Nein, beileibe nicht", beeilte sich Moll.

„Sieht er so schlimm aus?"

Moll schüttelte den Kopf. Das Fernsehen war offenbar dezent genug gewesen, keine Bilder des Kopfes zu zeigen. Das Fernsehen: seine Schwester Laura. Auf jeden Fall wollte er Helene Frei Details ersparen.

„Wir vergleichen zur Sicherheit die DNA des Kopfes mit der DNA von *allen* Abgängigen in Salzburg. Das ist immerhin ein Dutzend! Drum wüssten wir gern, welche Zahnbürste Ihr Mann benutzte."

„Die blaue", antwortete die schmale Frau geistesabwesend und redete weiter, als müsste sie sich selbst überzeugen. „Ja, blau. Das ist doch die Farbe der Männer. Wir nehmen dann die rote oder die lila Bürste. Rosa ist für die Mädchen, richtig?"

Franco war froh, sich auf die Suche nach der blauen Zahnbürste machen zu können, und ließ Pelegrini mit der verwirrten Frau zurück. Nachdem er alle unbekannten Türen im Erdgeschoss ergebnislos geöffnet und wieder geschlossen hatte, ging er in den ersten Stock. Das Badezimmer grenzte an Julias Zimmer. Die Zahnbürste steckte in einem silbernen Becher. Da seine Handschrift normalerweise ein Fall für Kryptologen war, beschriftete Moll den Beutel langsam und akribisch. Vorsichtig ließ er die Bürste im transparenten Beutel der Spurensicherung versinken.

Nikolaus Ulrichsberger war sofort zu einem Bier bereit. Um halb neun stand er im Lethe im Keller an der Bar und klopfte seine Hose ab. „Ich wär jetzt fast in den Schacht für die Fernheizung gefallen. Die ganze Erzabt-Klotz-Straße ist aufgegraben. Ich hätte die Baufirma niedergeklagt, das sag ich dir. Unzureichende Baustellenabsicherung, Gefährdung der öffentlichen Sicherheit und so weiter. Aber ich hab grad noch einen Pfosten erwischt, bevor ich in die Grube gestürzt bin."

Ulrichsbergers Bewegungen wirkten fahrig. Moll sah ihn genau an, hatte aber keine Idee, woher die Unruhe kommen konnte.

„Wo hab ich dich denn vorhin erwischt? Am Bahnhof?"

Der bärtige Anwalt schüttelte den Kopf. „Im Krankenhaus."

Moll zog die Augenbrauen fragend hoch. „Was Ernstes?"

„Ja", nickte Ulrichsberger, „Mädchen Nummer fünf."

Franco schlug ihm auf die Schulter. „Gratuliere. Hoffe, es ist alles okay."

„Mit dem Mädel schon. Nur die Eltern sind parterre."

Moll hatte endlich Luis' Aufmerksamkeit, der sich wieder mal um die Ecke wagte, um Bestellungen aufzunehmen.

„Warum parterre?", setzte Franco das Gespräch fort, nachdem seine Chancen auf ein Bier unerwartet gestiegen waren.

„Na ja, fünf Mädchen. Diesmal dachten wir wirklich, dass wir endlich einen Stammhalter bekommen. Anna hat sich die Augen aus dem Kopf geweint, schon beim Ultraschall, als uns der Gynäkologe sagte, dass wir auf einem guten Weg zu einer weiblichen Volleyballmannschaft sind. Und jetzt wollte sie es auch nicht glauben, dass die Kleine kein Bub ist. Das Mädel war noch kaum gewaschen, da hat sie es trotz der ganzen Erschöpfung nach der Geburt herum gedreht, als müsste es irgendwo noch einen Schniedel versteckt haben. Es war schon fast peinlich."

„Dass dir etwas peinlich ist, kann ich mir kaum vorstellen", bemerkte Moll, während er mit dem Anwalt auf sein fünftes Kind anstieß. Etwas paradox war es schon, dass just ein Obermacho wie Nikolaus Ulrichsberger nur weibliche Nachkommen bekam. Tagsüber trug er einen Dreireiher, abends warf er sich in die Lederkluft und fuhr mit Anna noch eine Runde mit dem Motorrad, während ein Au-pair auf die Mädchenhorde aufpasste. Ulrichsberger blickte sich im Lokal um, als könnte er dort den Buben finden, den ihm die Natur bisher vorenthalten hatte.

„Schau dir die Bilder an“, deutete der Hüne Richtung Tür, wo ein paar Leinwände im Eck hingen. „Rosa. Da rosa, dort rosa. Wenn ich rosa sehe, dann seh ich rot. Ich halte das nicht mehr aus.“ Sein verzweifeltes Lachen klang, als käme es aus einem rostigen Panzer. Nikolaus griff nach der Zigarettenschachtel an der Bar und ließ sie dann wieder sinken. „Klara, unsere Drittälteste, war am Anfang ein richtig wilder Bub. Und jetzt: jetzt hab ich sie an die Farbe Rosa verloren, so wie alle anderen. Bei unserer Kleinsten wird es genauso sein. Es ist offenbar ein ehernes Naturgesetz. Das Mädchen als solches kreist in den ersten zehn Jahren seines Lebens um diese Farbe. Statt dass du den Gören ein dreckiges Leiberl zum Fußballspielen anziehen kannst, schlüpfen sie in rosa Tüll und setzen sich ein Krönchen auf. Ich hab kein Verständnis mehr dafür, tut mir leid. Abgeerntet. Rosa hat mich abgeerntet.“ Ulrichsberger hatte sich in Rage geredet, als hätte er Monate darauf gewartet, endlich einen Abnehmer für seine krausen Gedanken zu finden. Und das Lethe war eine hervorragende Deponie für diesen Gedankenmüll, den er nun schon zu lange mit sich herumtrug. „Ein Prozess gegen eine Armee von Anlagebetrügern ist ein Lercherlschas im Vergleich zum Farbempfinden meiner Kinder. Als mir Anna kürzlich ein rosa Hemd geschenkt hat ...", er atmete tief durch, „da hab ich Gewalt in der Familie zum ersten Mal als Option gesehen."

„Schluss jetzt", unterbrach ihn Franco, „du bist wirklich in einem Ausnahmezustand. So viel Schwachsinn in so kurzer Zeit hab ich selten gehört. Nicht mal bei meinem Chef."

Ulrichsberger sah erstaunt auf. Bei einem Kieberer, der in einer männlich geprägten Arbeitskultur daheim war, hätte er auf mehr Verständnis gehofft.

„Weißt du, was drei Buben aus deiner Wohnung machen? Sie devastieren sie, dass das Sondereinsatzkommando dagegen wie eine Gruppe Sängerknaben wirkt. Fünf Mädchen sind vielleicht in der Pubertät eine Zumutung, aber bis dahin zumindest pflegeleicht." Moll redete sich, inspiriert vom zweiten Bier, langsam in Fahrt. „Wenn deine Mädchen in die Pubertät kommen, hast du deine noch immer nicht verlassen. Ihr werdet euch also zumindest blendend missverstehen. Und was willst du viel Fußball spielen mit einem Buben? Du fällst ja eh über jeden Ball drüber, weil die Füße nicht wissen, was das Hirn will, wenn es denn mal arbeitet. Oder wie schaut's mit dem Heimwerken aus, der Mann ersetzt die Axt im Haus?" Ulrichsberger schüttelte nur stumm den Kopf. Das war in seiner leicht blaublütig angehauchten Familie nicht üblich gewesen. „Siehst du. Du kannst einen Akkuschrauber nicht von einer Kartoffelpresse unterscheiden. Sei dankbar, dass du ein kompetenter Mädchenvater bist."

Ulrichsberger hatte lang genug zugehört. Er schlug Franco auf die Schulter, dass der Kriminalpolizist dachte, sein Schlüsselbein würde sich vom Skelett lösen.

„So was wie dich brauche ich, Franco: wenn man eh schon am Boden liegt, noch drauf hüpfen."

„Soll ich dir die Nummer der Krisenintervention geben, Nikolaus?", legte Franco mit einem Grinser nach.

„Nein, ist schon okay", beruhigte sich Ulrichsberger. „Ich brauch zumindest keine rosa Brille für mein Leben."

„Wichtig ist nur eins, Nikolaus. Dass es dem Mädel gut geht und dass es dir nicht ähnlich sieht."

Ulrichsberger bestellte zwei Bier und zündete sich endlich entspannt eine Zigarette an. Er war jetzt wieder mit sich im Lot, weil er gesagt hatte, was seit langer Zeit hatte gesagt werden müssen. „Wir haben noch nicht mal einen Namen für das Mädchen."

Franco unterdrückte ein Lachen. „Ich hätte da schon einen. Einen kurzen und praktischen."

Sonntag früh schepperte der Herbst in der Waschmaschine. Franco hatte eine halbe Stunde zuvor einen Haufen Wäsche in die Maschine gestopft und sich dann noch mal hingelegt. Bis die Waschmaschine wie eine Kugelmühle zu rumoren begonnen hatte. Da er nicht wusste, wie den Waschgang stoppen, ertrug er die eineinhalb Stunden Lärm aus dem Badezimmer. Glücklicherweise war Melinda Glatt nebenan noch nicht eingezogen. Die menschliche Fehlbarkeit verlangte geradezu nach verständnisvollen Nachbarn.

Ulrichsberger hatte sich gegen dreiundzwanzig Uhr aus schlechtem Gewissen entschieden, noch einmal in die Klinik zu fahren. Er hatte die Geburt seiner Jüngsten mehr oder weniger verpasst. Weil er noch schnell eine rauchen wollte, war er trotz Annas starker Wehen auf den Gang hinausgegangen. Bei seiner Rückkehr in den Kreißsaal hatte die Schwester das Neugeborene gerade abgenabelt. Für diese Geschichte, das wusste er, würde er in den nächsten Monaten häuslich viel büßen müssen – unbedingt, ohne Bewährung.

Beim Schleudern ebbte das Scheppern aus der Trommel ab. Fünf Minuten später kam die Waschmaschine zum Stillstand. Franco fand ein Dutzend Kastanien in der Maschine. Wieder einmal hatte er vergessen, die Hosen- und Jackentaschen von Felix auszuräumen. Was man nicht zuletzt an den fusseligen Resten der Papiertaschentücher sah, die überall auf der Wäsche klebten. Okay, der Herbst hatte sich hiermit offiziell lautstark angemeldet, wenn auch ein paar Tage vor seinem kalendarischen Beginn. Langsam stopfte Franco die Wäsche in die Trommel zurück, um sie noch einmal durchzuspülen, und griff dann schweren Herzens zum Telefon. Szifkovits meldete sich mit einem gebrüllten „Ja" am Telefon. Moll beschloss, auch selbst jede Freundlichkeit zu unterdrücken. Seine kühle sachliche Frage nach dem Schädel aus dem Weiher wirkte. Szifkovits gab in maximal zehn Sätzen den Stand der Untersuchungen wieder. Die Gerichtsmediziner hatten gut verwertbare biologische Spuren am Kopf gefunden und ein DNA-Profil angefertigt. Im Lauf des Tages würden sie es mit den genetischen Fingerabdrücken der Vermissten vergleichen, deren Proben sie seit gestern Abend im Haus hatten.

„Wer auch immer den Kopf abgetrennt hat, Moll. Ein Profi war das nicht. Er hat offenbar diverse Messer ausprobiert und musste mehrmals ansetzen. Egal ob Fleischer oder Arzt: die hätten das besser gemacht und nicht in den Wirbelkörper hineingeschnitten wie ein kambodschanischer Knochenschnitzer. Wir schauen uns die

Schnittspuren später genauer an. Sollten Sie je eine Waffe finden – vielleicht kann man sie zuordnen."

Moll legte auf. Wenigstens konnte er jetzt in Ruhe Felix abholen. Er stürzte einen Espresso hinunter und ging gedankenverloren ans Fenster. Vom Festungsberg sanken weiße Dunstkugeln ins Nonntal herab, ein Nebel, der einem die Luft hätte nehmen können. Manchmal fand die Stadt einen Würgegriff, den die Kriminalisten als spurenarm bezeichnet hätten, so wie man Menschen mit Plastiksäcken erstickte oder ihnen Pölster auf Mund und Nase drückte. Im Süden glänzte es hingegen hell durch die dünne Wolkendecke. Man sah, was man suchte. Es war alles eine Frage der Perspektive. So wie die Frage, ob er im Moment allein oder einsam war. Es war nicht der eine Kopf, der ihn beunruhigte, sondern der andere, den er kannte und der auf ihn wartete. Und wenn die Gedanken einen Moment lang den Atem anhielten, dann wusste er, dass es auch nicht der Mann war, zu dem der Kopf gehörte, sondern etwas ganz anderes. Etwas, das er seit Längerem nicht wissen wollte, dem er sich aber stellen musste. Bald.

Er ging weg vom Fenster, scrollte durch die Nummernliste seines Handys und drückte nach einem tiefen Atemzug auf die grüne Taste. Es läutete drei- oder viermal. Dann meldete sich eine ersterbende weibliche Stimme.

„Pronto?"

Franco zögerte eine Sekunde, dann legte er auf und warf das Mobiltelefon zornig in eine Ecke, sodass Akku und Deckel aus dem Gerät sprangen. Nichts hatte sich geändert. Seine Mutter beantwortete das Telefon noch immer wie ein sterbender Schwan, um der Welt mitzuteilen, wie schlecht es ihr ging. Und sie meldete sich noch immer wie vor dreißig Jahren auf Italienisch – eine Sprache, die sie ihm nie beigebracht hatte, weil er es ja mal besser haben sollte. Was für ein Irrsinn. Warum war die Zeit stehen geblieben zwischen ihm und seinen Eltern? Oder nur zwischen ihm und seiner Mutter? Die ein Kaff in der Nähe von Neapel natürlich gegen den Willen ihrer Eltern wegen eines Ausländers verlassen hatte, um nicht ihr ganzes Leben in Armut zu verbringen. Die wegen des „straniero“ dann mehr oder weniger geächtet worden war und nicht mehr raus kam aus dem Widerspruch zwischen dem unbedingten Gehorsam der italienischen Familie gegenüber und der Loyalität zu ihrem Mann. Eine, die dort ihre Wurzeln ausgerissen hatte, sie hier aber nicht tief genug in den Boden brachte? War es so gewesen? Die schließlich nur mehr eine Beziehung wirklich pflegte: die mit ihrer Depression? Und ihre ganze Anerkennung in der Welt suchte, indem sie ihr Dahinleiden und ihre Schwäche bis zur Perfektion kultivierte und zu einem unbezwingbaren Machtmittel ausbaute? Welche Rolle hatte sein Vater dabei gespielt?

Franco hob das Mobiltelefon und die herumliegenden Teile auf. Das Gehäuse hatte an der Seite einen tiefen Riss.

Felix’ Uropa Viktor blieb gedankenverloren mitten in der Küche stehen, nachdem er Franco die Tür geöffnet hatte. Felix rollte gerade gut gelaunt Salzstangerl. Als er seinen Vater küsste, streckte er die mehligen Hände von sich wie ein weißer Bäckerengel, der das Fliegen übt. Damit er bequem mit dem Teig hantieren konnte, kniete er auf einem Sessel.

Mehr Sorgen macht Franco sein Großvater.

„Was ist, Viktor?"

Viktor schüttelte den Kopf.

„Seltsam. Das Rezept für die Salzstangerl kann ich noch immer auswendig. Aber ich habe keine Idee, wo das Meersalz ist. Kannst du mir das erklären?"

Hilfesuchend sah der alte fragile Mann seinen Enkel Franco an.

Moll hatte einen Verdacht, der sich in den letzten Monaten zunehmend erhärtete. Aber er hütete sich, ihn mitzuteilen. Viktor war noch immer schlank und ein erstaunlich attraktiver Mann für seine fast neunzig Jahre. Er hatte immer wenig getrunken und seinen Beruf als Bäcker sehr gemocht. Vor allem wegen des Geruchs des Brotes. Und weil er die Nacht liebte. Denn die Hässlichkeiten des Tages hatte er in der Wolfszeit zu Genüge kennen gelernt, wie er immer sagte.

Der Krieg hatte ihm als jungem Mann die Berufswahl abgenommen. Als er nach zwei Jahren Kriegsgefangenschaft heimkehrte und an einer Backstube vorbei kam, war ihm sofort klar geworden, wo und wie er die nächsten Jahre verbringen wollte.

Franco öffnete ein paar Küchenkästen. Nach einer halben Minute hatte er das Meersalz gefunden.

„Was hältst du davon, wenn du die Dinge, die du öfter brauchst, sichtbar stehen lässt und nicht mehr einräumst?"

„Gute Idee", nickte Viktor, „aber blöderweise vergesse ich das oft und räume dann erst recht wieder alles weg. So wie ich es halt immer gemacht habe."

„Und wenn wir überall Haftnotizen aufkleben und draufschreiben, was wo drin ist?"

„Ja, das können wir probieren", murmelte Viktor abwesend.

„Passt das so, Ticktack?"

Felix deutete auf seine Teigkreationen. Wenn er aufgeregt war oder es schnell gehen musste, dann vergaß er ganz, das „Opa" anzuhängen, und nannte seinen Uropa entweder beim Vornamen oder nur „Ticktack", weil ihm das plausibler erschien, als Viktor als „Ur"-Opa zu bezeichnen.

Der Ticktack-Opa nickte.

„Schön hast du das gemacht. Vor allem die Salzhörnchen. Schade, dass ich die nicht erfunden habe."

„Hast du gehört, Papa? Ich hab was erfunden."

Stolz deutete Felix auf die Küchenplatte und kletterte dann flink vom Sessel.

„Heute schenken wir Krabbe die Freiheit, ja? Oder hast du das vergessen? Wir haben Sonntag ausgemacht."

Gespannt sah er Franco an.

„Deswegen bin ich ja da."

Viktor versuchte noch immer, sich zu sammeln.

„Irgendwas war da noch. Jemand ist krank. Aber ich hab vergessen, wer."

Franco entschied sich, ihm vorläufig nichts zu sagen. Aber Viktor war schneller.

„Vinzenz. Mein Sohn Vinzenz. Eine Grippe oder so was. In seinem Alter ist das nicht mehr ungefährlich, Franco. Aber glücklicherweise sind wir eine gesunde Familie. Schau mich an. Ich hatte kaum Krankheiten, bis ich achtzig war. Außerdem können wir alle nur Buben zeugen. Ich hatte nur Vinzenz, Vinzenz hatte dich, Franco, und du hast wieder einen Sohn, unseren Felix."

„Und von Salzstangerln sind wir auch alle abhängig",

schmunzelte Franco, während Felix das Backblech von der Küchenplatte hob.

Den Karpfen in die Badewanne zu bekommen, war vergleichsweise einfach gewesen. In der Gegenrichtung spießte es sich von Anfang an. Felix stand erwartungsvoll mit einem Plastikkübel daneben, während Franco das Tier mit Namen „Krabbe" einzufangen versuchte.

So stumpfsinnig inaktiv es sonst im Wasser vor sich hingeglotzt hatte, so agil wurde es, wenn ihm zwei Hände nahe kamen. Innerhalb von drei Minuten verwandelte sich das Badezimmer in eine Nasszelle, die ihrem Namen alle Ehre machte.

Franco kniete vor der Badewanne, ebenfalls triefend nass. Felix begann zwischenzeitlich mit dem Karpfen zu reden, der vollends unwillig war, sich mit der Tatsache seiner baldigen Freiheit konstruktiv auseinanderzusetzen.

„Hätten wir ihn gleich von Weinmeister portionieren lassen, hätten wir dieses Problem jetzt nicht mit ihm", schimpfte Franco, nachdem ihm der Fisch zum x-ten Male entschlüpft war.

Felix ignorierte Francos Ausrutscher.

„Jetzt werde ich aber langsam ungeduldig mit dir, Krabbe. Wir wollen ja nur dein Bestes."

„Ja", fügte Franco hinzu, „blöderweise bist du ein Fisch mit Zukunft."

Krabbe quittierte das Wohlwollen seiner zwei Opponenten mit wilden Flossenschlägen.

„Gut, dann lassen wir dir eben das Wasser aus", entschied Felix und griff in die Wanne, zog seine Hand aber schnell zurück, weil der Karpfen wieder ein paar wilde Manöver unternahm. Stattdessen zog Franco den Stöpsel aus der Wanne. Zeitgleich läutete das Telefon. Die Nummer von Hans Schmid leuchtete auf dem Display auf.

Der Chef der Tatortgruppe klang müde.

„Wir haben die erste kleine Spur. In der Plastiktasche mit dem Schädel klebte eine Rechnung. Mir passiert das auch immer wieder, dass ich die Rechnungen einfach im Sackerl lasse und die Tasche irgendwo für den nächsten Einkauf sammle. Wir haben das Papier zuerst trocknen müssen, die Tinte war nicht mehr gut sichtbar. Aber dann konnten wir das meiste davon entziffern: Da hat jemand tatsächlich jede Menge glutenfreie Produkte eingekauft, Kekse, Mehl, Cracker, Brot und so weiter. Und zwar in dem Geschäft, das auch das gelbe Plastiksackerl ausgegeben hat. ‚Glutenfrei leben', am Papagenoplatz."

Moll hörte geduldig zu, während Wasser aus seinen Haaren tropfte.

„Und das Wichtigste, Franco", setzte Schmid fort, „wir haben ein Datum auf der Rechnung. Sie wurde am 27. Juli ausgestellt."

„Das heißt, der Kopf ist aller Voraussicht nach danach abgetrennt worden", dachte Franco die Spur weiter.

Schmid grunzte zustimmend.

Aus dem Badezimmer hörte Franco plötzlich wildes Trommeln, als würde jemand mit dicken Filzschlägeln heftig auf die Wanne klopfen. Felix rief ihn aufgeregt.

„Hans, ich muss aufhören. Ein Karpfen verwüstet mein Badezimmer und fällt wahrscheinlich gerade meinen Sohn an", sagte er schnell.

„Hoffe, sonst ist alles in Ordnung", murmelte der Spurensicherer und verabschiedete sich mit einem knarrenden Lachen.

Krabbe war auf Grund gelaufen. Und das gefiel ihm

naturgemäß überhaupt nicht. Er protestierte mit allen ihm zur Verfügung stehenden Mitteln. Unter heftigem Flossenschlagen schlingerte er quer durch die Badewanne und zurück, ohne Richtung und Ziel. Franco versuchte ihn zu packen, aber das Tier war so glitschig, dass der Erfolg wieder gleich null war. Er erinnerte sich an einen alten Fischertrick.

„Bring mir eine Zeitung, Felix. Schnell."

Felix stolperte gegen den gefüllten Wasserkübel, den er für Krabbes Rettung vorbereitet hatte. Der Eimer schwappte über und erhöhte den Wasserpegel im Badezimmer noch ein wenig.

Nach einer halben Minute kam der Junge zurück.

„Du hast das Altpapier zum Container getragen. Wir haben keine Zeitung im Haus."

„Das gibt's nicht."

Franco griff sich an den Kopf.

„Küchenrolle?"

„Ist aus", sagte Felix. „Ich wollte mich vorhin schneuzen. Ich hab aber keine gefunden. Auch nicht im Lager."

Franco schüttelte den Kopf.

„Heute ist Sonntag, richtig?"

„Ja, der Befreiungstag von Krabbe."

„Okay, Felix, warte."

Franco lief in seinen Turnschuhen zur Wohnungstür und die Stufen hinunter. Im Laufschritt ging es weiter über den kurzen Verbindungsweg zur alten Nonntaler Hauptstraße.

Am Aufsteller des *Verkehrsspiegels* hingen zwei transparente Verkaufstaschen mit Zeitungen.

Franco griff nach der Geldbörse in der Gesäßtasche. Ohne Erfolg. Er hatte sein Geld wie immer auf der Ablage im Vorzimmer deponiert, weil der lederne Packen in der Hose beim Sitzen störte. Jetzt hatte er keine Wahl mehr. Er konnte nur noch hoffen, dass ihn niemand beobachtete. Franco entschied sich für die Zeitung mit dem größeren Format und zog sie schnell aus der Plastikhülle. Nach drei Laufschritten Richtung Wohnung hörte er die Stimme hinter sich.

„Aber Herr Chefinspektor. Jetzt habe ich Sie in der Hand."

Er drehte sich gehetzt um. Melinda Glatt, die eben die Straße überquerte, grinste ihn frech an.

„Ist nur gestundet", rief Franco, „ich kann Ihnen alles erklären. Aber jetzt habe ich es eilig. Es ist wegen dem Karpfen."

Damit verfiel er wieder in den Laufschritt.

„Ich wusste gar nicht, dass Karpfen lesen", rief ihm Melinda Glatt nach. „Aber diese Zeitung da ist eh wirklich für die Fisch'."

Hoffentlich war Krabbe kein kurzatmiger Asthmakarpfen, sondern ein ausdauerndes Tier. Franco hatte kein Gefühl dafür, wie lange der Fisch schon im Trockenen lag. Krabbe hatte sein Badewannenbiotop mittlerweile verlassen und war kampfbereit wie eh und je. Er schlingerte über die Fliesen des Badezimmers.

„Ich wollte ihn mit dem Handtuch fangen", erklärte Felix und versuchte vor Krabbe zu fliehen.

„Gute Idee", nickte Franco mit der Zeitung in der Hand. „Aber Krabbe hat deinen Einfall nicht geschätzt. Undankbares Biest. Sollen wir ihn nicht doch essen?"

„Wehe dir, Papa, dann rede ich nie wieder ein Wort mit dir."

Franco drückte seinem Sohn die Zeitung in die Hand.

„Du und stumm wie ein Fisch. Dass ich nicht lache. Man soll nur Versprechen geben, die man auch halten kann."

Felix nickte mehrmals.

„Du hast versprochen, dass wir Krabbe heute aussetzen. Und zwar lebend. Also tu was."

Franco griff nach dem orangefarbenen Handtuch auf dem Boden und warf es über den wild um sich schlagenden Fisch. Endlich konnte er seine Hände auf den Körper des Karpfen legen und ihn schließlich in das Handtuch wickeln.

„Interessante Taktik", hörte Moll eine ihm bereits bekannte Stimme. „Und wozu haben Sie die Zeitung gebraucht?"

Melinda Glatt stand amüsiert in der Badezimmertür.

„Lesen Sie dem Karpfen jetzt sein Horoskop vor? Er ist ja Fisch, nehme ich an, oder Stier? Von den Kampfgeräuschen, die ich am Gang gehört habe, nehme ich eher Letzteres an."

Erschöpft lies Franco den Karpfen in den Kübel gleiten. Der Fisch kam erst nach ein paar wilden Flossenschlägen zur Ruhe.

Das aufspritzende Wasser traf Melinda Glatt. Erstaunt blickte sie an ihrem benetzten Kleid hinunter.

„Er mag Sie", deutete Franco auf Krabbe. „Haben Sie übrigens schon Wasser in Ihrer Wohnung? Wenn nein: bei uns gibt's genug."

„Ja, ich sehe es", antwortete Glatt, nachdem sie die dunklen Flecken auf ihrer Kleidung innerlich abgehakt hatte. Genussvoll ließ sie ihren Blick durch das überschwemmte Badezimmer streifen.

Molls Auto nahm eine Auszeit. Da es schon mehr als zehn Jahre auf dem Buckel hatte, durfte es einmal den Dienst verweigern. Wiederholte Startversuche quittierte es mit einer Art Weinen, das in einer Schleife gefangen zu sein schien. Sollte sich morgen die Pannenhilfe darum kümmern. Moll hatte keine Lust, eine Stunde zu warten, bis ein Mechaniker auftauchte.

Der Nebel hatte sich aus dem Salzburger Becken verzogen. Der Sommer setzte zu einem Nachschlag an. Felix hatte darauf bestanden, Melinda zur Befreiung des Karpfens mitzunehmen. Statt einzelne Nischen der Wohnung zu vermessen, gab sie dem Bitten des Jungen rasch nach.

Der Leopoldskroner Weiher war nicht mehr als eineinhalb Kilometer entfernt, eine gute Gehdistanz, nur nicht für Fische. Franco schnappte sich den Kübel mit Krabbe. Der tumbe Fisch zeigte sich wieder undankbar und wähnte sich offenbar in stürmischer See, was ihm ebenso wenig behagte wie zuvor die Jagd im Badezimmer.

Franco versuchte den Kübel so ruhig wie möglich zu tragen. Kurz vor der Einmündung zur Fürstenallee donnerten grüne Stachelkugeln auf die Straße und auf geparkte Autos. Moll wurde klar, wo sich sein Sohn mit Kastanien eindeckte. Prompt legte das Trio mit Fisch die erste Pause ein, um ein paar frisch aus der Schale geplatzte Früchte aufzulesen. Molls Anregung, erst beim Heimgehen dem Sammeltrieb zu frönen, weil dann der Kübel leer wäre, wurde sowohl von Felix als auch von Melinda Glatt ignoriert. Die Bankerin hatte in ihrer Freizeit offenbar auch keine Hemmungen, die Silhouette ihres Kleides durch schwere kastaniengefüllte Taschen rücksichtslos zu entstellen.

Eine halbe Stunde später standen sie am Weiher. Franco schmerzte der Arm. Zumindest hatte er sich auf diese Art die Badewanne zurück erobert. Er reichte Felix den Kübel, der Junge sollte Krabbe selber aussetzen.

„Muss man da jetzt was sagen?", fragte der Junge.

„Das mach ich", sagte Melinda.

Langsam kippte Felix das Wasser aus dem Kübel. Erst als der Fisch unruhig wurde, weil noch unbewältigte Erinnerungen an die nahe Vergangenheit im Trockendock in ihm hochkamen, ließ der Bub den Karpfen in das Wasser plumpsen.

Der Fisch stand kurz wie perplex da, dann verschluckte ihn der dunkle Weiher auch schon und das Wasser glättete sich wieder, als wäre der abtauchende Karpfen nur eine Einbildung gewesen. Glatt sah ernst in den Himmel und hielt kurz den Atem an.

„Ein kleiner Schritt für Felix, aber ein großer Schritt für Krabbe", verkündete sie feierlich.

„Ja, wirklich, Melinda", nickte Felix, „nur dass Fische nicht gehen können."

Szifkovits grantelte wieder.

„Das war alles für nix, Moll. Das ganze Klumpert, das ihr uns da vorbeigebracht habt, matched nicht mit der DNA vom Kopf."

„Welches Match?", fragte Moll, der in Felix' Zimmer entspannt auf dem Boden saß. Die Pizza vom Lokal am Weiher lag angenehm im Magen. Die junge Bankerin hatte es sich nicht nehmen lassen, Felix und seinen Vater einzuladen. Sie selbst hasste es zu kochen und wollte sich vor der Verlegenheit schützen, durch mangelnde Küchenkünste die gute Beziehung zu den beiden zu zerstören.

„Die DNA von euren Spuren passt in keinem einzigen Fall zur Sequenz vom Kopf", erklärte die wegen ihres Temperaments gefürchtete Gerichtsmedizinerin. „Also, das Wunder ist nicht eingetreten. Ihr könnt schon mal Schusters Rappen satteln und nach dem Namen zum Schädel suchen."

Sie schwieg kurz.

„Was brummt denn da so in Ihrem Telefon? Sitzen Sie in einem Bienenstock?", fragte Szifkovits plötzlich.

„Nein, mein Sohn frittiert gerade Kakerlaken. Lebend."

„Sie sind ein garstiger Mensch, Moll. Servus und lasst's mich für heut in Ruhe."

Moll griff wieder zum Fahrtregler der Rennbahn, den er beim Läuten des Handys weggelegt hatte. Felix war in der Zwischenzeit weitergefahren und uneinholbar vorne. Bei genauerem Hinhören konnte man das Kreischen des Elektromotors im Rennwagen wirklich mit wild gewordenen Insekten verwechseln.

Während Felix seinen Wagen beinahe fehlerfrei steuerte, flog Francos Auto immer wieder aus der Kurve, wenn er zu spät bremste oder sonst wie abgelenkt wurde. Etwa fünfzig Runden später fühlte sich Franco schon wie in Trance, als hätte er über einem Niki-Lauda-Mantra meditiert.

Das Läuten der Wohnungsglocke riss ihn aus der Benommenheit. Wie ferngesteuert ging er zur Tür, erstaunt über die Tatsache, dass sich ihm auf den paar Metern zum Eingang keine Steilkurven und Loopings in den Weg stellten. Die Schikanen tanzten noch immer vor seinen Augen, als hätten sie sich durch das konzentrierte Hinstarren in die Netzhaut eingebrannt.

Franco hätte an diesem Sonntag mit vielem gerechnet,

nur nicht damit, dass ihm nach dem Öffnen der Wohnungstür eine brünette Mähne entgegenwehen würde.

„Alexandra?"

„Hast du jemand anderen erwartet?"

Franco schüttelte den Kopf.

„Genau genommen niemanden. Auch dich nicht."

Alexandra Waldegg lächelte noch immer und hielt mit der rechten Hand eine weiße Plastiktasche hoch. „Ich habe uns etwas mitgebracht. Felix mag doch auch Fisch, oder?"

„Lebt er noch?"

Die junge Frau schüttelte den Kopf.

„Na, dann würde ich nicht drauf wetten." Franco musste unwillkürlich von Herzen lachen. Er wusste nicht, ob es mit der überraschenden Anwesenheit Alexandras zu tun hatte oder mit ihrem Mitbringsel. Jetzt war das Eis gebrochen und er umarmte sie. Erst als sie ihren linken Arm um ihn legte, merkte er, dass sie auch noch ein Sixpack Bier in der Hand trug. Alexandra schmeckte nach Erdbeeren. Oder eher ihr Lippenstift. Egal. Alle Liebe hatte mit Täuschung zu tun. Je besser diese Täuschung, umso stärker das Wohlgefühl.

Alexandra drückte ihren Kopf lange an seinen Hals. Dann stellte sie den Bierträger ab und wischte sich die Haare aus dem Gesicht. „Der Kleine ist heut bei meiner Mutter. Und da dachte ich: vielleicht jagst du mal keine Perversen, Mörder oder Kindsverderber. Einen Versuch ist es wert."

Offenbar hatte sie weder eine Tageszeitung gelesen noch gestern ferngesehen. Franco hütete sich, Alexandra über den aktuellen Fall aufzuklären.

„Müssen wir das Rennen abbrechen?", hörte er aus dem Kinderzimmer rufen.

„Ja, rote Flagge. Eine Frau läuft gerade über die Rennstrecke."

„Ich hab dich an der Stimme erkannt, Alexandra", rief Felix zurück.

So wie in den letzten Monaten, bevor ihr zu Bewusstsein gekommen war, was es hieß, mit einem Polizisten das Leben zu teilen, ging Alexandra Waldegg selbstverständlich zum Kühlschrank und legte den eingewickelten Fisch in ein Fach. Sie holte den Bieröffner aus der Besteckladе, hebelte zwei Kronkorken von den Flaschen und stellte sie auf den Tisch, als wäre es das Normalste der Welt, sich tränenreich zu verabschieden und zwei Wochen später so zurückzukehren, wie man eben mal vom Zigarettenholen zurückkommt. Dabei rauchte sie nicht einmal.

Franco hatte keine Lust, mit irgendwelchen Warum-Sätzen nach tieferen Gründen für Alexandras Rückkehr zu graben.

Als hätte sie nie etwas anderes getan, drückte Alexandra, ohne hinzusehen, den On-Knopf der Kaffeemaschine. Er leuchte in einem satten dunklen Grün auf. Ja, so ähnlich war es auch die letzten zwei Monate zwischen ihnen gegangen, ein Wechsel aus on und off. Vielleicht brauchte Alexandra einfach das Gefühl, dass sie kommen und gehen konnte, wann sie wollte.

Sie erzählte eben, wie mobil ihr kleiner Sohn schon geworden war, dass er unversehens auf den Tisch kletterte, obwohl er noch nicht gehen konnte, und dort die reinste Verwüstung hinterließ. Franco hörte nur mit einem Ohr zu. Als sie sich zur Espressomaschine umdrehte, sah er Alexandras Hüften an und wusste wieder, wie sie sich unter seinen Händen anfühlten. Solange sich seine Hände mit diesem Verlangen an alle möglichen Stellen ihres Körpers erinnern mochten, so lange würde er nach ihren seltsamen Spielregeln leben können. Aber für die großen Kompromisse fühlte er sich nicht mehr geschaffen.

„Hörst du mir überhaupt zu?", fragte die Psychologin plötzlich.

„Mein Ohren sind ganz bei dir." Dass die Augen abschweiften, wollte er Alexandra jetzt nicht erklären. Unausweichlich würden sie sich an diesem Abend versöhnen, ohne dass sie jemals im Streit auseinandergegangen waren. Vielleicht war es ganz gut, in dieser gedämpften Aufregung miteinander zu leben und nicht wie Siebzehnjährige in einem emotionalen Pulverfass zu hausen. Die scheinbare Abgeklärtheit verhinderte nicht, dass sie einen über lange Zeit aufgebauten Hunger miteinander ausleben konnten. Man kannte einander, ohne sich lange zu kennen. Und was an Einsicht fehlte, klebten die Körpersäfte zusammen. Konnte man überhaupt mehr Verlässlichkeit erwarten?

Franco schüttelte den Kopf.

„Was heißt das jetzt?"

Alexandra sah ihn fragend an.

„Gut, dass du da bist, hab ich mir grad gedacht."

Und das war nicht gelogen. An Alexandras Reaktion sah Franco, dass sie sich wohlfühlte und ihm auch seine kurze geistige Abwesenheit nicht übel genommen hatte.

Felix hüpfte gut gelaunt in die Küche.

„Ich hab die Strecke abgebaut. Du hast eh keine Chance gegen mich. Alexandra ist gerade rechtzeitig gekommen, nicht wahr? Da hast du dir eine Ausrede sparen können."

„Für mich war's Zeit, in die Boxen zu fahren. Und was Alexandra betrifft: Da wär mir jede Zeit recht gewesen."

Felix sah zwischen den beiden hin und her und schien dann zu beschließen, dass er verstand.

Eineinhalb Stunden später wurde der Sechserträger nur mehr von einem einsamen Duo bewohnt, das sich miteinander ebenso wohl zu fühlen schien wie das Paar, das leicht beschwipst in der Küche lehnte. Felix schlief schon.

„Hast du mein Bett abgezogen?", fragte Alexandra, während sie sich auf den Rand der Arbeitsplatte setzte und mit den Lippen über Francos Hals glitt.

Franco schüttelte vorsichtig den Kopf.

„Du weißt ja: Männer sind Schweine."

„Wär mir bei dir noch nicht aufgefallen."

Sie sah ihn kurz an, schlang ihre Beine um seine Hüften und zog ihn dann mit einem heftigen Ruck zu sich.

„Ist jemand anderer drin gelegen?"

„Nicht mal Felix."

Sie nickte und genoss, was seine Hände unter ihrem Kleid anstellten. Durch alle Unstimmigkeiten war genug Fremdheit zwischen ihnen entstanden, um jetzt wieder im Eiltempo vertraut zu werden, ein schnell aufloderndes Feuer, das zwei Verlangen in eine unkontrollierte Mischung zusammenzuschmelzen begann.

Als sich Francos Hände fest um ihre Taille legten, stieß Alexandras Kopf gegen den Küchenschrank. Sie löste sich vorsichtig aus seinem Griff und ging ins Bad, das durch eine Glaswand vom Wohnzimmer getrennt war. Während ihr brünettes Haar verspielt um ihren Kopf tanzte, brauchte Alexandra ein paar Versuche, bis sie es schaffte, die Jalousie hinter dem Glas hinunterzulassen und damit alle Blicke auszusperren. Kurze Zeit später hörte Franco laut Wasser in die Badewanne plätschern. Was für ein Glück, dass er die Wanne nach der Jagd auf Krabbe schnell noch ausgewaschen hatte. Obwohl es ihm jetzt auch gleichgültig gewesen wäre, wenn er es vergessen hätte.

Alexandra kam unsicheren Schritts aus dem Bad zurück und knipste das rote Acrylherz an der Wand an. Im Umdrehen zog sie das Höschen unter ihrem Kleid aus und stürzte dabei fast um.

„Du machst mir jetzt schon weiche Knie", versuchte sie zu scherzen.

„Na ja, ich weiß nicht, ob da nicht auch andere Faktoren beteiligt waren."

Franco sah vieldeutig zum Sixpack. Alexandra zog ihn glucksend zum Bier und nahm die letzten zwei Flaschen heraus.

Wenig später hatte sie alle verfügbaren Teelichter in der Wohnung ausfindig gemacht und um die große Wanne drapiert. Franco wunderte sich über die Anzahl. Er brauchte sie nur für den Rechaud, den er hin und wieder zum Warmhalten von Speisen auf den Tisch stellte. Ein Männerhaushalt kam im Vergleich zu weiblich kontrollierten Wohnungen wahrscheinlich mit einem Bruchteil von Kerzen und anderen abbrennbaren Utensilien aus.

Als sie keine Idee mehr hatten, wo sie noch nach Kerzen hätten suchen können, schob Franco Alexandra mit Nachdruck ins Bad. Beim Hineingehen zitterten die Flammen kurz, dann beruhigten sie sich wieder und beleuchteten den Dampf, der sich langsam ins Dunkel verflüchtigte. Bevor sie ins Bad stiegen, lachte Alexandra kurz und unvermittelt auf.

„Seltsam, der Karpfen ist zwar im Kühlschrank. Aber man kann ihn bis hierher riechen."

„Meine Herren, wir stehen unter Zugzwang. Jetzt können Sie mal zeigen, was Sie können."

Gokl hatte Moll, Oberhollenzer und Pelegrini nicht zu sich gebeten, sondern war am Montagmorgen zu ihnen ins Büro gekommen. Ein Zeichen, wie ernst es ihm war und als wie dringend er die Schädelsache betrachtete.

„Mit den biologischen Spuren kommen wir mangels Vergleichsmaterial jetzt nicht weiter. Will heißen: Wir ermitteln wieder mal klassisch, so wie vor zwanzig Jahren, als weder Sie noch ich wussten, was DNA überhaupt bedeutet. Moll, Sie schnappen sich den Schädel aus der Gerichtsmedizin und fahren damit nach Wien. Wir haben dort an der Medizinischen Universität einen Anthropologen. Der gräbt sonst Knochen in Ephesos aus, aber er schaut sich unseren Schädel an. Er heißt Florian Kainzner, ein ausgezeichneter Mann, wie ich mir habe sagen lassen. Sie können heute zwischen 15 und 17 Uhr bei ihm auftauchen. Schwarzspanierstraße siebzehn."

„Das ist neunter Bezirk", schaltete sich Pelegrini ein.

Gokl fingerte gedankenverloren an einem Knopf seines grünen Lodenmantels herum, den er beim Hereinkommen eben erst geöffnet hatte.

„Spitzen Sie Ihre Ohren, Moll. Kainzner wird Ihnen eine erste Notfall-Diagnose geben, damit wir wenigstens irgendwas über diesen vermaledeiten Kopf erfahren, der offenbar niemandem gehört und auch niemandem fehlt."

Der Brigadier pausierte und dachte nach. Ob seiner

Ernsthaftigkeit sparte sich Moll jegliche zynische Bemerkung, die sonst bei Gokls Anwesenheit fast zwanghaft aus ihm heraussprudelte.

„Ich habe die Gerichtsmedizin von diesem Schritt überzeugen können. Szifkovits war, wie zu erwarten, nicht sonderlich erfreut. Ich geh heute mit ihr essen, dann planieren wir das Ganze, wie das unter zivilisierten Menschen üblich ist. Aber die Sache eilt. Wenn wir schon nichts wissen, müssen wir der Öffentlichkeit wenigstens eine Geschichte liefern. Ich habe volles Vertrauen in Sie, meine Herren. Und natürlich auch in Sie, Pelegrini."

Gokl nickte, wie um sich selbst zu bestätigen. In diesem Augenblick sah er das Geweih, das einsam aus der Mitte der Wand auf ihn herunterstarrte.

„Jetzt hängen die Tierkadaver schon in unserem Kommissariat herum." Er schüttelte den Kopf, als müsste er sich über die Tragweite dieser Entdeckung erst klar werden.

„Leider, Herr Brigadier", entschuldigte sich Oberhollenzer, „leider schieße ich nicht auf Tennisschläger."

Gokl nickte bedrückt und ging, die Bürotür vorsichtig schließend, aus dem Raum.

„So hab ich ihn noch nie erlebt", bemerkte Moll, nachdem Oberhollenzer und die junge Polizistin dem Brigadier erstaunt nachgeschaut hatten. „Vielleicht fang ich grad an, ihn ein bisschen zu mögen."

„Er kann einem fast leidtun, wie er hier rausschleicht", murmelte Oberhollenzer.

„Ich glaube, irgendwer macht ihm furchtbar Druck. Grad erst hat er die schönen Aufklärungsquoten präsentiert, und schon ist der Alltag zurück", analysierte Pelegrini halblaut. „Wenn es euch recht ist, kümmere ich mich noch einmal um das Umfeld von Julia, ja? Ich rede mit ihren Freundinnen und mit dem Diplomkaufmann Breitwieser."

„Gut, und ich mach den Knochenjäger." Moll erhob sich. „Oberhollenzer überlassen wir den Papierkram."

Wäre den Reisenden am Salzburger Hauptbahnhof der Inhalt bekannt gewesen, hätten sie einen größeren Bogen um den roten Behälter auf Bahnsteig zwei gemacht. Anfangs hatte Moll es nicht gewagt, die mittelgroße Kühltasche aus der Hand zu geben und abzustellen. Als ihm der Kopf schließlich doch zu schwer wurde, platzierte er die Plastikbox direkt vor seinen Füßen. Die Gerichtsmediziner hatten den Kopf so weit wie möglich getrocknet, damit er keinen Schimmel ansetzen konnte, und ihn stabil im Transportbehälter gelagert.

In knapp achtzig Minuten, um 11.28 Uhr, würde der Zug in Linz sein. Es gab keine Ausrede mehr. Es war Zeit, dort Zwischenstation zu machen. Höchste Zeit, wenn Laura recht hatte.

Im Abteil der zweiten Klasse klemmte Moll die rote Box zwischen seine Unterschenkel. Es war leidlich warm an diesem Montag. Der Kriminalpolizist musste keine dummen Fragen befürchten, warum er mit Kühltasche reiste.

Die Lokomotive schien Teile einer Tonleiter zu spielen, als sie sich in Gang setzte. Sie intonierte achtundsiebzig Minuten Zeit, bevor er in eine ungewisse Vergangenheit zurückkehren würde. Vielleicht war es gut so, dass sein Groll jetzt an ein natürliches Ende kam.

Eigentlich hätte er es längst wissen müssen. Manchmal sollte man sich nicht zu sicher sein, wer Opfer und Täter war. Die Mutter: das ewige Opfer. Der Vater: der ewig Grobe, der nicht auf die Bedürfnisse seiner Frau einging. Das Ganze garniert mit einer Reihe von Dummheiten, wie sie entstehen, wenn ein Paar sein Gleichgewicht verliert. Und immer stand fest, dass der Vater schuld war an der ewigen Niedergeschlagenheit der Mutter. Ohne es zu wissen, mutierte er zum latenten Dämon, der mit jeder zweifelhaften oder vielmehr verzweifelten Regung seine versteckte Dämonie bestätigte. Eine ausweglose Situation.

Franco hatte die Resignation seines Vaters lange Zeit nicht bemerkt. Und als sie ihm bewusst geworden war, hatte er ihren Grund nicht richtig deuten können. Aus dem herzlichen Mann war ein zurückgezogener Einzelgänger geworden, der sich nur mehr bei seinen Freunden wohlzufühlen schien. Welch Wunder auch, wenn jede seiner Bewegungen als eine falsche gedeutet wurde. Dabei waren es die Umarmungen des Vaters gewesen, die Moll immer als die wärmeren empfunden hatte, Umarmungen ohne Hintergedanken, die nicht nach Mitleid heischten so wie jene der Mutter.

Ja, im Grunde vermisste er seinen Vater. Er war bei all seinen Fehlern oder seinem aufbrausenden Temperament der Erdige, mit beiden Beinen am Boden, die ihm die ewig Leidende immer mehr wegziehen wollte. Wer so in sich gefangen war und das Opferspiel beherrschte, sah keinen Grund, sich an lebbaren Beispielen zu orientieren, sondern drängte immer danach, die Menschen in der Umgebung so weit zu deprimieren, bis auch sie in der selben Suppe aus Tränen, Selbstmitleid und Aussichtslosigkeit fast untergingen.

So konnte es gewesen sein.

Als Franco Moll hinter Hallwang keinen Empfang mehr auf seinem Handy hatte, befiel ihn blitzartig die Angst, sein Vater könnte nicht mehr am Leben sein, wenn er in Linz ankam. Er musste ihm ein paar Dinge sagen. Unbedingt.

Der Zug bremste plötzlich und die rote Plastikbox zwischen Molls Unterschenkeln rutschte weg, um am gegenüberliegenden Sitz anzuprallen. Nach einem kleinen Hüpfer blieb der Behälter mit dem Schädel unbeschädigt stehen.

Felix hatte seinen Großvater väterlicherseits ein- oder zweimal im Jahr gesehen, meist am Sonntag nach Ostern und kurz vor Weihnachten. Nach einem letzten großen Streit vor zwei oder drei Jahren, in dem Franco wie seit Jahrzehnten die Partei seiner leidenden Mutter eingenommen hatte, ließ er Felix und Laura allein nach Linz fahren. Seine Schwester bestand auf diesem Besuch, und Felix schwärmte jedes Mal von „Großvater Vinzenz".

Es machte auch keinen Sinn, jetzt seine Mutter zu dämonisieren. Irgendwie war wohl alles plausibel in diesem fragilen System Familie, dieser größten Herausforderung für das Zusammenleben, die Franco bis dato kannte. Aber wenn er an die kleine Frau mit dem traurigen Gesicht dachte, konnte er ihr nicht einmal in Gedanken in die Augen sehen. Der Groll saß so tief, dass sich selbst die Vorstellung weigerte, Zuneigung zu zeigen, wie virtuell auch immer sie sein mochte.

Er war doch ein Gerechtigkeitsfanatiker. Also musste es auch möglich sein, seinen Eltern Gerechtigkeit „angedeihen" zu lassen. Aber wahrscheinlich gehörte dies zu den schwierigsten Übungen. Schließlich litt das Urteilsvermögen schwer unter jahrelangen Kränkungen. Erst wenn man von oben auf die Szenerie schauen konnte, weil man sich von ihr gelöst hatte, stiegen die Chancen, das Geschehen richtig zu beurteilen. Der totale Bruch mit den Eltern war nötig geworden, weil Franco nicht mehr hatte erkennen können, wo die Grenzen zwischen richtig und falsch, zwischen Vorstellung und Tatsache, zwischen behauptet und erlebt verliefen.

Er atmete tief durch. Kurz glaubte er alte Knochen zu riechen, aber getrocknet waren sie eigentlich geruchlos. Vor allem, wenn sie gut verpackt waren. Vielleicht kam das Modrige aus seinem Inneren und dünstete endlich aus.

Krankenhäuser rochen ganz anders, wenn man sie wegen eines Menschen betrat, um den man fürchtete. Ging man unbeteiligt in ein Spital, etwa um Zeugen zu suchen, dann tauchte man in einen Nebel aus Desinfektionsmitteln ein, als wäre dies das natürliche und nicht weiter bemerkenswerte Geruchsbiotop des Krankseins. Wenn aber das Herz beim Betreten einer Krankenstation seinen Schlag änderte, wandelte sich auch die Wahrnehmung der Nase. Es roch nach Not und Angst.

Franco griff sich an die Nasenspitze, unsicher wie ein Zwölfjähriger beim ersten Referat vor zwanzig Mitschülern. Die Empfindung ging dennoch nicht weg. Der Portier beantwortete Francos Frage nach dem Zimmer seines Vaters präzise und desinteressiert wie eine Maschine. Auf dem Gang schob ein Pfleger ein verhutzeltes Männchen im Rollstuhl zu einer Untersuchung. Zusammengesunken, als wollte es sich vor dem bisschen Leben, das ihm noch blieb, verstecken, drückte sich der ausgemergelte Patient in den Sessel. Kurz glaubte Franco, dieser eingefallene Mensch sei sein Vater. Aber es ergab keinen Sinn: Ein großer Mann wie sein Vater konnte selbst in der Krankheit nicht so schrumpfen.

Als Franco an die Zimmertür klopfte, griff eine Hand an seinen Hals. Es war eine Hand, die aus dem Inneren kam und es ihm unmöglich machen würde zu sprechen. Niemand aus dem Krankenzimmer antwortete. Vorsichtig öffnete Moll die Tür und steckte langsam seinen Kopf durch den Spalt.

Alle drei Patienten schliefen in ihren Betten. Es war unmöglich zu erkennen, wer von ihnen sein Vater war.

Franco ging langsam an den Betten vorbei. Aber alle Kranken hatten ihre Gesichter so tief in die Polster gedrückt, dass sie kaum zu sehen waren. Erst beim dritten Bett bemerkte er die Blätter, die vollgeschrieben mit medizinischen Kürzeln samt Namen des Patienten vom Metallgalgen des Bettes baumelten.

Sein Vater lag im letzten Bett beim Fenster.

Franco stellte die rote Plastikbox mit dem Schädel ab und rückte leise einen Sessel zum Bett.

Das Haar seines Vaters war ein wenig schütterer geworden, aber noch immer blond, ohne einen Anflug von Weiß. Der Mund stand leicht offen. Unter dem linken Mundwinkel hatte sich am Polster ein dunkler Speichelfleck gebildet.

Kurz hustete sein Vater im Schlaf. Als er daraufhin reflexartig schlucken wollte, sah Franco, wie schwer es der Muskulatur um den Mund fiel, dem Reflex nachzukommen. Die Bewegung wirkte asymmetrisch, als wollten Teile des Gesichts nicht mitmachen.

Ohne dass sich sein Aufwachen angekündigt hätte, schlug Francos Vater die Augen auf. Er drehte den Kopf ein wenig, um sein zweites Auge aus dem Polster zu befreien. Lange starrte er seinen Sohn an. Franco wusste nicht, ob ihn sein Vater erkannt hatte und ob er ihn nur fixierte, weil er zu müde und zu schwach war, seine Augen zu bewegen.

Ohne nachzudenken, griff Franco nach der linken Hand des Vaters. Sie war langsam unter der Bettdecke zum Vorschein gekommen. Sie fühlte sich kalt und ledrig an und schien von fremden weißen Flecken überzogen.

Franco legte die kranke Hand zwischen seine beiden Hände, als könnte er sie damit ins Leben zurückführen.

Unvermittelt begann der Vater zu weinen. Er weinte lautlos, wie ein Kleinkind in den paar Sekunden, bevor es seinen Schmerz lauthals herausplärrt. Er weinte nach innen, sein Mund verformte sich dabei, als kämpfte er mit all der ihm verbliebenen Kraft, aber vergeblich, dagegen an. Es war ein Weinen ohne Tränen, eine Verzweiflung, die im eigentlichen Sinn *rein* war, das pure Kondensat eines Schmerzes.

„Du", war alles, was Franco in diesem Augenblick hervorbrachte. Die Hand um seinen Hals hatte sich gelöst, die Stimme war trotzdem nicht zurückgekommen.

Als sich der Vater ein wenig auf seine rechte Körperseite drehen wollte, bemerkte Franco, dass ihm auch dies nicht ohne Hilfe gelingen würde. Er umfasste den Oberkörper des Kranken und versuchte ihn ein wenig aufzurichten. Dabei fiel der Kopf des Vaters auf seine Schulter.

Franco blieb in dieser Umarmung. Er wusste nicht, wie lang. Aber das war es eigentlich, was er seinem Vater hatte sagen wollen.

Irgendwann, vielleicht eine Jahreszeit später, kam eine Krankenschwester herein. Franco hielt zu dieser Zeit schon wieder die linke Hand seines Vaters und erzählte ihm von zurückliegenden Fällen, verschwieg aber, was er in der roten Box mit sich herumschleppte. Der Kranke schien ihm zuzuhören. Ab und zu fielen seine Augen zu.

„In der linken Hand kann Herr Moll nichts spüren. Sie müssen ihn rechts berühren", sagte die Krankenschwester, als sie eine Schüssel mit Brei auf einem Rolltischchen abstellte. „Ich glaube, er kann Sie mit dem linken Auge auch nicht sehen und hört links möglicherweise weniger."

Sie pausierte kurz.

„Sind Sie der Sohn?"

Franco Moll nickte.

„Möchten Sie Ihren Vater füttern?"

Statt einer Antwort griff Moll zum Löffel, der im Brei steckte. Die Krankenschwester setzte Vinzenz Moll mit einem gekonnten Griff im Bett weiter auf und stabilisierte ihn mit Kissen.

„Sonst kippt er uns zur Seite", erklärte sie mit Augenzwinkern.

Vinzenz Moll öffnete den Mund brav wie ein Kind, als Franco ihm den ersten Löffel präsentierte. Mit Anstrengung schluckte er den Brei.

„Und geben Sie ihm ab und zu etwas zu trinken."

Die Schwester drückte Franco ein Gefäß in die Hand, das ihn an die ersten Jahre von Felix erinnerte, ein Schnabelbecher, aus dem die Kleinsten tranken, bevor sie nach vielen Kollateralschäden mit Gläsern und Tassen umgehen lernten.

So schlossen sich also die Kreise. Und plötzlich sah

Franco auch, dass sein Sohn Felix, der blonde Lockenkopf, seinem Großvater Vinzenz viel ähnlicher war als ihm, dem Vater, der äußerlich mehr nach der Mutter kam.

Nach einem Dutzend Löffeln schloss Vinzenz Moll die Augen. Schon schlafend schluckte er noch einmal langsam Brei. Dann hörte Franco ihn ruhig und tief atmen.

Die ersten Tage in Wien. Für Larisa und Galina eine Zeit zwischen Urlaub und Unruhe. Der Stempel im Pass schützte sie vor allem. Über Vermittlung von Landsmännern mieteten sie ein Zimmer in einer Wohnung im zweiten Bezirk, hinter dem Prater. Erst nach ein paar Tagen merkten sie, dass hier vor allem eines gehandelt wurde: körperliche Dienstleistungen. Die dafür über alle Altersstufen und Nationalitäten hinweg. Wenn die Kinder in der Schule waren, verdienten die Mütter am Gehsteig etwas dazu.

Galina und ihre Schwester suchten nach einer anderen Arbeit. Wenn nur eine von ihnen etwas fand, konnten sie beide bescheiden davon leben. Dachten sie zumindest anfangs. Aber noch drängte die Zeit nicht. Sie gingen fast täglich durch den Schnee, um sich die Stadt zwischen ihren Fixpunkten einzuprägen, zwischen Dom und Riesenrad, AKH und Uno-City. Und dann plötzlich der Jackpot. Galina erfährt von einem russischstämmigen Ehepaar, das am Naschmarkt Gemüse verkauft und eine Helferin sucht.

Anfang Februar beginnt sie in der Holzbude zu arbeiten. Um fünf Uhr früh nimmt sie Ware entgegen, um sieben Uhr abends schließt sie das Geschäft ab, bleibt aber sonst im Hintergrund. In einer kleinen Kammer hinter dem Verkaufsraum portioniert sie die Gewürze, zupft unansehnliche Blätter vom Salat oder stampft in einem großen Steinmörser schon etwas müdes Basilikum mit Nüssen zu einer dicken Sauce.

Sie ist Arbeit gewöhnt. Am Ende des Monats bekommt sie 700 Euro auf die Hand. Das reicht für das Zimmer und für das Leben zu zweit, mit ihrer Schwester. Die putzt mittlerweile in zwei Wohnungen, für sechs Euro die Stunde, macht noch einmal rund 200 Euro im Monat.

100 Euro schicken sie heim zu ihrem Bruder Vitali.

In der Stadt kommt der Frühling eher als auf dem Land. Larisa und Galina durchfliegen den März in einer Hochstimmung. Sie kaufen sich ab und zu Schokolade, das ist Luxus pur. Obwohl sie schon um vier aus dem Bett muss, ist Galina guter Dinge. Sie spricht viel mit dem russischen Ehepaar, erzählt der Frau auch von ihren Sorgen, was nach dem Ablauf des Visums sein wird. Die beruhigt. Es finde sich immer eine Lösung.

Larisa hat Angst, es könnte Galina zu viel werden. Sie ist siebzig Stunden die Woche im Geschäft. Manchmal wirkt sie schon etwas müde. Aber Galina beruhigt. Es gehe ihr gut.

Anfang April haben sie sich schon 300 Euro erspart, auch wenn es manchmal schwerfällt, an den Geschäften vorbeizugehen, in denen man sich gerne belohnen würde. Larisa hat mittlerweile fünf Putzstellen. Beide können sich auf Deutsch schon ein bisschen verständlich machen. Aber sich abends von den Landsleuten in der Wohnung fernzuhalten, geht nicht, auch wenn es für das Erlernen der Sprache ganz gut wäre. Manchmal wohnen fünfzehn Leute in der Wohnung. Die Männer gehören meist zu irgendwelchen Trupps, die Liegenschaften renovieren. Wer nirgendwo dazu gehört, stellt sich in der Früh mit Kübel und Kelle oder Malerausrüstung vor einen Baumarkt an einer Ausfallstraße. Jetzt, im Frühjahr, geht es am Handwerkerstrich wieder besser. Und auch unten am Hausfrauenstrich frieren die rauchenden Mütter nicht mehr so.

Zwei Wochen ist das Touristenvisum nun schon abgelaufen. Die Frist, aus- und wieder einzureisen, haben Galina und Larisa versäumt. Sie wollen sich das Geld für ein neues Visum sparen.

Jetzt gehen sie anders durch die Stadt. Zumindest in den ersten Tagen haben sie das Gefühl, den Blick senken zu müssen, um die Angst in den Augen zu verbergen. Es ist mehr ein Dahinschleichen, als wäre man ein Dieb, einer, der sich einen Ort unrechtmäßig angeeignet hat.

Galina ist mit ihren Gedanken jetzt oft woanders. Da ist dieser junge Mann Oleg, der vor zwei Wochen eingezogen ist. Ein Deutschstudent, lustig und frech, und völlig unbekümmert, was die Zukunft betrifft. Er ist sieben Jahre jünger als sie, Galina. Larisa war immer die Hübschere, aber für ihre Schwester scheint sich Oleg überhaupt nicht zu interessieren.

Ohne es zu merken, geht sie bei Rot über die Straße. Die zwei Polizisten hinter ihr sind nicht so abwesend. Sie sprechen sie an. Weil sie nicht reagiert, pfeifen sie ihr nach. Erst jetzt merkt Galina, dass sie gemeint ist. Sie gefriert mitten am Schutzweg, denn nun ist alles aus. Also stellt sich ihr Körper augenblicklich tot.

Schließlich wendet sie sich um, wohlwissend, dass sie keine Papiere dabeihat. Sie stammelt „Entschuldigung" und sieht die Polizisten verzweifelt an. Gleich wird sie zu weinen beginnen. Sie wird keinen Widerstand leisten, wenn die zwei Uniformierten sie mitnehmen. Wie denn auch: Ihr ganzer Körper weigert sich, auch nur irgendetwas zu tun. Nicht einmal drei schnelle Schritte macht ihr die Schreckenslähmung möglich. Aus der Traum, nur weil sie das Rotlicht der Ampel übersehen hat. Ohne Aufenthaltsbewilligung ist das ein fatales Vergehen, eine kapitale Dummheit, die ihr im Westen den Kopf kostet.

Die Polizisten deuten auf die Ampel und reden kurz auf sie ein. Galina versteht zwar nicht, aber sie weiß, was die beiden meinen. Sie entschuldigt sich noch einmal. Das hat sie schon perfekt gelernt. Plötzlich drehen sich die Polizisten um und gehen plaudernd weiter. Sie wollen nichts zu tun haben mit dieser verwirrten jungen Frau. Soll sie ihren Liebes- oder welchen Kummer auch immer selbst ausbaden. Sie würde ihnen nur unnötige Arbeit machen, die nichts bringt. Wer weiß, ob sie überhaupt die einundzwanzig Euro für ein Mandat mithat. Eine Anzeige würde noch mehr Zeit brauchen.

Galina steht da wie benommen. Es ist ein kleines Wunder. Sie wird also doch nicht abgeschoben. Nachdem Körper und Denken wieder ins Leben zurückgefunden haben, wird ihr bewusst, wie wenig Bodenhaftung ein Mensch ohne Aufenthaltsbewilligung hat.

Larisa sagt nichts, als ihr Galina die Geschichte von der roten Ampel erzählt. Aber einen Tag später weiß sie, wie man zu einer Aufenthaltsbewilligung kommt: durch Heirat. Und sie hat auch erfahren, dass man Heiraten gegen Bares arrangieren kann. Dafür werden sie in nächster Zeit sparen.

Wenigstens hat Galina ihre Kammer im Gemüseladen am Naschmarkt. Die Arbeit mit dem Grünzeug macht ihr Spaß. Das ist viel besser als Putzen. Im Gegensatz zu Larisa hasst sie das Herumwischen und Abstauben. Sie redet gerne mit der Chefin, wenn sie Zeit hat. Und mittlerweile hat sie zweimal bei Oleg übernachtet.

Ende April bricht im Gemüseladen eine neue Zeitrechnung an. Sie bekommt nur mehr 350 Euro in die Hand.

Warum, will sie von der Chefin wissen.

Wegen des Risikos, meint die, schließlich sei sie illegal da. Und wenn sie erwischt werde, bedeute das auch für sie, die Ladenbesitzer, große Schwierigkeiten. Wenn sie das nicht einsehe, könne man die Zusammenarbeit leider nicht fortsetzen. Beziehungsweise wäre man dann sogar gezwungen, die Behörden zu informieren.

Galina kriecht zurück zu den Karotten, dem Lauch und den Büschen von Petersilie. Die ersten Erdbeeren irgendwo aus dem Süden sind auch schon da. Sie hat zu viel erzählt. Sie kann jetzt nicht einmal einfach wegbleiben. Ihre Chefin weiß, wo sie wohnt. Sie wird also ab jetzt für eineinhalb Euro die Stunde arbeiten müssen.

Nach vier Monaten im Westen war sie in seiner Wirklichkeit angekommen. Eine Wirklichkeit, die sie klein und zu einer demütigen Bittstellerin gemacht hatte. Um ihr Überleben und das ihrer Schwester nicht zu gefährden, war sie gezwungen gewesen, für ihren Schandlohn auch noch dankbar zu sein. Noch jetzt, drei Jahre später, wenn sie in einem Supermarkt in Salzburg Gemüse kaufte, konnte sie den Geruch jener Kammer am Naschmarkt riechen, die sich innerhalb eines Tages in ein enges, nach Fäulnis riechendes Gefängnis verwandelt hatte.

Schwarzspanierstraße 17: Das war das Wien Kaiser Franz

Josefs. Ein prächtiger Bau, der mittlerweile zahlreiche Universitätsinstitute beherbergte, mit immens hohen Räumen und Stiegen, die für Pferd und Reiter wie geschaffen schienen. Nur als einzelner Mensch wirkte man darauf etwas verloren klein.

Was sich auf dem Boden von Florian Kainzners Büro abspielte, lenkte von der herrschaftlichen Raumhöhe hingegen völlig ab. Der Fischgrätboden, der schon mehr als ein Jahrhundert hier liegen musste, war nur mehr an wenigen Stellen zu sehen. Ein Wald von braunen Schachteln verstellte Moll den Weg. Dort, wo die Kartons offen standen, sah man nur Knochen aller Größen.

Kainzner saß auf einer Couch und deutete Moll den Weg an, den er zwischen den Schachteln nehmen konnte.

„Das ist die Ausbeute der letzten Grabungen. Normalerweise sieht's hier nicht so aus. Jetzt muss ich erst mal die Prioritäten festlegen, bevor ich die Stücke verstauen und abarbeiten kann."

Moll gab Kainzner die Hand und stellte die rote Box automatisch zwischen seinen Beinen ab, als er sich in ein zerschlissenes Samtfaulteuil setzte. Der Anthropologe war kaum älter als der Chefinspektor, schlank und an die einsneunzig groß. Mit seinen blonden Locken wirkte er eher wie ein Snowboarder zwischen zwei Rennen als ein Wissenschaftler. Auf einem kleinen runden Tisch aus den Fünfzigerjahren lagen drei seltsam geformte Knochen, die Moll nicht sofort zuordnen konnte. Den vierten dazu hielt Kainzner in der Hand.

„Vier Fersenbeine. Gipsabdrücke. Alle aus Salzburg. Die gehören eurem Erzbischof Wolf Dietrich. War wohl ein sehr schneller Regent, mit vier Füßen."

Kainzner lachte.

„Die Fersenbeine stammen aus seiner Gruft. Die wurde vor einiger Zeit geplündert. Dabei haben die Konservatoren entdeckt, dass Wolf Dietrich gut bestückt ist mit Fersenbeinen. Jetzt schauen wir, ob wir die Dinger zuordnen können. Aber das wird mehr ein Fall für Kieslinger werden. Den kennen Sie vielleicht aus der Salzburger Gerichtsmedizin. Ein Spezialist für alte DNA. Er kämpft dort mit Erbgutschnipseln herum, die für ein normales Genprofil nichts mehr taugen."

Kainzner setzte das vierte Fersenbein des Erzbischofs zurück auf den Rundtisch.

Moll legte den Plastikgriff um und öffnete im Gegenzug die rote Box. „Unser Stück ist von keiner Grabung und auch keiner Plünderung. Wir haben es gefischt."

„Nette Technik", antwortete Kainzner schmunzelnd. „Geht in Ephesos nicht. Da haben wir nicht so viel Wasser in der Grabungsstätte. Wir pinseln unsere Relikte frei oder finden sie im Sieb."

Kainzner streifte sich zwei dünne weiße Handschuhe über, legte ein weiches Tuch auf den freien Platz am Rundtisch und kniete sich vor die Box. Langsam drückte er das Verpackungsmaterial zur Seite und nahm den Schädel wie eine fragile Kostbarkeit aus dem Behälter. Ebenso vorsichtig stellte er ihn vor den Fersenbeinen am Tisch ab. Ohne Hast strich er über den Hinterkopf des Totenschädels und ertastete danach die Stelle zwischen den Augen.

„Was man bei einem Schädel meist auf den ersten Blick sieht, ist das Geschlecht. Das hier ist zweifellos eine Frau. Ihr Knochenbau ist auch im Kopfbereich zarter und feiner. Schauen Sie, hier," damit deutete Kainzner auf einen

Fleck zwischen den Augen, knapp unterhalb der Stirn, „das hier ist die Lapella, die Stirnglatze. Sie ist ganz flach. Die Stirn geht bei Frauen glatt in die Nase über."

Kainzner sah kurz vom Schädel weg und Moll an.

„Jetzt tasten Sie mal Ihre Lapella ab. Das ist mehr ein Höcker. Ist bei Männern so üblich. Wir sind ja doch die Experten fürs Grobe."

Er lachte kurz und drehte dabei den Schädel, sodass sie den Hinterkopf betrachten konnten.

„Ein weiteres deutliches Merkmal: der Warzenfortsatz hinter dem Ohr."

Der Anthropologe griff sich selber an den Kopf.

„Das ist der Zapfen hinter dem Ohr. Auch der ist bei Männern stärker ausgeprägt. Also, das sieht man quasi auf einen Blick, dass das eine Frau ist. Wenn Sie's genauer haben wollen, kann ich in den nächsten Tagen den ganzen Katalog der Geschlechtsmerkmale durchexerzieren. Das sind an die vierzig Positionen. Aber ich denke, Sie wollen zunächst mal Anhaltspunkte, wie mir der Brigadier am Telefon erklärt hat."

Moll nickte. Der Anthropologe schien so vertrauenerweckend kompetent, dass er unbescheiden nachfragte.

„Können Sie auch sehen, wo der Kopf, nun ja, geographisch hingehören könnte?"

Florian Kainzner schürzte seine Lippen und sah Moll dabei unverwandt an, als müsste er seine Antwort vorsichtig abwägen.

„Nun ja, das sind Dinge, die sehr umstritten sind, diese rassischen Fragen. Damit wollen wir uns in der Wissenschaft eigentlich nicht anpatzen."

Der Anthropologe neigte sich wieder dem Schädel zu.

„Aber in diesem Fall kann ich off the record so viel

sagen: Schauen Sie den flachen Hinterkopf an – solche Schädel finden Sie auch, wenn Sie Skelette in Rumänien oder Bulgarien ausgraben. Das lässt doch mit hoher Wahrscheinlichkeit vermuten, dass die Frau aus Osteuropa stammt. Aber zitieren Sie mich bitte nicht, auch wenn Sie die Information verwenden."

Kainzner kippte den Schädel, um besser auf den Oberkiefer zu sehen. Er zog die Lampe näher und leuchtete den Innenraum des Kopfes aus.

„Die Zahnfüllungen verraten zumindest, dass die Frau mit großer Wahrscheinlichkeit in der zweiten Hälfte des zwanzigsten Jahrhunderts geboren wurde. Aber Genaueres erfahren Sie von einem Zahnarzt."

Kainzner stellte den Schädel, nachdem er ihn noch einmal suchend zwischen seinen Händen gedreht hatte, zurück auf den Rundtisch.

„Ich kann noch herausfinden, in welchem Alter die Dame gestorben ist. Allerdings nicht heute. Dazu muss ich den Prämolaren präparieren."

Moll zog fragend die Augenbrauen hoch. Den Redefluss des Anthropologen wollte er jetzt nicht unterbrechen. Womöglich vergaß der Mann sonst wichtige Hinweise, nach denen er als Polizist mangels Wissen nie gefragt hätte.

„Der Prämolare – das ist der Vormahlzahn. Wenn man diesen Backenzahn extrahiert und die Wurzel beschleift, kann man anhand der Wachstumsringe in der Wurzel das Lebensalter ziemlich gut bestimmen. Das ist ähnlich wie bei den Baumringen. Auch beim Zahn lagert sich jährlich eine Schicht ab. Wenn Sie ein schönes Präparat haben wollen, brauche ich eine Woche dazu. Wenn es Ihnen mehr um die Info geht, dann kann ich Ihnen morgen telefonisch das Ergebnis durchgeben."

„Leider eilt es bei uns. Bitte rufen Sie mich morgen an. In einer Ausstellung werde ich den Zahn sowieso nicht verwenden.“

Moll griff zum Deckel der roten Box. Er würde ohne Kopf zurück nach Salzburg fahren.

„Eines“, setzte Kainzner fort, „kann ich Ihnen noch anbieten. Wir können relativ gut feststellen, wo dieser Schädel sozusagen aufgewachsen ist – über die Analyse der Sauerstoffisotope. Jede Wasserquelle lässt eine besondere Signatur im Knochen zurück. Mittlerweile gibt's ganz gute Datenbanken für Europa. Das kann ich zwar nicht selber machen, aber im Austrian Institute of Technology gibt's Experten dafür. Mit diesen Methoden untersuchen die Leute dort auch, ob zum Beispiel der Wein tatsächlich aus der Region stammt, die auf dem Etikett als Herkunftsort genannt wird.“

Mit Physik und Chemie hatte Moll nicht viel am Hut. Er konnte aber noch immer wie ein kleines Kind staunen, mit welchen Methoden man toten Objekten Geheimnisse abtrotzen konnte.

„Ja, bitte veranlassen Sie das, Herr Kainzner. Ich denke, der Brigadier wird das unterstützen.“

Mit einem lauten Knacken verriegelte der Polizist den Deckel der Box. Er streckte dem Anthropologen die rechte Hand entgegen.

„Wir haben momentan so wenige Anhaltspunkte, wonach wir suchen können, dass wir jeden Strohhalm brauchen.“

Das aufgeblähte Paket, das an der grünen Haustür in der Johannes-Filzer-Straße lehnte, war mehrmals mit dunkelbraunem Paketklebeband umwickelt. Der Briefträger hatte es, weil er von den Frei-Maurers immer wieder ein gutes Trinkgeld bekam, nicht wie sonst nach einem vergeblichen Zustellversuch im Postamt hinterlegt und einen Benachrichtigungszettel hinterlassen, sondern ohne Unterschrift zugestellt – so wie immer. Es wäre eher ungewöhnlich gewesen, hätte auf sein Läuten hin jemand geöffnet.

In seinem unansehnlichen Hellgelb wirkte das schmutzige Paket, als enthielte es ein paar alte Schuhe, die jemand in einem Hotel vergessen hatte. Die Hälfte seiner Vorderseite war mit Marken bedeckt, deren schlampige Anordnung verriet, wie eilig es der Absender gehabt hatte mit der Zustellung.

Helene Frei-Maurer kam erst gegen acht Uhr abends heim. Während sie mit der einen Hand aufsperrte, hob sie das Paket mit der anderen automatisch auf und ärgerte sich, dass ihr dabei die Handtasche von der Schulter rutschte. Achtlos legte sie die Sendung auf den Tisch und holte ein Stück angefeuchtete Küchenrolle, um den Staub von der schwarzen Handtasche zu wischen.

Erst als sie den exotischen Markenwald bemerkte, zog sie ein Messer aus dem Holzblock in der Küche und schlitzte das Paket vorsichtig entlang der Klebenaht auf.

Sie stellte die Verpackung auf den Kopf und ließ den Inhalt auf den Tisch gleiten. Danach schrie sie nur noch.

Für Martina Pelegrini verlief der Abend anders als erhofft. Ihr Handy läutete, als das Konzert im Rockhaus noch nicht einmal begonnen hatte. Nach dem Telefonat nahm sie noch einen kräftigen Schluck Bier und stellte den halbvollen Plastikbecher vor dem Ausgang ab.

Helene Frei-Maurer sagte kein Wort, als sie der jungen Polizistin die Tür öffnete. Pelegrini befestigte eine lose blonde Haarsträhne und ging der feenhaften Verlassenen nach. Frei-Maurer deutete stumm auf den Tisch.

Ein blutgetränktes Hemd lag dort neben einer großen Pfeffermühle, die die Polizistin schon beim letzten Besuch bemerkt hatte.

„Gehört das Hemd Ihrem Mann?“

Helene Frei-Maurer lehnte mit zusammengekniffenen Lippen an der blitzenden Küchenzeile. Sie nickte.

Pelegrini hob das luftgepolsterte Verpackungsmaterial mit spitzen Fingern an einer Ecke auf. Mit schief gelegtem Kopf versuchte sie von unten in die schmale Öffnung zu sehen.

„War irgendeine Nachricht dabei?“ Wieder antwortete die fragile Frau neben ihr nicht. Sie beobachtete teilnahmslos Pelegrinis Suche nach einem Zettel, der vielleicht in der Verpackung stecken geblieben war. Endlich schüttelte sie den Kopf. Als die Kriminalpolizistin den Umschlag zurück auf den Tisch legte, löste sich Frei-Maurer aus ihrer Starre.

„Das Paket lehnte heute an der Haustür. Es ist eines der Lieblingshemden von Leonhard. Keine Ahnung, warum er Holzfällerhemden so mag. So mochte.“

Pelegrini zog sich Handschuhe über und versuchte das blutige Hemd, das zu einem ballgroßen Gebilde verklumpt war, zu lösen.

Trockenes Blut rieselte wie rote Schuppen aus dem Klumpen.

Das sollten besser die Leute von der Gerichtsmedizin erledigen.

Vorsichtig verstaute die junge Polizistin Hemd und Verpackung in zwei sauberen Plastiksäcken.

„Ja, und gegen Mitternacht hab ich Hemd und Umschlag in der Gerichtsmedizin deponiert und noch eine Mail an die Szifkovits geschickt, damit sie Bescheid weiß."

Pelegrini stürzte die letzten Koffeinreste aus der Espressotasse in ihren Mund und ging umgehend zur Maschine zurück. Es war der dritte Nachschub. Etwas unsicher schob sie die goldene Kapsel in das Gerät und drückte den Hebel nach unten, um die Espressomaschine zu verschließen.

„Brauchen wir diese Ökosaumaschine wirklich?", sinnierte sie, während der Kaffeeapparat so vor sich hin brummte.

„Wir brauchen sie nicht", antwortete Moll, „aber du hast sie heute bitter nötig."

„Ich mein nur, wegen dem Abfall."

Martina Pelegrini zog den Eimer unter dem Kaffeetisch hervor. Er war randvoll mit verbrauchten Aluminiumkapseln in Grün, Gold, Schwarz, Violett und Braun gefüllt.

„Die Maschine versteigern wir auf eBay. Dreißig Euro kriegen wir sicher noch dafür. Und die 300 Euro für eine Espressomaschine, die Bohnen mahlen kann, haben wir schnell wieder herinnen. Bei diesen Kapseln kommt uns das Kilo Kaffee auf mindestens achtzig Euro. Aber noch schlimmer ist das schlechte Gewissen bei jedem Schluck."

Sie drückte wieder auf den grünen Knopf. Die Espressomaschine hörte zu brummen auf.

„Oder, Oberhollenzer? Du als Waidmann bist ja auch jemand, der für die Natur kämpft?"

„Für die Natur schon", brummte Oberhollenzer, „aber nicht gegen Kaffeemühlen." Der korpulente Polizist stand auf und schnallte sich den Gürtel enger. „Meinetwegen, wenn's dir ein Problem ist, legen wir uns halt einen von diesen schicken Automaten zu. Aber das übernimmst du. Mich bringst du in keinen Elektronikmarkt. So masochistisch bin nicht einmal ich."

Oberhollenzer griff zu seiner silbernen Thermosflasche, überlegte es sich dann aber anders und stellte seine Krautsuppe zurück auf den Schreibtisch.

Moll erhob sich ebenfalls und schwang seine Jacke über die Schulter.

„Ich geh dann mal zum Geschäft, aus dem das Sackerl beim Schädel stammt."

Oberhollenzer nickte und schüttelte gleich darauf den Kopf.

„Viel brauchst du dir davon nicht erwarten."

Er sah aus dem Fenster Richtung Untersberg.

„Ich kümmere mich mit Fräulein Pelegrini weiter um die Vater-Tochter-Geschichte. Flugdaten anschauen. Vielleicht sind sie ja ausgeflogen, die beiden. Zuerst Salzburg, und wenn ich da nichts finde, dann München. Und sonst: Wir haben keine Leiche. Also ist es eigentlich nicht unser Bier. Wir haben auch keine Handydaten und keine Kontobewegungen seit dem 1. September, abgesehen von ein paar Abbuchungs- und Daueraufträgen. Von Visa haben wir auch keine Infos bekommen. Dass am 1. September 22.000 Euro abgehoben wurden, wissen wir ja schon."

Moll parkte das Dienstauto neben dem Institut für Gesellschaftswissenschaften. Ein paar Semester hatte er selbst dort verbracht und gedacht, die Politikwissenschaften würden ihm helfen, die Gesellschaft besser zu verstehen oder sie gerechter zu machen. Aber so spannend die Bekanntschaft mit politischen Theorien und Ideen auch war: Irgendwie war ihm nach zwei Jahren die Luft ausgegangen. Und wohl auch die Zuversicht, mit seinem Wissen irgendwann etwas Vernünftiges anfangen zu können.

Kurz hatte er sich als Student politisch engagiert, dann aber schnell einsehen müssen, dass ihm der Kadavergehorsam, den die Gruppierung aus Rücksicht auf die vorgelagerte Partei verlangte, nicht lag. Überhaupt: Mit Gruppen bekam er regelmäßig Schwierigkeiten, wenn sie ihm mit ihren Ansichten und Verhaltenskodices das freie Denken abnehmen und manchmal sogar verhindern wollten. Darauf reagierte Moll vehement, um nicht zu sagen: hysterisch.

Am Papagenoplatz tauchte der Brunnen mit dem kleinen Vogelfänger auf. In der linken Hand hielt die Metallfigur aus der „Zauberflöte" ein Glockenspiel, rechts einen Stab. Zu ihren Füßen saßen Tauben auf einem Ring um den Brunnen. Papageno blickte in seinem verwitterten Vogelkostüm stadtauswärts in die Pfeifergasse, als wollte er Moll mit seinen dunklen Augen unter dem neckischen Hut den Weg weisen.

Moll bog nach links ab und stand nach wenigen Schritten vor dem Geschäft, dessen Namen sie auf dem Plastiksack und der Rechnung beim Schädel aus dem Weiher gefunden hatten. „Glutenfrei leben" stand in schnörkellosen Lettern auf einem nicht sonderlich oppulenten Schild über der Tür zu einem Lokal, das höchstens drei Meter breit war, sich aber ein Stück im Haus nach hinten zog.

Als Moll die Tür öffnete, hörte er ein Klingeln, wie es bei modernen Geschäften längst nicht mehr üblich war, um den Verkäufer über den Eintritt eines Kunden zu informieren. Ein groß gewachsener schlanker Mann mit gut gekämmten dichten weißen Haaren stand hinter der schmalen Verkaufstheke. Er musste schon ein Stück jenseits des üblichen Pensionierungsalters sein, wirkte aber sehr frisch. Sein Gesicht war glatt rasiert und zeigte wenige Falten. Er war allein im Geschäft.

Moll hielt dem freundlichen Herrn seinen Dienstausweis hin.

„Was für eine schöne Abwechslung", freute sich der Verkäufer, der gleichzeitig der Eigentümer des Geschäfts war und sich als Jakob Madersberger vorstellte. „Normalerweise kommen nur chronisch Kranke zu mir und kaufen ihre Diät ein. Ich hoffe doch nicht, dass ich irgendjemanden vergiftet habe mit meinen glutenfreien Waffeln."

Der junge Polizist schüttelte den Kopf.

„Zumindest wissen wir nichts davon. Aber wir haben bei einem, nun ja, wichtigen ‚Beweisstück' einen Kassenbon aus ihrem Geschäft gefunden. Das hilft uns einerseits bei der Datierung des Fundes, andererseits hatten wir gehofft, Sie könnten sich an jemanden erinnern, der Ende Juli, genau am 27. Juli, bei Ihnen eingekauft hat."

Der weißhaarige Herr Madersberger lachte und kam hinter dem Verkaufstisch hervor.

„Wo denken Sie hin, junger Mann. Das ist fast zwei Monate her. Ich bin für jeden Morgen dankbar, an dem ich mich an meinen Namen erinnern kann. Ich bin fünfundachtzig und an meiner Zukunft ist nur gewiss, dass sie sehr kurz sein wird."

Herr Madersberger zog den Kragen seines grauen Anzugs zurecht.

„Nein, im Ernst. Bei mir kauft wohl die Hälfte der Salzburger Zöliakiekranken ein. Das sind Leute, die das Klebereiweiß im Getreide nicht vertragen. Die Gluten schädigen den Dünndarm so, dass er viele Nährstoffe gar nicht mehr aufnehmen kann. Ich wäre mit fünfzig fast daran gestorben, bis ich mit Hilfe vieler Ärzte drauf gekommen bin, warum ich so viel Gewicht verloren habe."

Der fesche Herr, der fünfzehn Jahre jünger wirkte, zuckte mit den Schultern.

„Tut mir leid, ich kann Ihnen wirklich nur so viel sagen, als dass Sie nach jemandem suchen, der kein normales Mehl verträgt, sein Brot aller Voraussicht nach selber bäckt" – er griff nach einer Packung im Regal – „etwa mit diesen glutenfreien Mischungen, und der wahrscheinlich Maiswaffeln in der Küche herumstehen hat, solche wie die hier."

Herr Madersberger zog eine weitere Packung aus dem Regal.

„Meine eigene Geschichte war der Grund, warum ich dieses Geschäft überhaupt aufgemacht habe. Mittlerweile stehe ich seit über dreißig Jahren sechs Tage die Woche in diesem Lokal. Gut, fünf Wochen Urlaub im Jahr müssen Sie abziehen."

Der rüstige Herr nahm einen Korb mit Gebäck vom Verkaufstisch und hielt ihn Moll hin.

„Probieren Sie mal, Sie werden keinen Unterschied merken. Ich lasse diese Kornweckerl eigens von einem Bäcker mit glutenfreiem Mehl machen. Wissen Sie, diese Zöliakie hat für mich als Ladenbesitzer ja auch was Gutes: Meine Kunden sind unheilbar und bleiben mir erhalten."

Dem jugendlichen Herrn Madersberger trat der Schalk aus den Augen. Er gluckste vor sich hin, während Moll das Gebäck wortlos ablehnte.

„Ich darf das sagen, weil ich ja selber auch krank bin. Aber wenn man sich glutenfrei ernährt, bilden sich die Schäden im Darm zurück und man kann gut mit Zöliakie leben."

Franco streckte Madersberger die Hand hin.

„Je länger ich Sie anschaue, umso mehr bin ich der Ansicht, dass Sie Ihr Geschäft eigentlich ‚Jungbrunnen' nennen und Anti-Aging-Präparate verkaufen sollten. Sie wären der beste Werbeträger dafür. Kompliment."

Walter hatte seit dieser verhängnisvollen Nacht im August nie vom Gemetzel in der Jagdhütte geträumt, sehr oft aber von Tüten, Schränken, Kisten, Säcken, Truhen, Schubladen oder Koffern, die er sich nicht zu öffnen traute. Wann immer ihn jemand dazu zwingen wollte, wachte er auf. Und wann immer er den Kofferraumdeckel zum A6 hochschwingen ließ, befiel ihn eine unbestimmte Furcht, als könnte der Kopf zurückkehren und plötzlich auf ihn warten.

Absurde Gedanken. Aller Wahrscheinlichkeit nach war der Schädel, den die Polizei vor ein paar Tagen aus dem Weiher gefischt hatte, „sein" Schädel. Aber wie war er dort hingekommen? Wer konnte ihm so einen grässlichen Scherz gespielt haben?

Seit Neuestem ächzte und knackte es in seinem Ohr. Vor allem nachts hinderte ihn dieses Geräusch am Einschlafen. Es erinnerte ihn an den Klang brechender Knochen, wenn man sie mangels Routine mit dem Messer laienhaft durchtrennte und nicht den glatten Schnitt durch die Gelenke fand, sondern Teile mit einem seltsamen Schabegeräusch absplitterten.

Mittlerweile rätselte er, ob Maria die Veränderung an ihm nicht doch wahrgenommen hatte. Sie schien ihn immer wieder etwas fragen zu wollen, kniff dann aber ihre Lippen zusammen und legte den Finger auf ihren Mund, als bräuchte sie noch eine Nachdenkpause. Dafür legte sie ihren Arm um ihn.

In letzter Zeit trank er außerdem mehr Bier als sonst. Aus den zwei Flaschen abends waren drei geworden. Das musste ihr aufgefallen sein, so aufmerksam, wie sie auch nach fast zwanzig Ehejahren noch war. Aber das Bier half wenigstens beim Einschlafen, wenn es ihn auch nicht durchschlafen ließ. Gegen drei Uhr früh wachte er auf, weil ihn die Flüssigkeitsmenge in seiner Blase aus dem Bett drängte. Nur selten gelang es ihm, bald wieder einzuschlafen. Er wälzte sich von einer Seite auf die andere, krampfhaft bemüht, an nichts zu denken – was naturgemäß nur schiefgehen konnte.

Die erste Walze aus dem japanischen Auftrag hatte das Werk in Tenneck bereits verlassen. Sonnys Stimmung war dadurch nicht besser geworden. Es schien, als könnte ihn momentan nichts berühren. Er war da, ohne hier zu sein. Selbst ihm, Walter gegenüber. Seit der Nacht Anfang August hatten sie keinen einzigen Abend miteinander verbracht. Wahrscheinlich erinnerte er, Walter, seinen Bruder an die Stunden in der Jagdhütte. Sonst besprach Sonny große Entscheidungen immer mit ihm. Auch wenn er von wirtschaftlichen Dingen so gut wie nichts verstand: seine Anwesenheit half Sonny, klare Gedanken zu fassen. Oft reichte eine naive Frage, damit sein Bruder zu einer betrieblichen Entscheidung fand. Jetzt saß der große erfolgreiche Sonny in einem Schneckenhaus und schien nicht mehr zu wissen, wie er rauskommen sollte. Oder ob er noch einmal herauskommen wollte.

Es gab viele Arten, den Kopf zu verlieren.

„Schau mal, Franco."

Oberhollenzer deutete auf Martina Pelegrini, die einen kleinen weißen Umschlag mit Silberscheibe aus ihrer Tasche zog und triumphierend damit winkte.

„Es war so was wie eine Eingebung. Wir waren wegen der Frei-Maurer-Sache mit dem verschwundenen Paar noch einmal in der Bank."

Martina Pelegrini zog den Datenträger aus dem Papier und legte ihn in ihren Computer ein. Quietschend lief die Lade des DVD-Players zurück in das Gehäuse. Franco schob seinen Stuhl vor den Bildschirm. Nach kurzer Zeit saßen die Beamten wie drei neugierige Kinder vor dem Monitor.

Pelegrini wirkte atemlos vor Aufregung.

„Ich hab in der Bank noch einmal wegen der 22.000 Euro nachgefragt, die am 1. September abgehoben wurden. Der junge Mann dort war ausgesprochen hilfreich."

„Kein Wunder", knurrte Oberhollenzer, „so wie du den mit ganzem Körpereinsatz bearbeitet hast. Das war fast ein Fall für die Sitte."

Pelegrini streifte ihn mit einem gespielt verächtlichen Blick.

„Die zeichnen in der Bank das Geschehen am Schalter auf. Jeweils zwei Monate zurück. Jede Sekunde wird ein Bild gespeichert."

Die junge Frau beugte sich über die Maus und klickte den Abspielknopf am Bildschirm an, um sofort auf

Zeitlupe umzuschalten. Dann setzte sie sich gespannt zurück in ihren Bürostuhl.

„Und jetzt schau mal, wer da um 14.32 Uhr in der Filiale auftaucht und die 22.000 Euro abhebt."

Während am linken unteren Bildschirmrand die Uhrzeit sekundengenau in weißer Schrift mitlief, trat von oben eine schmale Person in das Schwarz-Weiß-Bild. Der Zeitraffer ließ ihre Bewegungen eckig wirken. Kader für Kader hüpfte sie dem Schalter näher. Auch aus der Vogelperspektive war zu erkennen, dass es nicht Leonhard Maurer gewesen war, der das Geld abgehoben hatte.

„Die Frei-Maurer. So ein Luder", stieß Franco überrascht hervor. „Bei uns macht sie auf leidend, in Wirklichkeit krallt sie sich das Geld ihres Mannes."

Auf dem Monitor blätterte ein Bankangestellter 500-Euro-Scheine vor Helene Frei-Maurer auf den Schalter. Die hagere Frau bündelte die Noten zu einem Stapel und schob sie in ein Papierkuvert, das ihr der Angestellte aufhielt.

Franco verschränkte die Arme hinter seinem Kopf.

„Was machen wir? Überrumpelungstaktik? Abends? Oder morgen früh?"

Pelegrini griff zum Bürotelefon.

„Soll ich mal checken, wann Frei-Maurer zu Hause ist?"

Franco und Oberhollenzer nickten gleichzeitig.

„Wegen Felix wär mir in der Früh fast lieber, wenn ich das mal so sagen darf. Sonst muss ich wieder jemanden für seine Betreuung auftreiben."

Die Polizistin hatte Frei-Maurer mittlerweile in der Leitung.

„Nein, es ist nur wegen ein paar Fragen. Bis dann also."

Pelegrini legte auf und strich sich eine Haarsträhne aus dem Gesicht.

„Sie kommt heute erst gegen 21 Uhr heim. Morgen geht sie um sieben aus dem Haus. Also: 21:15 oder 6:30. Your choice."

Um halb sieben Uhr morgens standen sie zu dritt in der Johannes-Filzer-Straße. Moll war missmutig. Felix hatte ihm zum Abschied kurz auf den Unterarm geklopft und sich dann zu seinem Kakao zurück gesetzt, als wäre es für einen Achtjährigen das Natürlichste der Welt, allein aus dem Haus zu gehen und seinen Vater zu verabschieden. Die Gelassenheit seines Sohnes war aber nicht Schuld an Francos schlechter Laune. Es war einzig und allein die Tageszeit, die es ihm unmöglich machte, ein guter Mensch zu sein.

„Wir machen auf Rinderherde", knurrte er. „Es gibt keinen guten Bullen heute. Wir trampeln über sie drüber, ja?"

Oberhollenzer nickte, während er statt zu klingeln fest mit der Faust gegen die Tür des alten Hauses hämmerte.

Helene Frei-Maurer öffnete die Tür nur einen Spalt breit. Oberhollenzer drückte sie gleich auf und ging durch in die Wohnküche. Frei-Maurers Nervenkorsett schien noch immer nicht fest zu sitzen.

„Was ist denn jetzt los?", murmelte sie, während sie ihren gut verschnürten Bademantel noch enger um ihren dünnen Körper spannte und sich an ihre glänzende Edelstahlküche lehnte.

„Beichtstunde", sagte Oberhollenzer laut. „Sie sitzen, wir sind ganz Ohr. Oder besser gesagt: Sie knien."

Frei-Maurer sah Pelegrini und Moll verständnislos an,

die, ohne die Frau eines Blickes zu würdigen, in den Vorraum traten.

„Setzen!“, brüllte Oberhollenzer.

Die Frau mit ihren langen blonden Haaren begann nach einer Schrecksekunde zu schluchzen wie ein kleines Mädchen, das seine Tränen lange zurückgehalten hatte. Es dauerte einige Zeit, bis sie wieder sprechen konnte.

„Was ist denn los? Ich kenn mich überhaupt nicht mehr aus. Was wollen Sie denn von mir?“, stammelte sie, während sie immer wieder mit lauten Geräuschen die Luft durch die Nase einzog.

„Sie heulen Rotz und Wasser, weil Ihr Mann weg ist, aber Sie heben am Tag seines Verschwindens 22.000 Euro von seinem Konto ab. Erklären Sie uns das mal. Weil er das Geld nicht mehr braucht?“

Frei-Maurer schüttelte noch immer weinend den Kopf. Ihr langes Haar verteilte sich wie ein Fächer über den Rücken und blieb im Frotteegewebe des weißen Bademantels hängen.

„Nein, das war doch an dem Tag, als Leonhard verschwand. Da wusste ich noch gar nicht, dass er nicht heimkommen würde.“

Die tränenüberströmte Frau hatte sich mittlerweile gesetzt. Sie wirkte am Tisch so klein und verloren, dass man sie unter normalen Umständen gern aufgerichtet und in die Mitte geschoben hätte, um ihr mehr Präsenz zu verleihen. Aber das war jetzt definitiv nicht das Ziel der Kriminalbeamten.

Pelegrini bemühte sich, so kalt wie möglich zu klingen. „Vielleicht wussten Sie ja schon, dass Leonhard und Ihre Tochter nicht mehr heimkommen würden?“

Wieder schüttelte die Frau den Kopf.

„Das hat alles keinen Sinn. Ich glaube, meine Tochter, das Biest, hat alles kaputt gemacht. Wenn ich nur wüsste, warum."

„Was heißt das nun wieder?"

Oberhollenzer schlug mit der flachen Hand auf den Tisch.

Als das Häufchen Elend am Tisch nicht gleich antwortete, setzte Moll laut nach.

„Reden Sie oder wir nehmen Sie und Ihr ganzes Haus und Ihr Leben so auseinander, dass Sie es nie wieder zusammensetzen können."

Zum ersten Mal nickte Helene Frei-Maurer und wischte sich ein paar Tränen aus den Augen.

„Das Geld. Schauen Sie die Küche an. Sie ist neu. Wir haben es für die Küche gebraucht. Mit Rechnung hätte sie fast 28.000 gekostet. So waren es 22.000. Leonhard wusste, dass ich das Geld abhebe. Er hat es mir ja aufgetragen."

Pelegrini drehte sich plötzlich suchend um.

„Wo sind die Kontoauszüge Ihres Mannes?"

Frei-Maurer stand schwerfällig auf und musste sich dabei am Tisch abstützen. Sie hob kaum ihre Beine, als sie zu einem altdeutschen Schubladenkasten mehr schlich als ging. Nach kurzer Zeit zog sie eine kleine Mappe aus einer Lade. Langsam schlurfte sie, den Arm mit den Unterlagen weit von sich gestreckt, zum Sessel zurück und drückte Pelegrini den Packen in die Hand.

Als die Polizistin in den Belegen zu blättern begann, läutete Molls Telefon.

Er sah den Namen „Szifkovits" in Großbuchstaben auf dem Display aufleuchten und ging in den Vorraum, wo er leise mit der Gerichtsmedizinerin telefonierte.

„Hören Sie, Moll. Eigentlich wollte ich es Ihnen schon gestern Abend sagen, hab Sie dann aber verschont, weil ich dachte, dass Sie in Ihrem zarten Alter um 23:00 Uhr sicher schon im Bett sind." Szifkovits hustete kurz. „Jetzt bin ich mit dem Hund meines Nachbarn spazieren und da komme ich doch glatt bei einer Kuhweide vorbei. Also, Folgendes: Das Blut im Hemd ist Rinderblut. War nicht weiter schwierig. Dreißig Chromosomenpaare statt dreiundzwanzig wie beim Menschen."

Kurz hörte Moll die Gerichtsmedizinerin jemanden rufen. Es klang wie „Anka" oder „Arko". Dann drückte Szifkovits das Mobiltelefon wieder ans Ohr.

„Aber was viel Interessanter ist, Moll: Wir hatten eine Eingebung. Wir haben das Hemd nach anderen Spuren abgesucht, mit UV-Licht. Und bei 350 Nanometer hat dann was so schön silbrig zu schimmern begonnen. Sie verstehen, was uns das Polilight gezeigt hat? Diese schönen glänzenden Schleimspuren, die wir so gern haben?"

Drei Minuten später ging Franco zurück ins Zimmer und verstaute das Handy beiläufig im Ledersakko.

„Eine interessante Neuerung. Das Beste dabei: Auf dem Hemd, das per Paket zugestellt wurde, waren Spermaspuren. Selbst Szifkovits war überrascht, von wem sie stammen. Von Leonhard Maurer nämlich."

Moll sah die nun sehr alt wirkende Frau an, die mehr auf dem Sessel kauerte als saß.

„Und es gab noch weitere Spuren auf dem Hemd. Weibliches Sekret. Will jemand raten, zu wem die gehören?"

„Dieses Biest von Tochter vögelt also mit ihrem Stiefvater", räsonnierte Oberhollenzer im Auto.

„Oder der Stiefvater mit der Tochter. Bekanntlich gehören da zwei dazu", schaltete sich Pelegrini aus dem Fond ein. Sie überflog die Kontoauszüge, die ihr Frei-Maurer in die Hand gedrückt hatte. Sie hatten einfach übersehen, die Kontobewegungen weiter zurückzuverfolgen.

„Die haben das von langer Hand vorbereitet."

Pelegrini lehnte sich zwischen den Sitzen nach vorne und deutete auf eine Zeile in den kleinformatigen Belegen.

„Schon eine Woche vor seinem Verschwinden, das war noch im August, hat Maurer einen Batzen Geld abgehoben. 15.000 Euro. Das war offenbar das Startgeld für die beiden."

Ein heller Fleck zeigte sich auf der Nonntaler Brücke, als drückte die Sonne einen Lichtstempel durch den herbstlichen Dunst. Moll durchquerte den Lichtkegel, ohne ihn zu bemerken. Kurz wurde der Innenraum hell wie unter einem starken Blitz. Vor dem Kreisverkehr am Rudolfsplatz schaltete Moll einen Gang herunter.

„Wie lang kommt man mit 15.000 Euro aus?"

„In Thailand kann ich davon zwei Jahre leben", sagte Pelegrini, während ihr Kopf in der Kurve nach rechts gegen den von Oberhollenzer fiel. „Letztes Mal hab ich für fünf Wochen Aufenthalt in irgendeinem Bungalow auf einer autofreien Insel überhaupt nur 600 Euro gebraucht. Und das war schon ein Luxusurlaub für dortige Verhältnisse."

Moll blickte kurz von der Straße weg zu seiner Kollegin.

„Glaubst du, unsere zwei Täubchen reisen auch so bescheiden?"

Pelegrini schüttelte den Kopf.

„Keine Ahnung, wahrscheinlich nicht."

„Natürlich nicht", schaltete sich Oberhollenzer mürrisch ein. „Das ist ein Hormonurlaub. Da heißt es: ‚Was kostet die Welt.' Der alte Depp muss seiner jungen Geliebten ja was bieten. Den beiden wird also bald mal das Geld ausgehen, vermute ich. Maurer ist es ja offenbar gewohnt, Geld zu haben und es auch auszugeben."

Moll klopfte Oberhollenzer vom Fahrersitz aus auf den Oberschenkel, um ihn zu beruhigen.

„Nur: Warum schicken die das blutige Hemd heim? Warum das Blut? Sie hätten der verlassenen Frau und Mutter genauso gut ein höhnisches Urlaubsfoto von ihrem Liebesurlaub schicken können. Es ging doch wohl darum, Helene Frei-Maurer damit etwas mitzuteilen oder eine Gewalttat zu suggerieren oder ihr Angst einzujagen oder sonst was."

Moll schwieg kurz, während sie bei der Einmündung der Akademiestraße wieder anfuhren und beschleunigten.

„Wir haben noch nicht die ganze Geschichte. Es scheint ein Familien-Grusical zu sein. Aber eigentlich ist das nicht unser Bier. Wir haben keine Toten. Und für Volljährige, die sich aus dem Staub machen, sind wir auch nicht zuständig."

„Ich glaube, dass ich aus den beiden Freundinnen Julias ein bisschen mehr herausbekommen kann, wenn ich es geschickt anstelle. Das Ganze sieht nach einem ziemlich perversen Plan aus."

Pelegrini klang sehr sicher.

Zweiunddreißig Jahre, plus minus zwei. So alt schätzte der Anthropologe Kainzner die Frau, deren Schädel aus dem Leopoldskroner Teich aufgetaucht war. Die Herkunftsuntersuchung würde noch ein paar Tage dauern, hatte er am Telefon gemeint.

Franco setzte sich am Abend mit Felix vor den Computer. Gegen das Versprechen, dass er danach ein Autorennen spielen durfte, hatte sich Felix bereit erklärt, eine neue Legasthenieübung anzugehen.

Auf einer Art Schachbrett lagen isoliert ein paar Buchstaben herum. Kurz blitzte das Wort HASS am Bildschirm auf. Felix musste die Buchstaben mithilfe eines Zwerges nun zum gesuchten Wort zusammenschieben, ein mühevolles Herumsteuern mit den Cursortasten. Der blonde Junge saß auf Molls Schoß, der immer wieder versucht war einzugreifen, wenn sich Felix ungeschickt anstellte. Ab und zu schob er einen Buchstaben in die falsche Richtung und ärgerte sich dann sehr. Ein paarmal wollte der Achtjährige das Spiel abbrechen, weil es ihm zu langsam ging. Felix' Geduld war ebenso schwach ausgeprägt wie die Francos.

Nach etwa drei Minuten hatte Felix die vier Buchstaben schließlich doch zum kurzen Wort HASS zusammengefügt.

„Was heißt das eigentlich genau?“, fragte er schließlich und dreht sich halb zu Franco um.

„Jemanden sehr intensiv nicht mögen“, antwortete Moll, ohne nachzudenken.

„Das ist aber auch anstrengend, oder?“, überlegte der Junge, der so treuherzig unter seinen blonden Haaren hervorschauen konnte, dass jedermanns Herz weich wurde.

Franco nickte.

„Ja, ich glaub schon. Sehr anstrengend sogar.“

„Gibt es für dich auch jemanden, mit dem du Hass hast?“

„Auf den ich einen Hass habe? Den ich hasse?"
Moll dachte nach.
„Im Augenblick fällt mir niemand ein."
„Ich kenne schon jemanden", sagte Felix, während Franco die Übung neu startete und einen frischen Buchstabencocktail mischte. „Den Henry. Der hat sich den Bleistift ausgeborgt und mir dann die Spitze abgebrochen."
„Das ist aber kein Grund, ihn zu hassen."
„Eh nicht", sagte Felix, „aber es tut manchmal verdammt gut, wenn man so einen Zorn hat, dass man einen Tisch zu Boden schleudern könnte."
Ein paar Wörter später stellte sich Felix bei der Steuerung des Zwerges schon weitaus geschickter an. Wie in einem Dada-Gedicht für Kriminalisten blitzten die Begriffe BLUT, KIND, WALD und KOPF hintereinander auf.
Man durfte sich von solchen Zufällen nicht irre machen lassen. Momentan drückte nichts auf Franco als Felix' Gewicht, der, obwohl sehr schlank, nun schon deutlich mehr als fünfundzwanzig Kilogramm wog.
Molls Angebot, nach der Übung das Plastiklenkrad samt Gas- und Bremspedalen an den Computer anzuschließen, schlug Felix mit Entrüstung aus. Er konnte sein Spielzeug längst selbst installieren. Das Lenkrad war ein Geschenk seines Linzer Großvaters Vinzenz gewesen. Franco hätte es seinem Sohn selbst wahrscheinlich nicht gekauft. Aus pädagogischen Gründen. Bloß welchen?, fragte er sich jetzt. Wahrscheinlich nur deshalb, weil sein Vater Vinzenz so etwas früher verachtet und seinem Sohn Franco sicher vorenthalten hätte. Immerhin: Wenigstens als Großvater hatte Vinzenz dazugelernt. Vielleicht ein

Ansporn, auch als Vater nicht in den überholten Verhaltensweisen der eigenen Kindheit stecken zu bleiben. Man hätte so viel über sich selbst wissen müssen, um ein guter Vater zu sein. Franco sah in der Reflexion des Monitors, wie sein Spiegelbild unwillkürlich den Kopf schüttelte.

Felix zischte, begleitet von einem lauten Rennwagen-Geräusch, durch die Häuserschluchten von Chicago, fuhr unter der Loop dahin und am Lake Michigan entlang. Als er Polizeisirenen hörte, jubilierte er. Nun hatten die Bullen seine Raserei endlich entdeckt und nahmen ihn ernst. Jetzt erst begann für ihn das wirkliche Spiel, eine Verfolgungsjagd, in der er nicht verlieren konnte, weil sich sein Auto immer wieder selbst reparierte, selbst wenn er frontal mit einem Truck kollidierte oder die quergestellten Cops rammte.

Nachdem Franco wie in Trance einige Zeit quasi auf dem Sozius durch Chicago gerast war und immer wieder mal erfolglos versucht hatte, seinen Sohn zu einem braven Autofahrer umzuerziehen, ließ er Felix von seinen Knien gleiten und ging in die Wohnküche zurück.

„Jetzt komm ich besser zu den Pedalen“, rief ihm Felix nach, ohne sich von seinem Spiel ablenken zu lassen.

Beim Öffnen des Kühlschranks schepperte eine Weinflasche, die halb voll im Getränkefach in der Tür stand.

Franco beschloss, Weinmeister anzurufen und zu einem häuslichen Umtrunk einzuladen.

Nach zwei Freizeichen hob Heinrich ab. Er war in Hochstimmung und sprudelte ohne lange Einleitung los.

„Verzeih, dass ich dich nicht eingeladen habe. Aber du wärst sowieso nicht gekommen. Ich habe geheiratet.“

Mit dieser Eröffnung hatte Franco nicht gerechnet.

„Du hast was? So schnell? Kenne ich sie?"

„Sicher nicht." Weinmeister lachte. „Ich kenne sie ja selber auch nicht richtig. Eine tolle Oberweite hat sie, so ähnlich wie Lara Croft."

„Die kenne ich auch nicht."

Franco seufzte.

„Oder ist das diese Comicheldin?"

Weinmeister kostete Molls Ratlosigkeit aus.

„Du hast ja wirklich keine Ahnung."

Er pausierte.

„Ich habe in *World of Warcraft* geheiratet."

„Wo? Wo ist das?"

„Na, in dem Spiel, von dem ich dir erzählt habe. Die Gefreite Samira. Edel hat sie ausgesehen in ihrem langen silbernen Kleid."

„Sag mal, Weinmeister, ist das eine andere Art Doktorspiel? Oder komme ich da einfach nicht mehr mit? Du hast in einem Onlinespiel geheiratet?"

„Ja, eine aus meiner Gilde. Das Ganze hat mich fast 400 Gold gekostet. Ein teurer Spaß, ehrlich. Aber wenn schon, denn schon. Wir haben in Sturmwind geheiratet. Eine imposante Kathedrale. Alle waren sie da, die ganze Gilde. Die Priesterin Senia hat uns getraut. Da war alles dabei, was du dir vorstellen kannst, so eine richtige Ansprache im Stile von ‚Amors Pfeil hat es wieder einmal geschafft, zwei Herzen durchbohrt und eine zärtliche Liebe entfacht.' Todromantisch, ehrlich."

Die Erinnerung an die Zeremonie bewegte Weinmeister. Er atmete heftig.

„Ich war so nervös, Franco, dass ich es kaum schaffte, meinen Charakter über den blauen Teppich zum Altar in Sturmwind hinaufzusteuern. Der Ringtausch war dann ein echtes Disaster. Das haben wir einfach nicht hingekriegt. Aber egal, wir sind nun Mann und Frau in *World of Warcraft*."

Franco hatte sich mittlerweile ein Glas Weißwein eingeschenkt.

„Das heißt, ich lerne deine Frau wahrscheinlich gar nie kennen?"

„Da müsstest du schon mitmachen bei uns in der Gilde. Mit Waffen wärst du ja vertraut."

Weinmeister lachte wieder wie ein kleiner Junge, der sich diebisch freut, weil sein Turm aus Holzblöcken stetig höher wächst und wider Erwarten noch immer nicht eingestürzt ist.

„Wenn ich dich recht verstehe, Heinrich, dann hast du auch heute wieder keine Zeit, bei mir und Felix vorbeizuschauen."

„Familiäre Pflichten, du weißt doch", sagte Weinmeister. „Wenn eine Beziehung so frisch ist, muss man sie besonders gut pflegen, damit sie nicht zu schnell an Glanz verliert."

Wieder ein Sonntag, der familiär völlig daneben ging. Und alles wegen eines verdammten Knochens, der in einem Wildgatter aufgetaucht war. Kurz hatte Moll daran gedacht, Felix ins Gebirge mitzunehmen, dann traf er die rothaarige Bankerin am Gang, die sich sofort um den Jungen kümmerte. Felix verabschiedete sich nicht einmal mehr von seinem Vater und stürmte gleich in die Wohnung, die abgesehen von einem Tisch und zwei Sesseln noch leer war. Franco ließ Melinda einen Schlüssel zu seiner Wohnung da, falls sie und Felix später etwas kochen wollten.

Nun also ein großer Knochen in einem Wildgatter im Mitterpinzgau. Oberhollenzer hatte sein Wochenende in Mittersill bereits abgebrochen und sich auf den Weg Richtung Saalfelden gemacht. Ein Tierarzt hatte die Polizei angerufen, weil er einen menschlichen Knochen in einem Wildschweingehege gefunden hatte.

Eineinhalb Stunden Fahrt über das kleine deutsche Eck. Das blauweißgoldene bayrische Staatswappen sauste rechts an Moll vorbei. Er haderte damit, dass es an diesem Wochenende wieder sein Team getroffen hatte. Aber klar. Jedermann in der Abteilung „Leib und Leben" wusste, wo Oberhollenzer seine Wochenenden verbrachte. Warum sollte man nicht den im wahrsten Sinne des Wortes Nächstbesten abkommandieren.

Bereits vor fünf Tagen hatte Franco die Nummer des Elisabethinenspitals in Linz abgespeichert. Er steckte sich die Stöpsel seiner Freisprecheinrichtung ins Ohr und suchte die Nummer auf dem Display des Telefons. Mittlerweile schlängelte sich die B21 zwischen engen Felswänden durch. Eine Strecke, die volle Aufmerksamkeit verlangte. Nur mit Mühe gelang es Moll, den Kontakt am Telefon zu finden.

Er wählte mit einem Seufzer. Nichts passierte. Keine Verbindung.

Mittwoch hatte ihm Laura erzählt, dass der Zustand seines Vaters stabil sei. Und dass es langsam aufwärts gehe, auch wenn er viel schlafe und noch nicht aufstehen könne. Vielleicht würde er ein Pflegefall werden. Ein neuer Akt im Drama seiner Mutter. Noch eine Bürde mehr, die ihr eine verzweifelte Leidenskraft und noch mehr Macht über ihre Umwelt geben würde. Es war zu hoffen, dass sein Vater so weit genas, dass er selber für sich sorgen konnte.

Bei Schneizlreuth sah Moll erneut auf sein Mobiltelefon. Drei Striche signalisierten eine vernünftige Verbindungsstärke. Der Kriminalbeamte, dessen Gesicht wie von Wolken verdunkelt wirkte, schaltete einen Gang zurück und wählte erneut. Sofort meldete sich jemand im Spital und verband ihn nach einer kurzen Suche nach dem Patienten Vinzenz Moll mit dem Krankenzimmer.

Eine Frau meldete sich. Sie stellte sich als Stationsschwester Elisabeth vor.

„Ich lege Ihrem Vater den Hörer ans Ohr. Wir haben ein mobiles Gerät hier, das ist einfacher."

Franco hörte es kurz knacken.

„Herr Moll ist Ihr Vater? Nicht dass ich Sie mit dem Falschen verbinde."

Der Polizist bejahte.

Eine Sekunde später hörte er schweres Atmen, als wären die Luftwege seines Vaters stark verschleimt. Entfernt nahm er wahr, wie die Schwester dem Patienten laut und langsam zu erklären versuchte, sein Sohn sei am Apparat. Moll nahm das Mikrofon am Kabel der Freisprecheinrichtung und hielt es nahe zum Mund.

„Papa, hörst du mich?"

Statt einer Antwort schien der Atem von Vinzenz Moll kurz auszusetzen. Dann hörte Franco unzusammenhängende Silben, mehr gemurmelt als gesprochen. Nur kurz wirkten sie wie ein wortloses Aufbegehren. Nach wenigen Sekunden stürzte das aufgeregte Gebrabbel wieder zu einem weichen Lallen zusammen, das sich noch einmal formen wollte, bis der Sprecher aufgab und seine Hilflosigkeit in ein leises Wimmern übergehen ließ. Es klang wie ein Schmerz, von dem nur Bruchteile an die Oberfläche kamen, weil ihm das geeignete Übertragungsmedium fehlte, ein Körper, der mitschwingen konnte, und Stimmbänder, die fähig waren, das Beben im Inneren resonieren zu lassen.

Franco hörte zu und sagte nur ein paarmal leise „Du" dazwischen, als könnte er seinen Vater wenigstens mit diesem kurzen Wort wie über einen hauchdünnen Faden erreichen und etwas Nähe möglich machen.

Sich jemals machtloser zu fühlen als in diesem Augenblick, war kaum vorstellbar.

Schließlich versiegte auch das Wimmern. Es war ihm so nahe gewesen, dass Franco die Distanz völlig vergessen hatte. Jetzt atmete sein Vater wieder heftig, ein Atem, der nach ein paar heftigen Luftstößen etwas langsamer wurde und in ein leises Schnarchen überging.

Es knackte wieder in der Leitung.

„Ihr Vater ist eingeschlafen, Herr Moll. Ich glaube, es hat ihm gutgetan, dass Sie ihn angerufen haben."

Franco bedankte sich bei der Schwester für ihre Geduld und legte auf. Überrascht sah er, dass er nicht einmal drei Minuten mit seinem Vater telefoniert hatte.

Oberhollenzer kam gleichzeitig mit den Spurensicherern beim Wildgatter an. Franco ließ sich, nachdem er die österreichische Grenze passiert hatte, übers Handy hinlotsen. Nach einer kurzen Fahrt durch einen Buchenwald kam er unerwartet zu einer Lichtung. 300 Meter ging es an einem Drahtzaun entlang.

Wildschweine waren nirgendwo zu sehen. Dafür wirkte das Gelände hinter dem Zaun, als wäre es gerade frisch umgeackert worden. Nur vereinzelt zeigten sich zwischen Matsch und Dreck grüne Grasinseln, auf die sich die Tiere wohl retteten, wenn der Schlamm gar zu tief wurde.

Ein junger Mann in grünen Gummistiefeln öffnete Moll das Tor zum Gehege.

Vor einem grauen Holzschuppen parkte ein Lieferwagen, der mit der Werbung des Bäckers Schoberbauer bedruckt war. Oberhollenzer stand mit seinen Gummistiefeln mitten in einem Haufen alter Semmeln und Kipferl. Er kickte belustigt einen großen harten Milchzopf weg.

„Schau nicht so, Franco. Die Wildschweine sind Allesfresser. Der Bäcker kann nicht alles zu Semmelbröseln mahlen. Drum fährt er zweimal pro Woche eine Ladung altes Brot hier herauf. Ein anständiger Mann. Ich kenne Schoberbauer von einer Jagdgesellschaft. Er ist ganz aus dem Häuschen wegen dem Knochen."

Moll versuchte vorsichtig in Richtung seines Kollegen durch den Dreck zu balancieren.

„Ja, das ist also die Naturnähe der Jagd, von der du mir immer erzählst ... Das Wildschwein ernährt sich von feinsten Backwaren."

Oberhollenzer verzog sein Gesicht zu einem Grinsen und deutete auf Molls Schuhe.

„Überrascht vom Landleben?"

Franco sah nicht auf. Er wusste auch so, was sein Kollege meinte.

„Die werde ich in die Waschmaschine werfen ... Und mir danach wahrscheinlich eine neue Waschmaschine kaufen müssen."

Er schüttelte Oberhollenzer die Hand, nachdem er sich auf die Brotinsel gerettet hatte.

„Das hättest du mir sagen können, dass wir hier wieder mal im Dreck ermitteln."

„Hab zu spät daran gedacht."

„Und wo sind die Wildschweine?"

Oberhollenzer deutete zurück zum Buchenwald.

„Da drin. Die sind normalerweise nachtaktiv und pfeifen jetzt auf uns. Sie kommen erst bei Dunkelheit aus ihrem Versteck. Dann können Sie allerdings ein Feld wie dieses in einer Nacht umackern, wenn sie anderswo nicht genug zu fressen finden. Aber hierzulande gibt's nicht wirklich viele Wildschweine in freier Natur. Zu wenig Maisfelder. Im Pinzgau hat zuletzt vor drei Jahren ein Jäger einen Keiler geschossen. Aber dafür so ein Ding."

Oberhollenzer streckte seine Arme so weit links und rechts von sich ab, wie er konnte.

„Wahrscheinlich war's ein Schwein aus einem Gehege. Aber was für ein Glück. Ein Eber mit 70 Kilogramm."

Er drehte sich um.

„Komm mit. Da hinten liegt das gute Stück. Ich erzähl dir währenddessen alles."

Wenig begeistert stapfte Moll hinter Oberhollenzer her.

Schoberbauer, der Bäcker und gleichzeitig Besitzer des Geheges, hatte den Tierarzt gerufen, weil er bei seinem Kontrollbesuch einen angeschlagenen, aber noch lebenden Eber hinter dem Schuppen gefunden hatte. Bei Tag und nicht etwa in der Dunkelheit. Das Tier, das in der Lage war, Menschen anzugreifen und im schlimmsten Fall sogar umzubringen, hatte sich nicht einmal erhoben, als der Bäcker gekommen war.

Jetzt hing der Keiler mit dem Kopf nach unten auf der Schattenseite des Schuppens an zwei Holzzapfen, davor ein großer Haufen Innereien. Der Bäcker hatte das Tier sofort mit einem Kopfschuss erledigt, nachdem der

Veterinär keinerlei äußere Krankheitsanzeichen fand. So verlor Schoberbauer zwar einen Keiler für die Zucht, aber wenigstens konnte er das Wildbret zu Geld machen.

Beim Ausweiden hatte der Tierarzt dann einen großen zerfetzten Plastiksack im Wildschweinmagen entdeckt.

Moll sah erstaunt zu Oberhollenzer.

„Sag jetzt nicht, dass er vom Glutengeschäft in Salzburg stammt."

Oberhollenzer schüttelte den Kopf.

„Nein, es ist ein ordinäres gelbes Billasackerl."

Er deutete auf den Kopf des Ebers.

„Schau dir mal seine Waffen an."

Moll schlug seinem Kollegen freundschaftlich auf die Schulter.

„Ich fürchte, mit mir musst du deutsch reden. Oder hat die Sau auch eine Glock gefressen?"

„Die Waffen: das sind seine Hauer. Oder um es für dich anschaulich zu machen: das, was man beim Elefanten die Stoßzähne nennt."

Erst jetzt bemerkte Moll, wie gefährlich die Eckzähne des Ebers aus dem Maul ragten.

„Und als Jäger nagelst du dir so was an die Wand?"

Oberhollenzer schüttelte wieder den Kopf und war erneut ernst.

„In Salzburg gibt's kaum Schwarzwild in freier Wildbahn. Da werden maximal fünf Stück im Jahr geschossen. Und: Die Schweine sind ziemlich intelligent. Deshalb schwer zu bejagen. Wer sitzt denn schon gerne vier Nächte frierend herum und macht keinen einzigen Schuss? Da ist der Schüsseltrieb stärker."

Diesmal fragte Moll nicht nach, sondern sah den passionierten Jungjäger einfach neugierig an.

„Die natürliche Anziehung des Wirtshauses", erklärte Oberhollenzer, ohne seinen Blick vom Keiler zu nehmen. „Wie auch immer", er deutete zu der Gruppe von Leuten, die am Eck des Schuppens beieinander standen. „Die Sau hat uns einen neuen Fall beschert."

An der grauen Holzwand der Hütte lehnte hinter der Menschenmauer ein etwa 50 Zentimeter langer Knochen.

„Oberschenkel, sagt der Veterinär."

Der Knochen war sichtlich angenagt. Er erinnerte beim ersten Hinsehen an einen Fund aus einem archäologischen Grab.

Moll ging in die Hocke. Die Hoffnung, seine Schuhe halbwegs schonen zu können, hatte er mittlerweile aufgegeben. Glücklicherweise lag seine Lederjacke sicher im Auto. Dafür begann ihn im kurzen schwarzen T-Shirt zu frieren. Wieder wandte er sich verwundert an Oberhollenzer.

„Fressen Wildschweine Fleisch?"

Statt seines Kollegen antwortete ein Mann aus der Gruppe.

„Schweine sind Allesfresser."

Es war der Tierarzt, der jetzt zwei Schritte näher kam und sich zu Moll hinunterbeugte, um ihm den Fund zu erklären.

„Der Oberschenkelkopf ist so gut wie abgefressen. Auch den Schenkelhals haben die Schweine angeknabbert. Ich hab den Knochen nur durch Zufall gesehen, weil neben dem Keiler ein Stück aus der Erde geschaut hat. Aber dass es ein menschlicher Knochen ist, daran besteht für mich kein Zweifel."

„Wie lange liegt der Oberschenkel Ihrer Meinung nach schon hier?"

„Schwer zu sagen. Das können drei Wochen aber auch drei Monate sein. Betrachten Sie das als wirklich grobe Schätzung. Alles was ich über solche Alterungsprozesse weiß, weiß ich von meinen Hunden. Da mache ich mir manchmal den Spaß, mir zu merken, wann sie wo welchen Knochen vergraben. Wenn sie ihn wieder ausbuddeln, schau ich mir den Zustand dann an. Nach einem Jahr wirkt zumindest ein Schweinsknochen schon etwas angegriffener. Hängt aber wohl auch vom Boden ab."

Ächzend stand der Tierarzt auf. Auch Molls Beine brannten mittlerweile von der unnatürlichen Hocke. Er richtete sich mit einem leisen Ächzen auf.

„Hat jemand sonst noch was entdeckt? Andere Knochenstücke?" Die Männer in der Gruppe schüttelten den Kopf.

Bevor Moll weiter fragen konnte, bog Hans Schmid um die Ecke. Er hatte sich schuhtechnisch adäquat mit Stiefeln ausgerüstet und roch nach Holzkohle und Bier.

„Ich sag nur Krise im Hause Schmid", begrüßte er die Männer. „Die haben mich grad angerufen, als ich die Käsekrainer auf den Rost legen wollte. Was glaubt ihr, welche Szene mir meine Frau gemacht hat? Ausnahmsweise sind einmal meine drei Kinder samt ihren Familien zu Besuch, und wir werfen wahrscheinlich zum letzten Mal in diesem Jahr den Grill an, da ist der Opa auch schon wieder weg."

Er ließ seine Hand resigniert fallen.

„Egal. Ripperl hätte ich erst nach der Wurst gegrillt. Aber hier gibt's offenbar die größeren Knochen."

Der Leiter der Tatortgruppe bückte sich kurz hinunter, besah den Oberschenkel stirnrunzelnd und streckte sich dann wieder.

„Dieses Teil ist ziemlich sicher kein Fall für uns. Habt ihr noch andere Leichenreste?“

Moll schüttelte den Kopf.

„Schau dich um. Wenn welche da sind, sehen wir sie zumindest nicht.“

„Kenn mich aus“, schnaufte Hans Schmid. „Da werden wir wohl eine Horde Polizeischüler in Gummistiefeln durchtreiben. Vielleicht finden wir noch was. Aber erst morgen. Der Schenkel ist ein Fall für die Szifkovits und ihr Team. Wir dokumentieren jetzt mal alles und machen die üblichen Fotos.“

Wie nicht anders zu erwarten, zeigte sich die Gerichtsmedizinerin „not amused“. Schließlich war es Sonntag. Bewegte sich ihre Stimmung während der Arbeitswoche schon nahe am Gefrierpunkt, sank sie bei einem Einsatz am Feiertag noch darunter.

„Und nächstes Mal bringt's ihr mir wahrscheinlich irgendein Hendlhaxl vorbei, das ihr auf der Straße findet's, oder?“

Mit einem grantigen Schnauber nahm Sandra Szifkovits den Plastiksack mit dem Knochen entgegen. Besser: Sie riss ihn Moll förmlich aus der Hand.

„Also heut mach ich mit dem Ding da gar nix mehr, außer es zu konservieren. Wird wahrscheinlich eh eher ein Fall für Kieslinger. Der kennt sich mit dem alten Klumpert aus. Wenn da noch irgendwas drinnen ist, was ein bissl nach Leben riecht, dann findet er das schon, der alte Leichenfledderer.“

Grußlos schloss sie die Labortür vor Moll.

Daheim fühlte sich Franco fast ebenso willkommen wie bei Szifkovits. Es roch wieder einmal nach Fisch, als er die Tür zur Wohnung öffnete. Dazu mischte sich ein weiterer Geruch, den Moll durch die Überdeckung mit dem Fischdunst nicht zuordnen konnte.

Melinda Glatt hantierte mit Felix in der Küche. Beide hatten sich Geschirrtücher als Schürzen umgebunden und zeigten Franco ihre Rücken. Wie immer stand sein Sohn auf einem Sessel, weil er sonst keine Chance hatte, in die Töpfe zu sehen.

In der Hitze des Kochgefechts hörten die beiden den Polizisten nicht in die Küche kommen. Er sah ihnen eine Weile zu, wie sie Fischstäbchen mühevoll und ungeschickt wendeten und nasse Kartoffelscheiben ins heiße Öl plantschen ließen, dass das Fett spritzte und die Bankerin laut aufschrie.

„Sei nicht so mädchenhaft", sagte Felix vorwurfsvoll zu Melinda und schob mit einem Küchenfreund ein Fischstäbchen pro forma zur Seite.

„Woher hast du denn diesen Ausdruck?"

Felix zuckte mit den Schultern.

„Weiß ich nicht. Ist aber cool, oder?"

„Na ja", sagte Melinda, „wenn du etwas älter wärst, wär's vielleicht ein Kompliment für mich. So aber ..."

Felix sah Franco zuerst.

„Du kannst mit essen. Wir haben auch für dich noch was, wenn du magst."

Irgendwie war Francos Lust auf Fisch, in welchem Aggregatzustand er auch sein mochte, schon mehr als gedämpft. Er hatte zwei Tage an der Suppe aus Alexandras Karpfen gegessen und dann den Rest eingefroren.

In der Küche der Verzweiflung fand sich immer irgendwo ein Ausweg. Im schlimmsten Fall führte er zur ultimativen Resteverwertung, zu einem Toast, auf welchem

Brot auch immer. Toast – das war die älplerische Mutante der Pizza.

Moll entdeckte noch etwas Schwarzbrot, das sich ohne absehbare innere Verletzungen beißen ließ. Und auch der Speckrest im Kühlschrank enthielt noch so viel Feuchtigkeit, dass er dem Messer einen durchaus bewältigbaren Widerstand entgegensetzte. Irgendwo kollerte eine verwaiste Tomate herum, dazu eingefrorener Käse, der seine Chance auf unmittelbaren Verzehr verpasst hatte und deshalb kryokonserviert worden war.

Aus so einer Melange entstand immer etwas Essbares, auch wenn es dann ob seiner Schwere schlimme Träume bescherte. Das Polizeibeisl und viele Stehimbisse mit Oberhollenzer hatten Franco sowieso kulinarische Bescheidenheit gelehrt.

Ohne zu fragen, öffnete Moll nach der Bestandsaufnahme eine Flasche Veltliner. Er schenkte auch für Melinda ein Glas ein.

„Danke", stöhnte die zerzauste rothaarige Frau und wischte sich eine Strähne aus dem Gesicht, als arbeitete sie unter kaum verkraftbarem Zeitdruck an einem Vier-Gänge-Menü. „Der Wein ist immer das Beste am Kochen."

„So wie ihr zwei da kocht, glaube ich Ihnen das aufs Wort", antwortete Moll und drehte sich seufzend seinen eigenen Lebensmittelresten zu, um kurz daran zu zweifeln, ob er sie überhaupt noch in eine körperverträgliche Form bringen konnte.

Felix klopfte seinem Vater zur Begrüßung beiläufig auf den Hintern und sah interessiert zu, wie Franco den Speck klein schnitt. Moll wusste plötzlich, woher der Geruch kam, den er vorher nicht hatte zuordnen können.

„Du riechst nach Pferd, Felix. Wie das?“

In Wahrheit stank der Junge erbärmlich. Aber da seine Worte oft schneller kamen, als der Verstand sie mit Grundlagen versehen konnte, hatte sich Franco zumindest dieses eine Mal eingebremst und seinen überehrlichen Kommentar zurückgehalten.

„Ich war ja auch bei den Pferden“, sagte Felix. „Ich war mit Melinda Ponyreiten.“

„Ja, das ist meine Schuld“, schaltete sich Glatt ein, während sie drei Fischstäbchen auf einem Küchenfreund balancierte und nicht wusste, wohin mit ihnen.

Franco riss ein Stück Küchenrolle ab, legte es auf einen Teller und stellte ihn vor Melinda ab.

„Zum Abtropfen.“

„Ah ja, danke, daran hätte ich jetzt gar nicht gedacht.“

Die junge Frau ließ die Fischstäbchen auf die saugfähige Unterlage fallen.

„Ich hoffe, es ist okay, dass ich Felix in den Stall mitgenommen habe. Das ist der einzige Luxus, den ich mir leiste. Ich hab ein Pferd bei einem Bauern in Gneis stehen. Und dort gibt’s auch ein gutmütiges Pony. Da dachte ich mir, das könnte Felix gefallen.“

Nachdem die nächsten drei Fischstäbchen ermattet auf die Küchenrolle sanken, lehnte sich die junge Frau entspannt an die Küchenplatte und nahm einen großen Schluck Weißwein.

„Felix stellt sich wirklich geschickt an. Er kann schon freihändig im Sattel sitzen und balancieren.“

„Da solltet ihr eigentlich Pferdeleberkäse kochen und nicht Fischstäbchen, oder?“

Mit gespielter Verachtung drehte sich Melinda zu den Kartoffeln um.

„Ich sehe schon, Sie sind auch einer von denen, die nie ein Haustier haben durften und deswegen einen Hamster bekommen haben, nicht?"

Franco lachte und verkniff sich eine Antwort.

„In den Radionachrichten habe ich gehört, dass die Polizei einen Oberschenkelknochen im Pinzgau gefunden hat. Ist das Ihre Geschichte?"

Franco nickte.

„Ja, ich hab momentan nur Knochen am Hals."

Mit einem frechen Lächeln griff die junge Frau zum Weißweinglas auf der Küchenplatte und hielt es Moll zum Anstoßen hin.

„Dann wäre ein Kotelett für Sie heute wahrscheinlich standesgemäßer gewesen."

Vom lustigen Vorabend mit Melinda und Felix abgesehen, wirkte die Lage momentan nicht rosig. Daran bestand kein Zweifel. Mit Melinda war er zwar noch immer per Sie, aber das hatte durchaus seinen Reiz. Das rothaarige Fräulein entpuppte sich immer mehr als spritziger Frechdachs, der von der zurückgenommenen, biederen Bankerin auf ein junges, verspieltes Mädchen schalten konnte, wenn man ihr zwischen den Rollen nur ein bisschen Verschnaufpause ließ.

Felix wiederum war froh über die neue Freundin. Er hatte sich immer Gesellschaft im Haus gewünscht. Aber paradoxerweise gab es kein einziges Kind im Haus, nur Pensionisten oder Dinkies – Double-Income-No-Kids-Paare.

Melinda näherte sich Felix' Vorstellung einer Freundin im Haus schon sehr an. In ein paar Tagen würde sie mit Hab und Gut übersiedeln und dann ständig hier wohnen.

Alexandra hatte sich seit einer Woche nicht mehr gemeldet. Vielleicht würde Franco in den nächsten Tagen einfach bei ihr auftauchen, so wie sie es zuletzt bei ihm gemacht hatte. Oder sie kam ihm ohnehin zuvor.

Um den Untersberg wehten wieder Schwaden von Dunst, wie Rauchfahnen, die sich eben verflüchtigten und in der Atmosphäre verstecken wollten. Mal stellten sie grässliche Fratzen dar, ähnlich den Masken der Perchten, mit denen die Brauchtumsgruppen im Winter durch die Stadt zogen. Ein anderes Mal wirkten die Nebelfahnen wie höhnische Geister, die sich jedem Zugriff durch Auflösung entzogen. Sie waren da und doch nicht da.

Franco riss sich vom Fenster los. Er drehte sich um und versuchte einen Anker für seinen Blick ins dunkle Büro zu finden. Nur langsam konnte er die Konturen hinter den Schreibtischen erkennen.

Nein, es sah momentan nicht rosig aus. Zwei Knochen und keine Ahnung, wem sie fehlten. Ein verschwundenes Paar und keine Leiche, Spuren eines Koitus, eine sich verzweifelt gebende Verlassene und falsches Blut. Immerhin: diesen Fall konnte man streichen, solange nur Rinderblut vergossen wurde. Aber interessant wäre es schon gewesen, die Hintergründe zu kennen.

Im Gegensatz zum Gefängnismief des Obstgeschäfts am Naschmarkt schien der Frühling mit Oleg damals kein Ende zu nehmen. Wie unbekümmert dieser hübsche junge Mann doch war. Wie viel hätte Galina darum gegeben, jemals so sehr zu vergessen, woher sie kam und womit sie morgen ihre Miete zahlen sollte.

Vorsichtig deckte sie Klein-Oleg zu. Seit Larisa verschwunden war, fehlte Galina jeglicher Anker in Salzburg. Und vor allem das Geld. Auch jetzt konnte sie deswegen nicht schlafen. Resigniert schlug sie die Bettdecke zurück und stand auf.

An der Tür des Küchenkastens war die schwarze Kante abgesplittert. Darunter zeigte sich eine Platte aus Sägespänen, die langsam zerbröselte.

Ein paarmal hatte sie in einem Geschäft etwas mitgehen lassen, seit die Unterstützung von Larisa ausblieb.

Vor zwei Wochen hatte zum ersten Mal ein Sack mit Nahrungsmitteln an ihrer Wohnungstür gelehnt. Eine Woche später wieder. Das hatte zumindest einen Teil ihrer Not gelindert. Wer auch immer das Geschenk dort hingelegt hatte. War es dieser eine Freier gewesen, von dem Larisa öfter erzählt hatte? Den sie seit Mai mindestens zweimal die Woche sah? Und von dem sie zuletzt auffällig oft gesprochen hatte? Warum wusste dieser Mann, wo Galina und Larisa lebten? War sie so eng mit ihm gewesen? Sie hatte ja sonst ihre „Arbeit" und das Privatleben streng getrennt. Galina wusste nicht einmal genau, in welcher Wohnung Larisa ihrer Arbeit nachgegangen war. Über Geld hatten sie paradoxerweise auch nie gesprochen. Nicht über das Geld, das Larisa mit den Männern verdiente. Es war da, und man gab es aus, wenn man etwas brauchte. Aber Larisa hatte ihr nie erzählt, wo sie es aufbewahrte. Wer hatte schon damit gerechnet, dass sich ihre Schwester mitten im Sommer in Luft auflösen würde?

Jetzt waren die Vorräte schon wieder knapp. Vor allem fehlten die Dinge für den kleinen Oleg. Derjenige, der ihr die Sachen vor die Tür stellte, hatte nicht gespart bei den Einkäufen. Aber an Babynahrung hatte er nicht gedacht. Oleg verweigerte fast alles, was Galina selber kochte. Nur Nudeln aß er zu jeder Tages- und Nachtzeit. Außerdem brauchte sie Geld für Medikamente. Seit es Herbst geworden war, war der Kleine oft verkühlt.

Was hatten sie doch alles getan, um ihre Füße fest auf den Boden zu bekommen. Zuerst Larisas Heirat. Dreitausend Euro hatte dieser Mann für die Ehe haben wollen. Als sie den Arbeitslosen in seiner Garconnière in Favoriten zum ersten Mal getroffen hatten, war Galina sofort klar gewesen, dass es mit ihm Schwierigkeiten geben würde.

Larisa winkte wie immer ab. Das würde schon gehen, meinte sie. Wenn sie erst verheiratet wäre, könnten sie wenigstens legal eine Wohnung mieten. Und dann hätte auch Galina eine sichere Bleibe und sei nicht mehr auf Gedeih und Verderb den zwei Sklavenhaltern am Naschmarkt ausgeliefert.

Larisa und Hermann heirateten im Juni. Mit Mühe konnten sie die Trauzeugen aufbringen. Hermann hatte sich zwar rasiert, aber er wirkte wie einer, der sein Äußeres ausnahmsweise aufpoliert hatte. Unter der Politur schimmerte die wahre Farbe seines Alltags durch. Außerdem roch er nach Alkohol. Selbst wenn er nüchtern gewesen wäre, hätte sein Gesicht verraten, mit welcher Droge er tagtäglich sein Leben verbrachte.

Als Larisa die Heiratsurkunde in der Hand hielt, suchten sie sich eine kleine Wohnung im elften Bezirk. Da sie kaum etwas zum Einrichten hatten, ging auch die Übersiedlung schnell. Tisch und Sessel kauften sie bei einem Möbeldiscounter. Sie schliefen auf Matratzen auf dem Boden, was keinem von ihnen etwas ausmachte.

Ein bisschen war Galina damals schon leid gewesen um die Wohnung hinter dem Prater, wo sie nur ein paar

Schritte von Oleg trennten. Im Sommer vor zwei Jahren wurde ihr allerdings klar, dass sie von ihm so oder so etwas mitgenommen hatte, das längst in ihr heranwuchs.

Larisa drängte Galina, ihre Arbeit im Obstmarkt aufzugeben. Die zwei Leute dort würden sie nicht finden, da sie die neue Adresse nicht kannten. Und die Kollegen aus der alten Wohnung beim Prater würden dichthalten, sollten sich die zwei tüchtigen Geschäftsleute auf die Suche nach der erpressbaren Galina machen.

Am 2. September bekam Galina den Augustlohn. Am 3. September tauchte sie nicht mehr auf im Laden. Aber lange Zeit war es ihr kaum möglich, in einem Geschäft am Gemüse vorbeizugehen, ohne dass sich ihr Hals zusammenschnürte.

Zumindest Larisa lebte jetzt legal in Österreich. Das ließ auch Galina sicherer werden. Oleg sah sie nach wie vor. Es war wie ein Vorgeschmack auf ein Glück, das sich irgendwann über ihr ganzes Leben stülpen würde und sie nicht wie ein herbstlicher Nebelfetzen lediglich ab und zu streifte. Mittlerweile ließ sich nicht mehr verheimlichen, dass sie ein Kind erwartete. Im September wuchs ihr Bauch fast furchterregend schnell.

Einmal ging sie mit der E-Card einer Bekannten, die bereits legal in Wien arbeitete, zum Frauenarzt. Sieben Wochen hatte sie auf den Termin warten müssen. So war das, wenn man nicht wie alle, die es sich halbwegs leisten konnten, selber zahlte beim Gynäkologen seiner Wahl.

Dann tauchte Hermann wieder auf. Sie und Larisa hatten ihn längst vergessen. Er brauchte Geld und drohte damit, die Scheinehe auffliegen zu lassen. Ihm schien alles egal zu sein. Er behauptete, er sei schwer krank und müsse sich keine Sorgen mehr machen um seine Zukunft. Mit

Mühe konnten Galina und ihre Schwester 700 Euro zusammenkratzen.

Beide brachten sich jetzt mit Putzstellen durch. Larisa suchte daneben eine Arbeit mit Anstellung. Sie brauchten eine Krankenversicherung, spätestens dann, wenn die Geburt anstand. So wie die alten Frauen in Moldawien daheim zu gebären, das wollte Galina auf jeden Fall vermeiden. Jeder Erzählung einer erfolgreichen Entbindung stand eine Schauergeschichte entgegen.

Ende des Jahres fand Larisa eine Halbtagsstelle als Regalbetreuerin in der Filiale einer großen Kette. Und im Jänner hielten sie die E-Card in der Hand, die ihnen die Tür zu einem Spital öffnen würde. Es war höchste Zeit.

Im Februar kam das Kind auf die Welt. Galina war völlig klar, dass der Junge so wie sein Vater Oleg heißen würde. Sie wohnte zwar noch immer nicht mit ihrem Liebsten zusammen, weil sie sich keine eigene Wohnung leisten konnten, aber sie sahen sich oft. Das Wickeln und Waschen des Babys überließ Oleg dann lieber doch Galina. Er stand zwar interessiert daneben und sah zu, aber irgendwie schien er eine Scheu zu haben, das kleine Wesen anzufassen, als könnte er ihm wehtun. Manchmal wirkte der große Oleg ein bisschen unruhig, ganz anders als sein Sohn, der die ersten drei Monate mehr oder weniger verschlief und Galina kaum Sorgen machte.

Larisa blieb oft mal eine Nacht weg. Wenn Galina sie fragte, bei wem sie gewesen sei, sagte sie nur, „jemand ohne Bedeutung“. Einmal, als sie auf der Straße angesprochen wurde, habe sie auch Geld für eine halbe Stunde in einer Pension genommen. Sie könnten es ja gut gebrauchen. Für sechzig Euro müsse sie sieben Stunden putzen. *Das* hingegen sei ein vergleichsweise gutes Geschäft. Sie habe beim Sex einfach an Schokolade gedacht. Und an die Schwestern Curie. Die hätten sich auch gegenseitig über Wasser gehalten. Wenn man ein Ziel habe, sei alles leichter. Sollte sie jemals nach Moldawien zurückkehren, dann nur als begüterte Frau, nicht als armselige Gescheiterte. Das sagte sich Larisa immer wieder wie ein Mantra vor.

Galina schüttelte den Kopf, ohne es zu merken. Alle hatten so genaue Vorstellungen von der Zukunft gehabt. Viel genauer als sie selber.

Oleg war überzeugt gewesen, Wien habe keine Zukunft. Er hatte laut überlegt, mit Galina und dem Kind nach England zu gehen. In London seien die Chancen für Einwanderer besser als hier.

Galina liebte seine träumerische Art, aber sie hatte keine Ahnung, wie er sich das vorstellte.

Im Frühling vor einem Jahr meldete sich Hermann wieder. Seine Krankheit war nicht geflunkert gewesen. Er rief aus dem Allgemeinen Krankenhaus an und lag dort mittlerweile auf der Krebsstation. Bauchspeicheldrüsenkrebs, behauptete er. Wieder wollte er Geld. Die Schwestern hatten trotz Larisas neuem „Nebenjob" kaum etwas gespart. Sie lebten zu dritt von einem mageren Gehalt und dem Putzfrauenlohn. Oleg, der Student, der sich mit Gelegenheitsarbeiten über Wasser hielt und sich bei Geldmangel mit einer Farbwalze vor den Baumarkt in der Triester Straße stellte, trug auch nichts zur Familienkasse bei. Im Gegenteil: Er wollte endlich nach London abhauen. Für Galina war es noch zu früh für diesen Schritt. Sie nickte, wenn Oleg ihr von England vorschwärmte, aber die bunten Pigmente einer gemeinsamen Zukunft wollten sich in ihrem Kopf zu keinem stabilen Bild zusammenballen. Dazu die Aussicht, ohne ihre Schwester Larisa leben zu müssen, die sich wie ein Vater um sie kümmerte: das war noch schlimmer als die Vorstellung, Oleg eine Weile nicht zu sehen. Galina sollte mit dem Kleinen also in ein paar Wochen oder Monaten nachkommen.

Oleg packte einen Rucksack und stellte sich mit einem Karton, auf dem in blauen Lettern das Wort „London" gemalt war, an die Wiener Westausfahrt. Knapp mehr als ein Jahr war er nun weg.

Galina kehrte in die Salzburger Septembernacht zurück. Sie öffnete den Wasserhahn und suchte nach einem Glas. Aspirin war auch keines mehr da. Sie vergaß zu trinken.

Jetzt zog sich die Schlinge enger. Das Geld war nachhaltig knapp, die Liebe weg. Nur Klein-Oleg schien sich in seinem Gitterbett pudelwohl zu fühlen.

Noch immer machte er nur selten Lärm und plärrte kaum, als wüsste er, dass für kapriziöses Verhalten kein Spielraum da war und er sich zurücknehmen musste, soweit es ging. Manchmal plapperte er. Ab und zu glaubte Galina, er sage schon „Mama". Das Wort „Papa" hatte sie ihm bisher nicht beibringen wollen, obwohl sie keinen Groll gegen Oleg hegte. Neunzehn Monate war Klein-Oleg mittlerweile alt. Viel öfter als „Mama" sagte er „Auto".

Nun, nachdem sie vor einem Jahr vor Hermann nach Salzburg geflüchtet waren, standen sie wieder mittellos da. Diesmal aber war sie allein zu zweit. Ohne Larisa, die Unverdrossene, die den Glauben an das Morgen nie aufgab, die Unerschütterliche, die sie so vermisste. Wie sollte Galina hier ohne ihre Schwester weiterleben, in dieser Stadt, in der einem niemand in die Augen sah, wenn man spazieren ging? Aber war es in Wien anders gewesen? Wahrscheinlich nicht. Sie hatte es bloß nicht gemerkt, weil sie Larisa gehabt hatte.

Außerdem war Galina immer dagegen gewesen, dass Larisa für Geld vögelte. Aber was konnte man ihrer Schwester schon ausreden?

Sie hatte behauptet, einen wunderbaren Trick zu haben: Jedes Mal, wenn ein Freier an ihr herummachte, belohnte sie sich mit einer Reihe Schweizer Schokolade. Das reiche, um sie aus der Situation herauszuheben, eine Flucht, die fast immer funktionierte. Und wenn mal nicht ... nun ja, sie sei dann halt eine gut bezahlte Dienstleisterin.

Galina öffnete den Küchenschrank. Es war kein einziges Stück Schokolade mehr da. Das hätte ihre Seele jetzt gut brauchen können.

Trotz Herzklopfens hatte das Stehlen gut geklappt. Es blieb ihr keine andere Wahl, als damit weiterzumachen. Kleine Dinge, die man zu gutem Geld machen konnte.

„Ich hab sie", jubilierte Pelegrini.

Oberhollenzer und Moll sahen auf.

„Wen?"

„Julia Frei."

„Was heißt, du hast sie?", fragte Franco mehr als neugierig nach und drehte seinen Sessel flink Martina Pelegrini zu.

„Ein bisschen Zufall. Und ein bisschen Geschick."

Die junge Polizistin verzog den Mund zu einer kecken Schnute und sah sich um, ob sie die ungeteilte Aufmerksamkeit der zwei Männer im Büro hatte.

Oberhollenzer trommelte mit den Fingern auf die Schreibtischplatte.

„Schieß los. Oder muss ich es aus dir rausprügeln?" Er grinste seine Kollegin kokett an.

„Ich würde es dir sogar zutrauen, Oberhollenzer. Ich sag's eh freiwillig."

Sie zog ihr Smartphone aus der Tasche.

„Damit hab ich sie letztendlich gefunden. Aber begonnen hat alles am Samstag auf der Saufmeile bei der Staatsbrücke."

„Dort, wo sich die Komatrinker unter fünfzehn treffen", ätzte Oberhollenzer.

„Genau, dort, wo sich Menschen unter fünfundzwanzig ausknipsen und Menschen über fünfundzwanzig, solche wie du, die Besoffenen abschleppen, wenn sie weiblich sind."

Franco streckte die Hände von sich, als müsste er zwei Streithähne voneinander trennen.

„Sagt, wollt ihr nicht mal miteinander ins Bett gehen, um eure Spannungen zu lösen? Das wird ja langsam unerträglich mit euch."

„Gerne", antwortete Oberhollenzer schnell.

„Ungerne", maulte Pelegrini ebenso flott und grinste.

„Darauf trinke ich einen."

Oberhollenzer ging zu seinem Schreibtisch und goß sich eine Tasse Krautsuppe ein. „Vielleicht findest du mich mit hunderzwanzig Kilo attraktiver."

Er lachte. „Aber wahrscheinlich stehst du auf Gerippe, die beim Schnaksln scheppern wie ein Sack voller Wäscheklupperl."

Pelegrini sah Franco komplizenhaft an, schüttelte den Kopf und rollte mit den Augen.

Moll hob aufmunternd die Augenbrauen, damit sie endlich mehr erzählte.

„Ich hab durch Zufall die zwei Freundinnen von Julia getroffen. Anna Waldhör und Anastasia Breitschuh. Anna ist eine recht Liebe, Anastasia ist ein Besen, die fast alles nur tut, um es ihrem makellosen, erfolgreichen Vater zu zeigen. Wir haben was miteinander geraucht."

„Was Richtiges?", fragte Franco nach.

„Ja, ich hab da eine gute Quelle, wenn du mal was brauchst."

Pelegrini zog sich jetzt auch einen Stuhl heran und komplettierte das Sesseldreieck. Sie beugte sich beim Sprechen vor.

„Es ist so: Die beiden haben Kontakt zu Julia. Sie meldet sich immer wieder via Facebook bei ihnen. So vorsichtig sie sonst ist. Daran hat sie nicht gedacht, dass das auch die falschen Augen sehen könnten."

Martina Pelegrini tippte auf ihrem Smartphone herum. Eine blau-weiße Seite erschien auf dem Display.

„Ich habe uns einen Mordsaffen gerollt. Das hat mich selber fast umgehauen. Aber ich hab's mit der Clinton-Methode gemacht: ‚I did not inhale.' Anna war ziemlich zugedröhnt und anlehnungsbedürftig. Sie hat mir schließlich ihre Zugangsdaten für Facebook verraten. Schau mal." Die Polizistin tippte auf das Wort Postfach und scrollte dann langsam durch die Nachrichten, die Julia und Anna gewechselt hatten.

„Sie ist mit ihrem Stiefvater irgendwo in Mexiko. Wenn ich ganz tief in meine Seele schaue oder das, was ich dafür halte, kann ich mir vorstellen, wie sie ihn dazu gebracht hat. ‚Steht Schwanz, steht Hirn, heißt es doch, oder?' Interessant sind aber die letzten Nachrichten."

Als würde sie vertikal blättern, strich Pelegrinis Finger mehrmals über den Handybildschirm.

‚langsam wird es fad', stand da zu lesen, ‚das alles ist wie mcdonalds. es schmeckt ein bisschen, aber irgendwie macht es nie zufrieden. vielleicht wird es besser, wenn ich zurückkomme und ihr alles ins gesicht sage? sag mir was, hübsche. ich freu mich auf dich.'

Pelegrini gab Franco das Handy in die Hand. Er las weitere Nachrichten im Facebook-Postfach durch. In den letzten drei Tagen hatte Julia mehrmals am Tag geschrieben, davor hatte sie sich auf einen Zustandsbericht pro Tag beschränkt.

‚eigentlich mag ich nicht mehr. jetzt wird's zeit zum heimkommen. ich glaube, ich war erfolgreich genug. freu mich aufs studieren mit euch. ju', lautete die letzte Nachricht.

Pelegrini deutete mit einem Kugelschreiber auf das Display.

„Wenn du auf die Facebook-Startseite gehst und Julias Pinnwand anklickst, dann siehst du, dass sie Fotos aus dem Ferienparadies geschickt hat. Für ihre Öffentlichkeit war sie auf Urlaub. Leonhard Maurer ist dort nie zu sehen. Ich fürchte, wir sind da in ein kleines Familiendrama eingetreten, ohne zuständig zu sein."

Nachdem er sich ein paar Strandfotos angesehen hatte, legte Franco das Handy auf Martinas Schreibtisch.

„Glaubst du auch, dass Julia einen riesen Rachefeldzug gegen ihre Mutter gestartet hat?"

Martina Pelegrini nickte.

„Ich denke, die hat ein paar Ohrfeigen zu wenig bekommen in ihrem Leben", schaltete sich Oberhollenzer ein.

„Was bist du denn so aggressiv heute?“, fragte Pelegrini schon leicht genervt.

„Weil mich dieser Familienschrott null interessiert.“

„Mich schon“, antwortete die junge Kriminalbeamtin schnell und griff nach ihrer Kaffeetasse. „Auch wenn es kein Fall mehr ist für uns. Dass ein Mädchen ihren Stiefvater verführt, nur um sich an der Mutter für was auch immer zu rächen. Ist doch ein hoher Preis, oder?“

Oberhollenzer stand auf und präsentierte sich in seiner ganzen Stattlichkeit.

„Darf ich euch daran erinnern, dass wir ein paar herren- beziehungsweise damenlose Knochen herumliegen haben? Und keinen Tau, wo sie hingehören, es sei denn, einer von uns will in Osteuropa zu suchen beginnen? Da“, der korpulente Inspektor trommelte mit der Faust auf den Tisch, „da sollten wir unser Gehirnschmalz investieren, nicht in die Perversionen einer wohlstandsverwahrlosten Göre. So sehe ich das zumindest.“ Er pausierte kurz und atmete in einem heftigen Stoß aus. „Gibt's irgendwelche Einsprüche?“

Franco Moll und Martina Pelegrini sahen sich kurz an und waren sich wortlos einig. Es machte keinen Sinn, mit Oberhollenzer zu debattieren. Die Krautsuppendiät hatte offenbar die Blut-Hirn-Schranke überwunden und setzte jetzt seinem Denken zu. Und ein Recht auf ein bisschen Rücksicht hatte Oberhollenzer in dieser körperlichen Ausnahmesituation.

Der Sebastiansfriedhof. Was für ein Ort für einen Treffpunkt. So was konnte auch nur einem Gerichtsmediziner einfallen, der sich hier wahrscheinlich wohler fühlte als unter Menschen am Residenzplatz. Jakob Kieslinger hatte Moll vor einer Stunde angerufen und in Halbsätzen erklärt, dass er etwas Interessantes gefunden habe. Er müsse aber um drei am Sebastiansfriedhof sein. Dort könnten sie dann reden, Treffpunkt beim Eingang zur Gabrielskapelle.

Franco war von der Linzer Gasse her in den malerischen Friedhof gekommen, eine versteckte grüne Oase mitten in einem alten Wohngebiet. Seit mehr als 100 Jahren wurde hier niemand mehr zu Grabe getragen. Aber irgendeinen Grund für das Treffen an diesem Ort musste Kieslinger, der Spezialist für alte biologische Spuren, schon haben. Franco Moll schlenderte durch die Gruftarkaden. Bis drei war noch eine Viertelstunde Zeit. Und sich unter die riesigen Bäume am Friedhof zu legen, schickte sich nicht. Beim Grab von Paracelsus blieb Franco stehen. Theophrastus Bombastus von Hohenheim war ein kundiger Giftmischer gewesen. Beziehungsweise Mediziner. Was möglicherweise auf das Gleiche rauskam. Mit Mühe konnte Moll Anfang und Ende des lateinischen Spruchs auf dem Grabstein übersetzen. „Hier ruht Philippus Theophrastus, Doktor der Medizin, der ... im Jahre 1541, am 24. September, sein Leben mit dem Tod vertauschte."

‚Das Leben mit dem Tod vertauschte.' Eine poetische Formulierung, um darüber hinwegzutäuschen, dass sich Paracelsus durch seine Experimente mit Quecksilber selber den Weg ins Jenseits gebahnt hatte. Wahrscheinlich hatte er sich eigenhändig zu Tode therapiert.

Franco Moll sollte beim Eingang zur Gabrielskapelle auf Kieslinger warten. Das mächtige gelbe Bauwerk mit seinem grünen Blechdach in der Mitte des Friedhofs war nicht zu übersehen. Verwaist standen schlichte Steinquader mit aufgesetzten Kreuzen im Grün der Wiese. Sie wirkten wie verspielte Zufallswürfe eines Bildhauers. Nirgendwo erinnerte ein Krümel frisch aufgeworfener Erde, geschweige denn ein Erdhügel daran, dass hier Tote begraben lagen.

So wie viele Relikte des alten Salzburg hatte sich der Sebastiansfriedhof in ein touristisches Ausstellungsstück verwandelt, in ein blankpoliertes Monument seiner selbst, ein begehbares Memento Mori, das sich in einer Minute durchqueren ließ. Auf diesem Friedhof erholte man sich von der Schnelligkeit jenseits seiner Mauer. Allein wenn nur der Blick über die Gräber glitt, schienen alle Geräusche von draußen ihre Kraft zu verlieren. Bei Kieslinger verfehlte das Gelände seine Wirkung. Er war leicht zu erkennen, weil er als Einziger schnellen Schrittes über den Sebastiansfriedhof Richtung Kapelle hetzte.

Er schüttelte Moll die Hand und suchte dann hektisch nach einem Schlüssel, um die Kapelle aufzusperren. Der Kriminalist kannte den Gerichtsmediziner vom Sehen. Unmittelbar miteinander zu tun gehabt hatten sie noch nie. Ins Auge stach vor allem der verwegene, leicht verwilderte Bart, den der nicht allzu große Mann wie ein Markenzeichen trug.

„Ich habe schlecht geträumt", stieß Kieslinger außer Atem hervor. „Dass Wolf Dietrichs Fersenbeine wieder weg sind."

Eilig sperrte er auf und lief sofort Richtung Altar. Über einem Eisengitter im Boden blieb er abrupt stehen und kniete sich nieder. Als suchte er etwas, sah er aus verschiedenen Perspektiven durch das Gitter, zog schließlich eine neue Packung Alufolie aus seiner Jacke und riss den Karton auf. Bis er das erste Blatt der Metallfolie von der Rolle lösen konnte, dauerte es. Genaugenommen war es eine Tortur, dem feinmotorisch nicht begabten Kieslinger zuzusehen, wie er immer wieder vergeblich versuchte, das dünne Aluminium abzuwickeln. Durch seine Unruhe riss er nur Fetzen von der Rolle, was die Aufgabe noch erschwerte. Franco stand längst an seiner Seite und nahm ihm schließlich die Folie aus der Hand. Schnell hatte er die Alufragmente entfernt und hielt dem gehetzten Gerichtsmediziner einen halben Meter Folie hin, wozu auch immer der Mann sie brauchte. Kieslinger nickte lächelnd und versuchte dann, Sonnenlicht durch das Eisengitter zu reflektieren. Endlich wurde sein Atem ruhiger.

„Alles noch da", sagte er und lud Moll mit der Bewegung seines Kopfes ein, ebenfalls durch das Loch mitten im Altarraum einen Stock tiefer zu blicken. Das Sonnenlicht fiel durch den schweren Eisenrost in matten Flecken auf einen Steinsarg. „Das ist der Sarkophag von Erzbischof Wolf Dietrich von Raitenau. Ich hab geträumt, er wurde schon wieder aufgebrochen, und jetzt sind seine Gebeine alle weg." Zufrieden rollte Kieslinger die Alufolie ein. „Die hab ich mir in aller Eile gekauft, weil ich sie sowieso für die Küche brauche."

Vor einigen Monaten hatten Vandalen den Sarkophag Wolf Dietrichs geschändet. Bei der Aufarbeitung entdeckten die Restauratoren vier Fersenbeine im Steinsarg des ehemaligen Salzburger Herrschers. Kieslinger hatte ihnen bei der Lösung des Puzzles geholfen und sich gleichzeitig einen Namen damit gemacht. Er entdeckte in den 400 Jahre alten Gebeinen noch genug biologische Fragmente, damit man die fremden Knochen aus dem Sarg entfernen und Wolf Dietrich die richtigen Fersen mit ins Grab geben konnte. Es wusste ja keiner, wie weit man im Jenseits noch zu Fuß gehen musste. Besser also, man stand auch dort auf seinen eigenen Füßen. Erst jetzt, als sich Kieslinger zufrieden vom Boden erhob, fand Moll die Zeit, die bunten quadratischen Fliesen im Innern der Kapelle anzusehen. Sie ließen den schlichten Kirchenraum ganz unüblich lebensfroh und diesseitig wirken.

„Ich muss ehrlich sagen, mir machen andere Leichen Sorgen", versuchte Moll dezent zum Grund des Treffens hinzuleiten.

Kieslinger klopfte sich den Staub von seinen Jeans.

„Ach ja, der Oberschenkel. Das ist ganz schnell erklärt. Ich hab ganz gute DNA-Fragmente im Knochen gefunden. Erstaunlicherweise war der Abbauprozess schon ziemlich fortgeschritten, obwohl das Ding auf den ersten Blick sehr gut erhalten aussah. Die Feuchtigkeit setzt dem Leben mehr zu als die Trockenheit, glauben Sie mir. Die Sonne ist zwar brutal, wenn sie auf uns niederbrennt, aber zumindest verhindert sie den Befall mit Schimmel und andere Widrigkeiten."

Moll nickte.

„Soll ich das so meinem Chef sagen? Ich glaube, der plant heuer noch einen Ägyptenurlaub."

Kieslinger legte seine rechte Hand erschrocken auf den Mund.

„Ich schweife schon wieder ab, stimmt's? Also, wie gesagt, es ist schnell erklärt."

Er strich sich kurz den Bart, während er redete. Offenbar ein Tick, wenn er nach einer ausführlichen Einleitung endlich zum Punkt kam.

„Viel kann ich Ihnen nicht sagen. Nur so viel: Der

Oberschenkelknochen gehört zum Schädel, den wir vor ein paar Wochen aus dem Weiher gezogen haben."

Wie sollte das weitergehen? Sollten sie Knochenjäger spielen und ein Skelett zusammensetzen, dessen Teile vielleicht über ganz Salzburg verstreut lagen?

Moll schüttelte den Kopf, während er auf dem Weg ins Büro jeweils zwei Stufen auf einmal nahm. Dort arbeitete das ungleiche Duo Oberhollenzer und Pelegrini mittlerweile an einem ganz anderen Projekt. Während Molls Treffen mit Kieslinger hatte die Polizistin ihre Absicht wahr gemacht und im nahen Elektronikgroßmarkt eine vollautomatische Kaffeemaschine gekauft. Das ungleiche Paar stand in einem Haufen von Styroporteilen und Plastiksäcken.

„Das sieht aber ganz und gar nicht nach Bio aus", bemerkte Moll mit einem Seitenblick auf den Abfall und setzte sich auf den Schreibtisch, um den beiden erste Reihe fußfrei bei der Installation zuzuschauen. Oberhollenzer hielt ein Plastikungetüm, das die Espressomaschine sein musste, an seinen Bauch gepresst, während Pelegrini den kleinen Kaffeetisch Richtung Tür schob.

„Die war so billig, weil sie beim Kabel gespart haben", bemerkte Oberhollenzer und deutete auf den Leitungsstummel, der an der Maschine hing.

„Und beim Design waren sie auch sehr ... ‚ökonomisch' ...", setzte Franco hinzu.

„Jaja, echauffiert euch nur. Ihr zwei zahlt das Ding ja. Ich hab beim Preis nur an euch gedacht. Und laut Bewertungen auf meinem Handy hat die Espressomaschine durchaus ihre Qualitäten."

Pelegrini zog eine Packung Kaffee aus der untersten

Schublade ihres Schreibtischs und stieß sie elegant im Weggehen mit dem Fuß wieder zu.

„Kaffee aus Äthiopien. Garantiert Bio."

„Nicht mit dem Schweiß von Äthiopiern gemacht", sagte Oberhollenzer, „sondern aus ihrem Schweiß."

Pelegrini tat, als hätte sie ihren Kollegen überhört, und ließ die Bohnen in den Kaffeebehälter der Maschine rieseln.

„Das ist mein Beitrag zu einer grünen Zukunft in diesem Raum."

„Jetzt müssen wir nur noch Ökostrom für unseren Kaffee einkaufen, dann ist unser ökologischer Fußabdruck so klein wie der eines Pygmäen", sinnierte Franco.

Martina Pelegrini verdrehte die Augen.

„Du jetzt auch noch."

„Du bist hier der Außenseiter, Franco, auch wenn du's nicht merkst. Meine Krautsuppe ist auch Bio."

Damit goss er sich eine weitere Ration der geruchsintensiven Diätbrühe in seinen Becher, der in letzter Zeit gar nicht mehr auskühlte.

Franco gähnte.

„Alle Welt ist Bio. Auch unsere Knochen. Und was machen wir jetzt mit ihnen?"

Oberhollenzer vor seiner dampfenden Tasse und Pelegrini mit einem Wasserkrug in der Hand waren nicht wirklich überrascht, als Moll ihnen kurz erzählte, dass die Knochen zu ein und derselben Person gehörten.

Franco dachte laut nach.

„Warum entsorgt jemand eine Leiche auf Raten? Und lässt sie nicht einfach irgendwo in einem See oder sonstwo verschwinden? Ideen?"

Hilfesuchend sah er die blonde Polizistin an, die sich

gegen den Kaffeetisch lehnte und das neue Gerät in ihrem Rücken vergessen zu haben schien.

„Und warum geht diese Person niemandem ab?"

„‚Osteuropäische Herkunft' meinte der Anthropologe. Wenn wir das mal ernst nehmen, könnte es ja sein, dass es diese Person hier gar nicht offiziell gibt. Oder sie war allein da und irgendein Fernfahrer hat sie mitgenommen und dann entsorgt."

Oberhollenzer schüttelte den Kopf über seine eigene Hypothese.

„Macht keinen Sinn. Warum ein abgelegenes Wildgatter im Pinzgau und der Leopoldskroner Weiher in Salzburg? Wir wissen ja nicht einmal, ob sie das Opfer eines Gewaltverbrechens wurde. Vielleicht war sie behindert und jemand hat eine Rente für sie bezogen. Und als sie aus welchem Grund auch immer starb, ist sie verschwunden, lebt aber für das Amt noch. Ist unwahrscheinlich, aber ich denke mal laut."

Moll begann auf einem DIN-A3-Blatt zu zeichnen.

„Nach einer geplanten Tat sieht das nicht aus. Dann wäre das Konzept für die Entsorgung besser gewesen."

„Oder es war ein Perverser."

Oberhollenzer ging mit seinem Becher im Zimmer herum und nahm immer wieder mal einen Schluck daraus.

„Solange wir keinen Tau haben, wer unsere Tote ist, solange seh ich schwarz für uns. Wir sollten vielleicht mal bei den Kollegen von der Fremdenpolizei nachfragen, ob sie irgendeine Idee haben. Gokl wird nicht erfreut sein."

„Cold case", murmelte Pelegrini.

„Was?"

Oberhollenzer sah sie zweifelnd an.

„War nur so eine Vision“, sagte Pelegrini kleinlaut und drehte sich zur Kaffeemaschine um.

Sie hatte alles falsch gemacht. Statt sich als Larisa auszugeben, nannte sie ihren richtigen Vornamen, Galina. Was für eine Dummheit. Sie sah ihrer Schwester zum Verwechseln ähnlich. Auch die unterschiedlichen Haarfarben änderten nichts daran. Die wechselte bei manchen Frauen täglich. Das wussten auch die Beamten und gaben sich bei ein wenig Ähnlichkeit mit dem Bild im Ausweis schnell zufrieden. Manche Frauen wussten ja nicht einmal selbst, ob sie ursprünglich blond oder brünett waren.

Oleg drückte seinen kleinen Mund gegen ihren Hals. Es war seine Art zu küssen. Im Moment hielt sie sich mehr an ihm fest, als dass sie ihn trug.

Ein Kaufhausdetektiv hatte sie beobachtet, als sie Oleg den MP3-Player unter seine Weste schob. Und dann die Bloßstellung vor der Kasse. Und schließlich tauchten auch noch zwei Uniformierte auf. Wie immer in solchen Situationen hatte Galina kaum ein Wort herausgebracht. In ihrer Muttersprache wäre es ihr nicht viel anders ergangen.

Als die Beamten merkten, dass Galina aus dem Osten kam, da wurden sie erst recht geschäftig. Sie führten sie zum Polizeiauto und telefonierten einen Kollegen herbei. Der Rothaarige in Zivil setzte sich in der Wachstube nur wortlos dazu und fuhr dann mit ihr in die Wohnung, die er mit einem von den Uniformierten durchsuchte.

Hätte sie sich doch nur als ihre Schwester ausgegeben. Eine Diebin mit unbefristeter Aufenthaltserlaubnis konnte man nicht so einfach ausweisen.

Der Rothaarige war fast ein bisschen enttäuscht, in der Wohnung nichts Nennenswertes zu finden. Was hatte er sich erwartet? Das Diebeslager einer Bande? Sie hatte ihm doch wiederholt erklärt, dass sie aus Verzweiflung gestohlen hatte. Dass Oleg Anzeichen von Asthma zeigte und Medikamente brauchte. Der Rothaarige nahm Galinas Pass mit und meinte nur, dass er wiederkommen werde.

So lange würde sie bestimmt nicht warten. Das wusste sie in dem Moment, in dem die Wohnungstür ins Schloss fiel und sie allein mit Oleg zurückblieb. Er war während des Besuchs der Beamten verstummt, begann nun aber wieder zu plappern.

Galina stopfte eine Sporttasche mit Babysachen voll. In eine unförmige blaue IKEA-Einkaufstasche packte sie Kleidung für sich selbst. Irgendwo würde sie eine Bleibe finden. Als sie beim Rausgehen aus der Wohnung mit der Schulter gegen den Türrahmen stieß, wusste sie schlagartig, wo. Sie setzte Oleg in den Kinderbuggy und schnallte ihn fest. Interessiert drehte er sich um und sah Galina nach, als sie in die Wohnung zurückkehrte. Sie holte ein Pflaster aus der Küche, klammerte sich dann an den Türrahmen und stieß ihren Kopf gegen die Holzkante.

Die Tränen traten ihr in die Augen. Sie griff sich an die Stirn, aber da war kein Blut. Beim zweiten Stoß traf sie eine Stelle über ihrem Auge. Es tat so höllisch weh, dass sie blind wurde vor Schmerz und laut aufschrie.

Oleg begann zu weinen, und zwar heftig. Es eilte. Galina nahm all ihren Mut zusammen und rammte ihren Kopf ein weiteres Mal gegen die Kante. Das Pochen im Kopf war so heftig, dass sie sich anlehnen musste, sonst wäre sie auf die Knie gefallen. Das Zittern in ihren Beinen wurde nicht weniger, die Muskeln blieben kraftlos.

Schließlich glitt Galina am Türpfosten hinunter und hockte sich nieder. Sie atmete eine Weile am Rande einer Ohnmacht dahin. Auch wenn sie es heftig versuchte, konnte sie die Augen nicht öffnen. Aber das Bewusstsein verlieren: das ging schon wegen Oleg nicht.

Endlich spürte sie etwas Feuchtes auf ihrer Stirn. Sie ließ das Blut ein wenig rinnen und stillte es dann mit kaltem Wasser. Wie als Trophäe klebte sie das Pflaster über die Wunde, das die Hand im Schmerz zu einem unförmigen Knäuel entstellt hatte.

Martina Pelegrini wirkte leicht fahrig, als sie im Aufzug des Hotel Stein an Francos rechter Schulter vorbeigriff und auf den obersten Knopf drückte. Vor einer halben Stunde hatte sie Moll mit heiserer Stimme angerufen und ihn gebeten mitzukommen.

Julia war zurück.

Der junge Racheengel wollte sich mit seinen zwei engsten Freundinnen in der Bar auf der Steinterrasse treffen, wie ihr Anna Waldhör in einer SMS mitgeteilt hatte. Irgendwie hatte die kleine Waldhör einen Narren an der Polizistin gefressen, seit sie im Lokal auf der anderen Seite der Salzach miteinander gekifft hatten.

„Offiziell bin ich Annas Cousine. Ich möchte diesen Fall endlich abschließen können in meinem Kopf. Und Anna wollte unbedingt, dass ich dabei bin."

Pelegrini verschränkte die Arme vor ihrer Brust.

„Kannst du dich nur zur Sicherheit irgendwo im Hintergrund halten? Wir gehören offiziell nicht zusammen, okay?"

Franco nickte.

Nicht dass er großen Wert darauf gelegt hatte, jetzt um

halb sieben noch wegzugehen und Felix wieder allein in der Wohnung zu lassen. Aber diese verquere Geschichte der Frei-Maurers wartete auf ein plausibles Ende, sofern es das geben konnte.

Im sechsten Stock stieg Franco aus. Als er die oberste Etage auf der Liftanzeige aufleuchten sah, rief er den Aufzug zurück und setzte sich eine Sonnenbrille auf. Der Lift fuhr bis ins Erdgeschoss und ließ ihn erst beim Rauffahren zusteigen.

Eine junge Frau mit langen schwarzen Haaren hatte sich eben die Lippen übermalt und klappte ihren Taschenspiegel zu. Der Polizist sah nur ihren Rücken und die braungebrannte rechte Wange.

Franco ließ sie zuerst aussteigen. Selbstbewusst ging sie auf den Tisch mit Pelegrini und den zwei Mädchen zu. Das Trio saß unter einem gelben Sonnenschirm an der Brüstung, auf der die runden Lampen bereits ein sanftes warmes Licht abstrahlten. Der Platz vor der Absperrung war noch frei.

Unter lautem Jubelgeheul riss sich Julia die schwarze Perücke vom Kopf und umarmte Anna Waldhör und Anastasia Breitschuh, die sie beide auf den Mund küsste. Von Pelegrini nahm sie kaum Notiz. Sie gab ihr die Hand, ohne sich die Mühe zu machen, sie anzusehen. Mit ihren langen blonden Haaren, die offenbar wirklich ihre eigenen waren, wirkte Julia wie eine junge Ausgabe der Mutter. Wie fühlte es sich an, wenn man jener Person, gegen die man die abgründigsten Aversionen hegte, am ähnlichsten sah?

Während des lauten Wiedersehens suchte sich Franco zwei Tische daneben in der zweiten Reihe einen Platz und bemühte sich, in der beginnenden Dämmerung die

Aussicht auf die Altstadt zu genießen und gleichzeitig etwas von der Konversation fünf Meter daneben zu verstehen.

Die Betreiber hatten die Terrasse vor einigen Jahren runderneuert und zu einer trendig-schicken Location umgebaut. Auf der niedrigen gemauerten Brüstung saß eine nicht allzu hohe Glaswand, die den Besuchern einen atemberaubenden Blick über die Salzach hinweg auf das historische Zentrum bot und ihnen gleichzeitig das Gefühl gab, sich trotz der gefährlichen Höhe frei bewegen zu können.

Die Abenddämmerung zog der Stadt allmählich einen kühlen Mantel über. Einige Gäste wanderten von der Terrasse ins Innere des Lokals. Die Festung gegenüber, kaum 300 Meter Luftlinie entfernt am Hügel, verfärbte sich im schwachen Gegenlicht schwarz. Auch das Grün der Kuppeln am Dom schluckte der Abend bereits.

Vom Gespräch am Tisch der vier Frauen verstand Franco kaum etwas, da sich eine Gruppe Italiener an den Nebentisch setzte und lautstark die Auswahl des Aperitifs debattierte. Pelegrini hatte sich etwas zurückgezogen aus der Runde. Sie lehnte scheinbar entspannt in ihrem Sessel und hörte zu.

Julia Frei erzählte mit großen Gesten. Sie lachte viel. Meist wirkte es echt. Der Kellner nahm sie nicht sofort wahr, als sie bestellen wollte. Sie stieg auf den Sessel und winkte ihm wie Passagieren auf einem vorüberziehenden Schiff. Das hübsche Mädchen war eine geborene Schauspielerin. Sie probierte offenbar gern verschiedene Rollen aus.

Wieder lachte sie, als der Kellner bei ihrer Bestellung den Kopf schüttelte. Erst jetzt, als sie das gewünschte

Getränk langsam wiederholte, verstand Franco ihren Wunsch. Sie wünschte einen „Apus Revenge".

Um doch noch zu diesem Cocktail zu kommen, zählte sie dem Kellner an ihren Fingern die Zutaten auf und faltete dann bittend die Hände, garniert mit Schmachtblick.

An seiner Körperhaltung merkte man, dass er den Widerstand gegen das unbekannte Getränk und vor allem die insistierende junge Frau aufgab. Er versprach, den Cocktail selbst zu mixen.

Auch die Italiener am Nebentisch hatten sich endlich entschieden und bestellten.

Wahrscheinlich würde es ein langer Abend werden, bis Pelegrini erfahren hatte, was sie wissen wollte. Moll entspannte sich und sah auf die Uhr des alten Rathauses am anderen Salzachufer.

In diesem Augenblick sprang Julia auf, dass ihr Sessel hinten laut gegen die Brüstung stieß. Sie wirkte wütend und zu allem entschlossen wie ein angeschossenes Tier. Schreiend deutete sie auf Pelegrini.

„Die Pistole unter deiner Jacke. Du gehörst zu den Kieberern, nicht wahr? Und du bist nur da, weil du mich suchst, ja?"

Martina Pelegrini hatte sich noch nicht einmal von ihrem Sessel erhoben, da war Julia schon auf die Brüstung gesprungen und hatte ihre Hände auf die Oberkante der Glaswand gelegt. Behende zog sie sich daran hoch und schwang einen Fuß über die Absperrung, sodass sie kurz auf dem Grat balancierte.

Franco stand auf und kam langsam näher, mit den Handflächen beschwichtigend zum Boden deutend.

Julia sah ihn sofort.

„Noch einer von euch, oder? Ist hier ein Nest?"

Sie verlagerte ihr Gewicht Richtung Abgrund. Langsam glitt sie an der Außenseite der Glaswand hinunter, während sich ihre Hände an die Glaskante klammerten.

„Was wollt ihr eigentlich von mir? Ist es strafbar, dass ich mit meinem Stiefvater ins Bett gegangen bin?"

Zentimeter für Zentimeter entfernte Julia ihren Oberkörper von der Brüstung und lehnte sich immer weiter zurück. Mit ausgestreckten Armen hing sie jetzt sieben Stockwerke über dem Giselakai, unter ihr die abendliche Schlange von Autos, die sich im Stop-and-Go-Verkehr salzachabwärts quälten.

Julia lachte seltsam und beugte den Kopf so weit nach hinten, dass sie in den dunklen Himmel starren konnte.

„Wie toll, glaubt ihr, ist es, mit so einem alten Sack zu ficken, wenn man schon gar nicht mehr will? Nur damit er wund ist, wenn er zurückkommt?"

Ohne ein Wort zu sagen, standen Anastasia Breitschuh und Anna Waldhör vor der Glaswand und beobachteten Julia mit regungslosen Gesichtern. Pelegrini fand erst jetzt wieder zu sich.

„Ich werfe Ihnen nichts vor, Julia. Wenn ich Sie störe, kann ich auch gehen. Wenn Sie mir versprechen, wieder zurückzuklettern, verschwinde ich auf Nimmerwiedersehen von der Terrasse, okay? Ich bin nur gekommen, weil ich mir Sorgen um Sie gemacht habe."

Julia tat, als hätte sie nichts gehört.

Sie zog sich vom Abgrund wie in konzentrierter Zeitlupe zurück ans Glas.

„Ja, jetzt schaut ihr mich an wie ein Tier in einem Hochsicherheitskäfig. Wer ist drin und wer ist draußen? Wenn man das immer so genau wüsste."

Franco stand mittlerweile neben den drei jungen Frauen.

„Was halten Sie von Martinas Vorschlag. Wir gehen, wenn Sie das möchten. Wir wollen nur, dass Sie bleiben, ja? Wir wollten Sie nicht provozieren. Genaugenommen sind wir nicht mal dienstlich da."

Julia sah ihn kurz an, als müsste sie etwas aus seinem Gesicht lesen. Dann streckte sie ihre Arme langsam durch und entfernte sich wieder zentimeterweise von der sicheren Glaswand.

Erneut hing sie über dem Abgrund. Auf ihren Händen, die sich an die Glaskante klammerten, traten weiß die Knöchel hervor.

„Ich dachte, Rache macht satt. Aber ich habe noch immer Hunger und weiß gar nicht, wie ich ihn stillen soll. Dabei habe ich mir mit meinem Hass wirklich Mühe gegeben."

Wieder streckte sie ihren Kopf so weit zurück, sodass Franco nur mehr Hals und Kinn sehen konnte, während Julia über der Straße hing und scheinbar gedankenverloren in den Himmel blickte. Kurz dachte er daran, auf die Brüstung zu hüpfen und sie an den Händen zu packen. Aber die Chance, dass diese Aktion gut ging, war gelinde gesagt gering.

„Was wissen Sie schon, wie es ist, mit einer depressiven Mutter aufzuwachsen? Mit einer Frau, die immer nur an sich denkt, an ihre Krankheit und ihren Kummer? Die sich tagelang in ihr Zimmer einschließt und für die es völlig wurscht ist, ob man existiert und wie man existiert? Jahrelang. Warum kümmert sich darum keiner? Ich heiße Julia Frei, und ich bin es auch. Ich bin frei. Und ich bleibe es, koste es, was es wolle."

Mit einem Ruck zog sie sich zur Glaswand zurück. Als sie aufrecht stand, löste Julia die Hände von der Glaskante und balancierte frei stehend außen auf der Brüstung. Auf der Salzach unter dem Mädchen schienen silberne Schlangen zu züngeln.

„Leonhard zu verführen ging viel schwieriger als erwartet. Ich habe es schließlich mit Perücken und Rollen probiert. Und es hat lange gedauert, bis ich ihn weich hatte. Oder hart, wie man's nimmt."

Sie schüttelte den Kopf, als müsste sie etwas mit sich selbst ausmachen.

„Mit Leonhard hat sich alles verändert für meine Mutter. Plötzlich war der richtige Mensch an ihrer Seite und sie wirkte wie geheilt. Was glauben Sie, wie das für mich als Tochter war? Wenn man auf diese Art erfährt, dass man selber offenbar immer die falsche Person war für diese Frau? All die Schuldgefühle wegen der Depressionen der Mutter. Vielleicht hat man ja wieder was falsch gemacht und sie bricht deswegen ein und zieht sich in einen Weinkrampf zurück. Ich war da und doch nicht da. Meine Mutter hat mich ja nicht so richtig wahrgenommen. Bestenfalls als Belastung. Für das, was mir Sorgen gemacht hat, blieb gar kein Platz. Den hat sie mit ihrer Krankheit oder ihrem Wahn oder wie auch immer man das nennen mag, bis zum letzten Winkel eingenommen. Denken Sie, das ist lustig und man kann danach einfach zur Tagesordnung übergehen und weiterleben, als wäre nichts passiert? Leonhard war die richtige Medizin zur Heilung meiner Ego-Mutter. Nur ab und zu im Herbst hat sie Durchhänger, aber so, wie sie jeder von uns hat. Ich habe so viel Rücksicht genommen auf sie in meinem Leben, dass ich sogar mit der Rache gewartet habe, bis ich mir dachte, sie ist jetzt stark genug dafür ..."

Julia ließ ihre Arme sinken und drückte sie an die Hüfte. Wie in Zeitlupe neigte sich ihr Oberkörper rückwärts ins Leere. Starr sah sie Pelegrini an, während sie nach hinten kippte. Erst als Anna aufschrie, griff Julia nach der sicheren Glaskante, um wieder halb im Freien zu hängen.

„Ich hab mir wirklich Mühe gegeben mit meinem Gegenschlag. Alles gut geplant, bis hin zum Abschalten des Handys. Und die ganze Reise nur mit Bargeld bezahlt. Dann die Idee mit dem Blut. War doch schön verwirrend, oder? Und lang hat es gedauert, bis ich Leonhard so weit hatte. Da war viel Körpereinsatz notwendig. Aber letztendlich ist der Geschmack der Rache nicht süß. Nicht einmal bitter. Ich fürchte, Rache hat gar keinen Geschmack. Sie schmeckt nicht einmal schal."

Jetzt sah sie Franco an. Ihre Augen wurden plötzlich wieder freundlich und warm, als nähme sie ihre Umwelt erneut wahr. Auch ihre Stimme änderte sich und klang überraschend verbindlich und fest.

„Aus jetzt. Ich habe nichts Unrechtes getan. Ich steige jetzt zurück über die Brüstung und gehe heim. Ich möchte ihr Gesicht sehen und wissen, ob ich etwas verändert habe. Ob sie mich endlich als jemanden wahrnimmt, der so wie sie Schmerzen hat. Das ist es, was ich eigentlich wissen will. Und das erfahre ich nicht, wenn ich da runterfalle."

Als wäre alles nur eine Vorstellung gewesen, zog sie sich zum Glas zurück und warf akrobatisch ein Bein über die Kante, bis sie schließlich wieder oben balancierte. Sie sah freundlich von Franco zu Pelegrini und redete plötzlich sehr leise.

„Bitte gehen Sie jetzt und lassen Sie mich mit meinen Freundinnen allein. Ich habe nichts angestellt, wofür Sie mich verhaften könnten. Und die kleine Turnübung hat nie stattgefunden. Sie waren ja nicht im Dienst. Und Sie wollten eine junge Frau in einer schwierigen psychischen Ausnahmesituation ja auch bestimmt nicht in den Selbstmord treiben, oder?“

Sie versuchte zu lächeln.

„Die Rechnung übernehme ich – so oder so“, setzte sie halblaut hinzu.

Julia klang so überzeugend, dass Franco seiner Kollegin kurz zunickte und sich dann wortlos umdrehte und mit ihr Richtung Aufzug ging.

In der Spiegelung der Glaswand sahen die Polizisten, dass Julia schon wieder auf sicherem Boden stand und ihre Freundinnen umarmte, eine Umarmung zu dritt, aus der sich die Gruppe lange nicht löste.

Der Herbst präsentierte sich von seiner schönsten Seite. Als wollte er alle für das verregnete Frühjahr entschädigen, vermied er zwei Wochen lang jeglichen Niederschlag. Nur morgens zeigte er, wozu er fähig gewesen wäre, wenn er es schlecht gemeint hätte mit den Lebenden unter seinem Dach.

Dunstige Kälte wälzte sich durch die engen Gassen des Nonntals und die ganze Altstadt. Ein Morgenspuk, der die nackte Haut, die aus leichten Mänteln hervorsah, unangenehm berührte und nach einiger Zeit auch unter die Kleidung kroch. Wie ein Würgegriff fühlte sich die nasskalte Hand des Herbstes hin und wieder an. Ein paarmal war es in der Früh unmöglich, feine Konturen jenseits des Nebels auszumachen. Aber fast immer verzogen sich die

Schleier bis spätestens neun, als hätte da jemand nur nach eigenen Regeln hinter dem Dunst Verstecken gespielt.

Nach der Szene auf der Terrasse des Hotels Stein waren Moll und Pelegrini noch lange in einem Lokal in der Linzergasse gesessen und hatten sich selbst therapiert. Was für einen Aufwand Julia getrieben hatte, um sich zu rächen. Es hatte nur schiefgehen können. Oder vielleicht hatte es auch funktioniert, getreu dem Spruch vieler Verlierer: Der Weg ist das Ziel. Vielleicht war dies Julias erfolgreicher Abschied von einer ungeliebten Vergangenheit gewesen. Oder die Therapie, die nur zur Erkenntnis geführt hatte, dass man seiner Familiengeschichte nicht so einfach entkam. Ein Trennungsversuch mit hohem Preis.

Tagelang fragten sich Moll und Pelegrini, ob es Julia ernst gemeint hatte mit ihren Turnübungen auf der Steinterrasse. Oder ob sie von Anna gewusst hatte, dass Pelegrini auftauchen würde und nur Publikum brauchte, um ihre Situation zu erklären. Wahrscheinlich hatte ihr Anna von Martina erzählt und ein doppeltes Spiel gespielt.

Die Erfahrung mit der über der Straße balancierenden Julia brachte Moll und Pelegrini einander näher, als wäre ein Stück des jeweils eigenen Ich dort über dem Giselakai gehangen. Nach den drei ewigen Minuten auf der Steinterrasse war es unmöglich, sofort zur Tagesordnung überzugehen. Der Herzschlag dieser drei Minuten hallte nach in den beiden Kriminalbeamten. Es gab nichts zu lösen, nur zu akzeptieren. Und mit keinem Recht der Welt ließ sich hier etwas geraderücken. Ein Mädchen hatte geschickt zu einem Befreiungsschlag angesetzt. Und nach all den Schlägen blieb unklar, ob sie tatsächlich Befreiung brachten.

Ein masochistisches Menü bei Bruno, dem Wirt des Polizeibeisls, führte Moll im Knochenfall auf eine mögliche Spur.

„Ich hab den Ruhaltinger vom Diebstahl im LAGE getroffen“, sprach er Oberhollenzer bei seiner Rückkehr ins Büro an. Der massige Pinzgauer hatte den Kopf auf die verschränkten Hände gelegt und schien am Schreibtisch zu dösen. Vor ihm stand eine offene Thermosflasche. Mit dem Geruch von Kraut war Moll mittlerweile so vertraut, dass ihm nur noch dessen Abwesenheit auffiel, wenn Oberhollenzer sich einmal einen Tag frei nahm. Francos Meinung nach verdaute sein Kollege das Kraut gar nicht mehr, sondern dünstete es nur noch aus.

„Diese Suppe entkräftet mich völlig“, stöhnte Oberhollenzer und stemmte sich aus seiner zusammengesunkenen Haltung hoch. „Erschöpfung ist ein Hilfsausdruck für meinen Zustand. Das Kraut ist kein Freund des Menschen, wenn du mich fragst.“

Franco schlug Oberhollenzer fast väterlich auf die Schulter.

„Die Dosis macht das Gift, sagte Paracelsus. Glaubst du nicht, dass es langsam reicht?“

„Ich glaub, ich bin süchtig danach. Jedes Mal, wenn ich die Kanne aufschraube, möchte ich mich sofort übergeben. Aber nach dem ersten Schluck: Ich sag's dir. Das ist ein Wahnsinn. Keine Ahnung, was meine Zimmerwirtin da reingibt. Aber es tut gut. Fünf Kilo noch, dann bin ich noch immer im sicheren dreistelligen Bereich, aber wenn ich die herunten hab, verlasse ich das Krautland wieder. Vielleicht schreib ich dir eine Patientenverfügung, damit du mich zwangsernähren lassen kannst, falls ich nicht mehr aufwache aus dem Krautkoma.“

Moll reduzierte die Wassermenge an der Espressomaschine und drückte auf den Kaffeeknopf.

„Wie gesagt, ich hab den Ruhaltinger vom Diebstahl getroffen. Das ist dieser große schlanke Rothaarige mit dem Dreitagebart. Er hat mir erzählt, dass sie vor ein paar Tagen eine Moldawierin aufgegriffen haben, die in einem Elektromarkt etwas hat mitgehen lassen. Sie muss ihm eine völlig wirre Geschichte erzählt haben. Dass sie kein Geld hat, weil die Schwester spurlos verschwunden ist. Außerdem ist sie offenbar illegal da. Seit einigen Jahren. Auf jeden Fall haben sie die Frau auf freiem Fuß angezeigt. Sie war mit einem kleinen Kind auf Diebestour. Gewerbsmäßig dürfte sie das nicht machen. In der Wohnung hat er kein Diebeslager gefunden. Und auch sonst hat sie offenbar nicht den Eindruck einer sehr professionellen Elster gemacht."

Oberhollenzer nickte.

„Immerhin. Probieren wir's doch mit ihr. Vielleicht bekommen unsere Knochen ein Gesicht."

„Kannst du selbst aufstehen? Oder brauchst du meine Hilfe?", fragte Franco, während er sich das Ledersakko über die Schulter warf und Oberhollenzer ächzen hörte.

Walter seufzte, ohne es zu merken. Ein paarmal hatte ihn seine Frau schon auf seine unwillkürlichen Seufzer angesprochen und ihn angeblickt, als verheimliche er eine schwere Krankheit. Wie üblich redete er sich mit seiner Magengeschichte heraus und dass ihn das Geräusch im Ohr zunehmend verrückt mache. So wie jetzt. Er drehte in der Garage den Wasserhahn auf und ließ einen starken Strahl ins Becken laufen. Das prasselnde Wasser überdeckte den Lärm im Kopf und war um vieles angenehmer als die kreissägeartigen Töne im Ohr. Manchmal half auch das Zischen der Druckluftanlage. Aber er konnte nicht ständig Reifen wechseln oder Luft nachfüllen. Die Winterreifen würde er guten Gewissens erst in zwei Wochen auf den Audi montieren.

Immer wieder blitzte in seinem Kopf der Gedanke auf, endlich reinen Tisch zu machen. Einfach rein in eine Wachstube und alles erzählen. Es lebte sich anders, wenn eine Tote mit am Tisch saß und nur einer sie sah. Und auch dieses Zischen und Knacken und Splittern im Ohr. Vielleicht war es der Atem der Toten, der sich über ganz Salzburg verstreut hatte wie die Teile ihrer Leiche, oder ein gespenstischer Nachhall dieser furchtbaren Augustnacht, damit er nur ja nicht zur Ruhe kommen konnte. Die Schuld: ein Ohrwurm. Wer hatte sich so eine Folter ausgedacht?

Wenn er jetzt darüber sinnierte, wie er alle zehn Kilometer einen Plastiksack entsorgt hatte ... So handelte man nur in Panik, wenn einem kein bisschen Verstand mehr half, ein Problem zu lösen.

Wäre es nur um ihn gegangen: er hätte sich in diesem Augenblick gestellt, so unerträglich war das Leben mit der Toten geworden. Aber es ging auch um Sonny. Er musste seinen Bruder schützen. Sie hatten so viel miteinander durchgemacht. Sonny verdiente es, jetzt die Ernte einzufahren. Der jüngere, hübschere Halbbruder, der ihn nie verlassen hatte, wenn er in der Schule zum Gespött der Meute wurde, nur weil er, Waldi, etwas langsamer dachte damals. Ein Halbbruder, der ihn nie wie eine halbe Sache behandelte. Ein ganzer Bruder, vor allem dann, wenn ihn sein Stiefvater aus irgendeiner dumpfen bestialischen Eifersucht heraus wieder einmal spüren ließ, dass er nur halb zur Familie gehörte. Sonny war vier Jahre jünger. Und für ihn war Walter immer ein ganzer Bruder gewesen. Klar hatte Walter den kleinen Sonny nach der Schule mit den Fäusten verteidigt, wenn er dachte, jemand würde seinem Bruder unrecht tun. Diese Bruderschaft, das war schließlich eine ganze Sache. Für die musste man eintreten.

Und so hatten sie sich gegenseitig durch die letzten Jahrzehnte geschleppt. Jeder hatte den anderen auf seine Art und mit seinen Mitteln gestützt. Dieses Dasein füreinander war das einzig Verlässliche gewesen in seinem Leben. Auch die Mutter hatte sich mit ihrem neuen Ehemann arrangieren müssen und ihn, Walter, manchmal der Familienräson geopfert. Nur Sonny hatte immer zu ihm gehalten und ihn geschätzt für seine Kraft. Und seinen Mut. Und seinen Schutz. Jeder brauchte jemanden, auf den man sich verlassen konnte. Und wenn es der kleine, schwächere Bruder war. Die Kraft konnte man ihm leihen. Die Innigkeit und die Verlässlichkeit mussten von selber kommen. Und das war immer da gewesen. Genau das, was sich Walter von Anfang an gewünscht hatte. Sonny war der Jackpot seiner Kindheit gewesen.

Nein, er konnte sich nicht feig stellen, nur um seine kleine Seele sauber zu putzen. Es ging um mehr. Um Bruderschaft. Um Zusammenhalt. Darum, einander nicht allein zu lassen.

Die Tür zum gelben Wohnbau in der Bayerhamerstraße stand offen. Moll und Oberhollenzer hätten ihren Besuch ohnehin nicht angekündigt. Abgesehen davon, dass Deodorjewa nirgendwo am Klingelbrett angeschrieben stand. Sie marschierten in den zweiten Stock durch, zur Nummer 214, die ihnen Ruhaltinger genannt hatte.

Die Wohnungsglocke war am Gang zu hören. Auch beim dritten Läuten reagierte niemand darauf. Oberhollenzer ging zur Nebentür und drückte bei „Husek" auf die Klingel. Jemand schlurfte langsam zur Tür und fragte dann mit deutlich tschechischem Akzent.

„Wer ist da? Und was bringen Sie mir?"

Oberhollenzer hielt kurz seinen Ausweis vor den Spion.

„Wissen Sie, wo wir Ihre Nachbarin finden?"

„Wer will das wissen?"

Oberhollenzer verdrehte die Augen und sah sich hilfesuchend nach Moll um, der noch immer vor 214 stand.

„Die Polizei. Wir sind vom Fundamt. Wollen Frau Deodorjewa nur was vorbeibringen. Jetzt ist aber keiner daheim. Ist sie grundsätzlich da?"

Hinter 213 rasselte eine Kette. Dann öffnete Frau Husek die Tür einen Spalt breit.

„Hab sie schon seit einer Woche nicht mehr gesehen. Macht mir aber nix. Sind eh so viele Ausländer im Haus. Jeder weniger ist gut."

„Eine Woche, sagen Sie?"

„Jo. Ich hör sonst immer, wenn sie abends das Wasser im Bad einlässt. Das plätschert am Anfang so laut, dass auch ein altes Mädchen wie ich das mitbekommt. Seit einer Woche höre ich nichts mehr. Aber die andere junge Frau war auch so plötzlich weg. Die hab ich schon seit mindestens sechs Wochen nicht mehr gesehen."

„Sie haben nicht zufällig einen Zweitschlüssel, damit wir Ihrer Nachbarin den gefundenen Ausweis reinlegen können?"

„Nein, hab ich nicht. Ich bin nicht befreundet. Mit

niemandem. Am besten geht's mir mit mir. Aber Sie können mir den Ausweis gern dalassen. Dann gebe ich ihn der jungen Frau."

Oberhollenzer seufzte.

„Leider, gnä' Frau, so gern ich das täte. Das dürfen wir nicht. Beim besten Willen nicht."

„No, dann halt nicht", murmelte die alte Frau, die kaum größer als einsfünfzig war.

Oberhollenzer machte einen Schritt in Richtung Moll, drehte sich dann aber noch einmal um.

„Woher kommen Sie eigentlich? Ich meine ursprünglich?"

„Aus Mähren. Ich bin also eine waschechte Esterreicherin", böhmelte die Dame, ohne die Ironie zu bemerken.

Oberhollenzer nickte und wünschte Frau Husek noch einen schönen Tag, die mit einem freundlichen „Ahoi" den Rückzug antrat.

Glücklicherweise schloss das verhutzelte Fräulein rasch die Tür und schlurfte zurück in ihr Wohnzimmer.

Oberhollenzer griff sich kurz mit schmerzverzerrtem Gesicht an seinen deutlich geschrumpften Bauch, als schnitte ihn jemand von innen auf.

„Müssen wir jetzt eine Diskussion über das Sicherheitspolizeigesetz und den Rechtsstaat beginnen oder gehen wir den kurzen Weg?", presste er zwischen zusammengebissenen Zähnen hervor.

Franco zog statt einer Antwort eine Art Taschenmesser aus seinem Sakko hervor und hielt es Oberhollenzer triumphierend hin.

„Wird längst Zeit, dass ich wieder mal damit übe. Wenn es deine Blähungen zulassen, halt mir den Rücken frei, ja?"

Oberhollenzer schlug seine Pranke auf Molls Schulter.

„Brav so. Ich glaube auch, dass Gefahr im Verzug ist und wir uns Zutritt zur Wohnung verschaffen dürfen."

Moll klappte ein paar der flachen Blechstifte mit Haken, Wellen und Stiften aus seinem Lockpicking-Satz. Während er ein dünnes langes Rechteck oben in das Zylinderschloss steckte, stocherte er unten mit einem kleinen Haken herum.

Aus der Wohnung gegenüber hörte man lautes Kindergeschrei. Dann einen schimpfenden Vater.

„Das war definitiv nicht Deutsch", bemerkte Oberhollenzer, während er Franco mit seinem Körper vor unerwünschten Blicken schützte. „Da ruft niemand die Polizei wegen uns. Die sind froh, wenn keine kommt."

Nach einer Minute ließ sich die Wohnungstür öffnen. Franco steckte sein Werkzeug ein.

„Glück gehabt. War nur zugeworfen."

Die beiden Polizisten hatten das Bild einer äußerst bescheidenen Garconnière erwartet. Statt Flohmarktmöbeln fanden sie zwar keine teuren, aber noch sehr neu wirkende Einrichtungsgegenstände Marke schwedischer Selbstbau.

Leise schloss Oberhollenzer die Wohnungstür und zog sich dünne Gummihandschuhe über.

„So richtig klassisch arm schaut das nicht aus. Ich hab schon andere Wohnungen von Illegalen gesehen."

Die Wohnung hatte zwei Schlafzimmer, in einem stand ein Gitterbett neben einem Doppelbett, im anderen nur ein überdimensioniertes Einzelbett, daneben lag der leere Umschlag einer großen Schokoladentafel. Alle Betten waren gemacht und wirkten sehr ordentlich, wie die ganze Wohnung. Sogar das Kinderspielzeug hatte jemand in einen Weidenkorb geräumt.

Franco ging als Erstes in die Küche und öffnete die Türen des Oberschranks.

„Recht sozial dürften sie nicht gewesen sein. Hier gibt's alles nur in vierfacher Ausfertigung."

„Statt?", fragte Oberhollenzer.

„Sechs. Das sind die üblichen Packungen beim Geschirr. Ich hab vergessen, dass du ja auch sozial verwahrlost bist und nur beim Wirten isst oder bei der Mama."

Oberhollenzer verzog sein Gesicht.

„Stimmt nicht. Die weigert sich, mir am Wochenende Krautsuppe zu machen."

Leise stöberten die beiden Polizisten in allen Laden herum. Sogar einen flauschigen Teppich vor der Couch hob Franco auf, in der Hoffnung, etwas darunter zu finden. In der Nebenwohnung hörten sie Geschirrklappern und schließlich den Ton einer Talkshow, während sie die Wohnung durchsuchten.

Moll arbeitete sich eben durch die Laden einer Kommode.

„Siehst du irgendwo Windeln herumliegen?"

Oberhollenzer schüttelte den Kopf.

„Die hat sie offenbar alle mitgenommen, das Fräulein Galina Deo... Egal. Das heißt, sie ist auf längere Zeit ‚verzogen'."

Moll legte einen Kurzarmbody zurück in einen Wäschekorb.

„Kinderwagen gibt's auch keinen."

„Aber hier ist was Interessantes."

An Oberhollenzers linkem Zeigefinger baumelte ein Bund mit drei Schlüsseln.

„Gehören die hierher?“, fragte Franco.

„Eben nicht. Du hast ein Zylinderschloss aufgemacht. Und das hier ist der Schlüssel zu einem Bohrmuldenschloss. Außerdem hat er einen Code aufgedruckt, der ausschaut, als würde er zu einem gesperrten System gehören. In einem Tag wissen wir, welche Tür dieser Schlüssel sperrt. Vielleicht versteckt sich unsere kleine Elster dort mit ihrem Kind und wir können mal reden.“

„Verdenken könnte ich es ihr nicht“, murmelte Franco. Er nahm ein blaues Polizeiauto aus dem Weidenkorb. Das Modell kannte er aus Felix' Kleinkindzeiten. Aller Voraussicht nach würde er heute rechtzeitig heimkommen, um mit Felix wieder einmal den späten Nachmittag und den Abend zu verbringen. Wahrscheinlich fehlte ihm diese gemeinsame Zeit ja viel mehr als dem Jungen. Aber andererseits schien es manchmal, als sei Felix ‚runder‘ und weniger aggressiv, wenn sie immer wieder mal Stunden für sich hatten.

Gedankenverloren drückte Franco auf das Blaulicht des Spielzeugautos. Nichts passierte. Offenbar war die Knopfbatterie längst leer.

Auch im Nebenzimmer fand er nur wenig, was ihm half, ein eindeutiges Bild von den Bewohnern zu bekommen. Die Laden der Kommode waren voller Wäsche. Keine Designerstücke, sondern nur H&M-Kleidung, luftig und jung. Auf einem Garderobenwagen hingen Kleider und Röcke der Größe 38. Auch die Unterwäsche wirkte nicht so, als sei sie darauf angelegt, Männer durch die Andeutung von Geheimnissen oder ihren Verrat zu verführen.

Ertragreicher war der Blick in einen Karton mit vielen Zetteln und Rechnungen. Moll blätterte die Sammlung durch. Weit unten in der Vergangenheit entdeckte er drei Kaufbelege über Wertkartenhandys.

Er hielt sie triumphierend hoch.

„Ich hab zwar keine Ahnung, warum es drei sind. Aber hier stehen auch die Nummern drauf. Wenn unsere Galina Deoirgendwie nicht sehr clever ist, dann können wir sie auspeilen. Und ihre Schwester auch."

Oberhollenzer erhob sich stöhnend von den Knien.

„Jeder macht Fehler. Glücklicherweise."

Eigentlich waren sie ja in die Wohnung gekommen, um Spuren zu ihren namenlosen Knochen zu finden. Moll suchte die Tür zum Bad. Es lag neben dem Eingang rechts.

In zwei Gläsern steckten zwei Zahnbürsten, eine violett, eine rosa. Auf dem Waschtisch sah Moll eine kleine bunte Bürste, die wie ein Tier mit langem Hals und schmalem Kopf wirkte, ein lustiger Tiger mit Borsten, den zwei Saugnäpfe am Ende des Griffes aufrecht stehen ließen.

Moll fotografierte den Waschtisch mit seinem Handy und verstaute jede der Zahnbürsten separat in einer Plastiktasche.

„Ist aber nicht ganz legal", grinste Oberhollenzer an der Tür lehnend.

„Ich bin ein Fan der kurzen Wege. Und es ist Gefahr im Verzug."

Der noch immer wuchtige Oberhollenzer, dessen Krautaura sich durch die schweißtreibende Anstrengung der Suche im kleinen Badezimmer auszubreiten begann, zog unschuldig die Augenbrauen hoch.

„Welche Gefahr?"

Franco drehte sich mit den biologischen Spurenträgern zu seinem Kollegen um. Sein Gesicht ging in die Breite.

„Dass wir in diesem Fall dumm sterben."

„Wir haben noch nie so intensiv nach einer Leiche gesucht wie diesmal", schüttelte Gokl fassunglos den Kopf, als ihm Oberhollenzer und Moll von ihren „Funden" erzählten. „Ich gehe davon aus, dass die Wohnung unversperrt war und Sie dort nur zusammengeräumt haben, oder?"

Gokl sah die beiden Polizisten streng an.

Die beiden nickten, ohne eine Miene zu verziehen.

„Gut. Mir ist alles recht, was ich nicht weiß. Außerdem gibt es kein richtiges Leben im falschen", setzte Gokl philosophierend hinzu.

„Von wem stammt der Ausspruch, Herr Brigadier?"

Moll legte die Stirn in Falten und gab sich dann selbst eine Antwort.

„Von Roger Federer? Oder Andy Roddick?"

Gokl sah ihn milde lächelnd an und wusste nicht recht, ob er die Frage ernst nehmen sollte.

„Von Adorno", antwortete er schließlich leiser als beabsichtigt.

„Der muss aber weit hinten liegen in der Tennis-Weltrangliste. Sonst würden wir ihn kennen", setzte Oberhollenzer noch eins drauf.

Gokl grinste wider Willen. Mit einer Handbewegung, die mürrisch wirken sollte, verabschiedete er seine Inspektoren, rief sie dann aber noch einmal zurück.

„Stellen Sie wen vor die Wohnung der Moldawierin. Ich wäre an ihrer Stelle auch untergetaucht. Wer lässt sich denn so einfach abschieben, wenn man schon länger hier lebt. Sie hat gut deutsch gesprochen, wie ich von Ruhaltinger gehört hab. Muss also schon eine Weile da sein. Vielleicht taucht die Frau ja auf, weil sie etwas vergessen hat. Ich überlasse Ihnen, wen Sie sich dafür aussuchen."

Moll nickte und bedankte sich.

„Das entscheiden wir demokratisch, Oberhollenzer, stimmt's?"

„Ja, natürlich, wir werden abstimmen."

„Und auch Genderaspekte dabei beachten."

Gokl sah den beiden kopfschüttelnd nach.

„Ich verstehe", rief er den Beamten nach, „aber seien Sie nett zu ihr, ja?"

Pelegrini schien es nicht weiter zu stören, dass Oberhollenzer und Moll sie vor das Haus in der Bayerhamerstraße setzen wollten. Sie zog ein weißes Kabel aus ihrer Jackentasche, steckte das eine Ende in ihr Smartphone und die beiden anderen Enden in die Ohren. Ohne sich noch einmal umzudrehen, winkte sie den beiden zu und verließ in ihrem Musikkokon das Büro, in der Tasche zwei Fotos von Galina Deodorjewa, die der Erkennungsdienst erst kürzlich nach dem Diebstahl der Moldawierin aufgenommen hatte.

Fünfunddreißig Minuten später klingelte Francos Handy. Pelegrini hatte zuerst einmal an der Wohnungstür gehorcht, ob Galina Deodorjewa nicht in der Zwischenzeit zurückgekehrt war. Abgesehen vom Lärm im Appartement gegenüber war nichts zu hören gewesen, kein Babyplappern oder -schreien, kein Geschirrklappern, nichts. An der Tür lehnte allerdings eine mit Einkäufen prall gefüllte Papiertasche.

Martina Pelegrini schien noch an etwas zu kauen, während sie telefonierte.

„Da ist nichts Billiges drin, Franco. Ich weiß noch, wie ich als Polizeischülerin eingekauft hab. Meist beim Discounter. Das hier ist alles vom Merkur. ‚Getrüffelter Brie' und so weiter. Mit meiner aufgeweichten Schinkensemmel komm ich mir richtig arm vor. Aber keine Angst. Ich stehle der Dame das Essen schon nicht. Nur: ökologisch ist es eine Katastrophe, wenn diese Kostbarkeiten ungenutzt verderben." Martina Pelegrini pausierte kurz. Im Hintergrund raschelte Papier.

„Prosciutto di San Daniele. Aha, man gönnt sich ja sonst nix. Also, wenn Frau Deodorum bis heute Abend nicht auftaucht, kann ich für nix garantieren. Da ist auch Fischzeug dabei. Garnelen in Knoblauch. Sicher aus einer Farm, für die Mangrovenwälder in Ostasien sterben mussten. Aber nun sind sie schon mal so weit geflogen, wie sie ihr Leben nicht geschwommen sind. Ich sag's dir. Es wär ewig schad drum ..."

Franco legte auf.

„Pelegrini denkt grad über kurze Wege nach. Diesmal nicht nach dem Sicherheitspolizeigesetz, sondern nach den Paragraphen des Gault Millau."

Zwei Stunden später wussten die Ermittler, welche Hausverwaltung den Schlüssel aus der Wohnung der Moldawierin in Auftrag gegeben hatte. Und noch eine Stunde später, nachdem sich die Sekretärin am Telefon vergewissert hatte, dass sie die Daten herausgeben durfte, schickte die Hausverwaltung ein Fax mit der dazugehörigen Adresse und Türnummer.

Oberhollenzer und Franco kannten den Block in der Vogelweiderstraße. Eine Weile hatten sich hier gutbürgerliche Besitzer und zunehmend unbürgerliche Mieter den üblichen Kleinkrieg geliefert. Manchen schlugen unorthodoxe Lebensentwürfe schwer auf den Magen, vor allem, wenn sie permanent den Untergang des Abendlandes fürchteten, wie das in gewissen Salzburger Schichten schnell einmal der Fall war. Im Schatten Mozarts lebte es sich für viele sicherer als unter den Beats von Balkanrock.

Ein Fall für die Abteilung „Leib und Leben" wurden heterogene Wohnkonstellationen erst, wenn ein Konflikt eskalierte. In diesem Block war aus einem leichten Rempler im Stiegenhaus eine Messerstecherei mit einem Schwerstverletzten geworden.

Wie erwartet öffnete der Schlüssel aus Galinas Wohnung auch die Haustür. Oberhollenzer wollte den Aufzug rufen. Moll legte einen Finger über die Lippen und deutete auf die Stiege. Sein erschöpfter Kollege akzeptierte mit einem Seufzer.

Aus der Wand im ersten Halbstock sprang ihnen eine wirre zackige Buchstabenwelt entgegen. Ein ‚Rado' hatte wiederholt seinen Schriftzug an der Mauer hinterlassen und daraus eine verwinkelte schwarz-weiß-rote Welt geschaffen. Ihre Kanten wirkten abstoßend und gefährlich, als könnte man sich an ihnen schneiden, wenn man der Wand und den futuristischen Mauern zu nahe kam.

Auch einen Stock höher trafen sie wieder auf Rados gleichermaßen anziehende wie abstoßende Buchstabenwelt. Aber hier war sie kaum mehr zu sehen. Wie schmale Wolken zogen dünne milchige Schleier durch das Bild. Offenbar hatte jemand versucht, es zu überstreichen. Die weiße Farbe war dafür aber zu schwach gewesen.

Moll läutete an der Tür und wartete eine Weile, bevor er den Schlüssel ins Schloss drückte.

Die Ermittler betraten eine Garconnière mit einem winzigen muffig riechenden Vorraum, aus dem eine Tür in ein Badezimmer mit Dusche und WC abging. Die Emailetagere unter dem Spiegel war leer, in der Dusche baumelte eine schwarze Flasche mit Waschgel. Nur der Bademantel an der Tür deutete darauf hin, dass hier tatsächlich jemand lebte. Schweigend zogen sich die Polizisten Plastikhandschuhe über.

Im Kasten unter dem Waschbecken fand Oberhollenzer einen Stapel Handtücher samt einem umfangreichen Arsenal an Schminkutensilien, von falschen Wimpern bis hin zu Nagellack in allen Farben. Erst im kleinen Hauptraum der Garconnière wurde Moll klar, dass hier weniger gewohnt als gearbeitet wurde. Die Decke war in einen dunkelroten Himmel aus gerafftem Stoff verwandelt worden, ein Rosenmeer, das Kopf stand. Dazu die roten Vorhänge, die nur wenig gedämpftes Licht ins Zimmer ließen, und eine große rote Kommode.

In ihr fand Moll die Arbeitskleidung samt Zusatzausrüstung: nietenbesetzte Lederfesseln, Korsagen, Strümpfe, Höschen, für die im Schritt der Stoff ausgegangen war, BHs, die mehr zeigten, als sie verdeckten, Großpackungen von Kondomen in zwei Größen und mehrere teuer wirkende Pralinenpackungen.

„Dafür ist, glaube ich, eher die Sitte zuständig."

Oberhollenzer deutete auf das französische Bett in der Mitte des Raumes. Ein roter Überwurf verhüllte die Liegestätte. Einzig das helle Eichenparkett schien nicht ganz zu den Möbeln zu passen. Im Umkreis des Bettes bedeckte ein roter flauschiger Teppich den Boden und schuf so eine mächtige rote Insel, die von drei großen Spiegeln an der Wand verdoppelt wurde. Auf dieser Insel lag beim

Kopfende des Bettes eine angebrochene Tafel Schokolade. Sie war bereits mit einem unansehnlichen weißen Film überzogen, ähnlich dem Bild im Stiegenhaus. Auch die Luft im Raum hatte tote Zeit konserviert. Es roch hier nicht nach Sünde, sondern nach Sauerstoffmangel.

In einer winzigen Küche neben dem Hauptraum drückte Oberhollenzer das Fenster auf. Abgesehen von ein paar Gläsern fanden die Ermittler kaum Geschirr. Im Kühlschrank lagerten nur sechs Flaschen Sekt vom Discounter und drei Joghurts mit Marille, die am 10. August abgelaufen waren, sowie Bier in 0,3-Literflaschen, Wein und Wodka.

Während Franco die Küche durchsuchte, telefonierte Oberhollenzer mit Kollegen von der Sitte. Mit wenig Erfolg.

„Das ist ein geheimes Nest hier", bemerkte er zu Franco, während er vorsichtig ein warmes Handyladegerät aus einer Steckdose zog und auf die Küchenplatte legte.

„Die Kollegen kennen die Wohnung nicht. Und dass wir die verschwundene Deodora hier nicht suchen müssen, ist auch klar. Da war seit Längerem keiner mehr daheim. So richtig kindertauglich scheint mir der Platz übrigens auch nicht zu sein. Maximal zum Kindermachen."

Franco nickte und ging langsam Richtung Ausgang.

„Nachdem wir nicht da waren, lassen wir mal alles so, wie es ist. Ich würd nur gern ein Souvenir aus der Haarbürste mitnehmen. So rein auf Verdacht. Vorerst mal zum Archivieren im Schreibtisch."

Oberhollenzer griff in seine Lederjoppe und hielt Moll eine kleine Plastiktasche hin.

„Was haben wir jetzt eigentlich? Noch immer so gut

wie nichts. Eine Frau, die behauptet, ihre Schwester sei verschwunden. Und die selber verschwunden ist. Und unsere Knochen haben noch immer keinen Namen."

Moll hielt ein Büschel langer blonder Haare zwischen seinen Fingern. Bedächtig ließ er sie in das Plastik gleiten, das Oberhollenzer ihm wie einen Becher aufhielt.

„Sobald die Gerichtsmedizin ihre Arbeit gemacht hat, wissen wir auch, ob wir das hier alles wieder vergessen und den Kollegen übergeben können. Oder ob es keine leeren Kilometer waren."

Am nächsten Morgen wussten Oberhollenzer und Moll von ihrem Glück.

Die biologischen Spuren aus den Zahnbürsten in Galina Deodorjewas Wohnung offenbarten eine kleine Familiengeschichte: zwei Schwestern, ein männliches Kleinkind. Das Profil der kinderlosen Schwester passte zu den Knochen ohne Namen. Mit großer Wahrscheinlichkeit gehörten Schädel und Oberschenkel zu Larisa Deodorjewa, die ihren rotlichtigen Arbeitsplatz in der Vogelweiderstraße gehabt hatte. Der Mief in den Räumen hatte zumindest eines verraten: dass dort schon längere Zeit keine Liebesdienste mehr geleistet worden waren.

Franco Moll schlug noch einmal in seinem kleinen Notizbuch nach.

„Das Marillen-Joghurt ist am 10. August abgelaufen. Larisa könnte also Ende Juli, Anfang August verschwunden sein."

Oberhollenzer strich sich über seine unrasierte Wange.

„Ja, aber wohin verschwunden? Wir haben keine Idee, welche Kunden sie hatte. Das heißt wieder: Ochsentour bei den Nachbarn. Nur, ganz realistisch: An Details wird sich kaum jemand mehr erinnern. Es sind mindestens zwei Monate vergangen."

„Wir brauchen Larisas Schwester."

Franco Moll sprang aus seinem Sessel. Er spürte wieder diesen Adrenalinstoß, der ihn unruhig machte und so etwas wie Jagdfieber aufflackern ließ.

„Bis jetzt haben wir nur Leichenteile. Und sonst nichts."

Oberhollenzer drehte den Verschluss seiner Thermoskanne auf und goss einen Becher voll. Er leerte ihn in einem Zug. Danach beutelte er sich wie eine nasse Katze und schenkte noch einmal nach.

„Furchtbar, aber ich brauche jetzt Kraft."

Melinda Glatt lud zur Wohnungseinweihung. Das hieß in ihrem Fall: Essen ja, aber auswärts. Die Einweihung war eine Doppelkombination, die erst im zweiten Durchgang zurück in die alte Nonntaler Hauptstraße führen sollte.

Melinda sah zwischen Franco und Felix hin und her, während sie in der Tür stand.

„Ich dachte an etwas typisch Männliches. Wie wär's mit dem Müllner Bräu?"

Bevor Felix Fragen stellen und Melinda ihre Meinung ändern konnte, sagte Franco zu und nahm sofort seine Lederjacke vom Haken.

Melinda Glatt hatte ihre Bankiersfassade wieder gegen ein buntes spritziges Outfit eingetauscht. Die roten Haare hingen gekonnt wirr wie widerborstige Drahtspiralen vom Kopf, über schwarzen Strümpfen mit Herzmotiven trug sie ein halblanges rotes Kleid, das eher einen Ausflug in eine Bar nahegelegt hätte als in die Klosterbrauerei in Mülln.

Franco sah an sich hinab. Er trug noch immer ein rotes Leibchen mit Aufdruck.

„Brauche ich ein Hemd? Oder tut's auch das T-Shirt?"

Melinda nickte und schmunzelte.

„Perfekt so. Ich mag vor allem das stilisierte Herz auf dem Hemdchen. Das erwartet man bei einem Kieberer nun wirklich überhaupt nicht. Weder innen noch außen."

„Ihnen fehlt einfach noch die Lebenserfahrung", gab Franco zurück.

Felix nahm vergnügt singend jeweils zwei Stufen auf einmal und bemühte sich dann, die schwere Eingangstür aufzuziehen und höflich aufzuhalten, bevor ihm die beiden Erwachsenen dabei helfen konnten.

„Als Gastgeberin fahre natürlich ich."

Damit drückte Melinda Glatt auf ihren Schlüsselanhänger. Fünfzehn Meter weiter blinkten die Lichter eines Kleinautos in der beginnenden Dämmerung auf.

„Ich vergesse immer, wo ich es abstelle", meinte sie entschuldigend.

Franco wollte die Sitzerhöhung für Felix aus seinem Auto holen. Aber der Junge bestand darauf, für einen Kindersitz schon zu groß zu sein. Moll stellte sich unwillkürlich auf weitere Diskussionen ein. Womöglich würde sein Sohn auch den Beifahrersitz für sich beanspruchen. Das wagte Felix dann aber doch nicht, obwohl er das Gefühl hatte, mit seinem Vater um Melinda kämpfen zu müssen.

Vor dem Parkplatz des Augustinerbräus bogen sie zur rückwärtigen Rampe der Brauerei ein. Moll läutete neben dem versperrten Eingang zum Gassenverkauf. Zwei Minuten später tauchte ein rundlicher Mann mit tiefen schwarzen Schatten unter den Augen auf. Er gehörte zum lebenden Inventar des Gebäudes. Moll sah ihn bei jedem Besuch im Bräustüberl. Und war jedes Mal wieder überrascht, dass der vom Brauereileben sichtlich gezeichnete Mann noch immer lebte.

Moll bestellte eine Kiste Märzenbier, die ihm der Brauereiarbeiter aus einem Nebenraum brachte und schweigend auf der Rampe abstellte, um dann zur Kasse zu schlurfen. Ebenso wortlos legte Franco das Geld auf den Tresen. Als der Mann die Tür hinter Moll wieder absperren wollte, sprang Melinda aus dem Auto und orderte ebenfalls eine Kiste mit den gelben Etiketten. Der Brauereiarbeiter quittierte die Bestellung mit einem Grunzen. Es drückte in einer nicht diskussionsfähigen Silbe seine Missbilligung und Verwunderung darüber aus, dass die rothaarige Erscheinung nicht gleich mitbestellt und ihm damit einen Weg erspart hatte.

Melinda ignorierte den Mann und lächelte Franco an.

„Jetzt weiß ich ja, was Sie trinken. Als Nachbarin mit den besten Absichten muss ich für euch zwei gerüstet sein."

Laut stellte der Brauereiarbeiter die zweite Kiste vor den beiden ab. Franco öffnete den Kofferraum.

„Um einen Eifersuchtsanfall von Felix zu vermeiden: Haben Sie auch Fischstäbchen daheim?"

Glatt lachte.

„Was heißt ... Sie werden es ja bei der Wohnungsführung sehen. Eine ganze Tiefkühllade voll. Damit überstehen wir jeden Versorgungsengpass. So eine Blöße will ich mir wirklich nicht geben."

Die Kastanienbäume im großen Gastgarten des Augustinerbräus hatten bereits einen Teil ihrer Blätter fallen lassen. Obwohl die Ausschank im Garten nicht mehr in Betrieb war, zechten noch immer ein paar Verwegene im Freien. Wo im Sommer oft 500 Leute und mehr die Biergartensaison feierten, saßen jetzt nur mehr dreißig oder vierzig Besucher. Häufige Schlücke aus Maßkrügen hatten ihre Kälterezeptoren betäubt oder sonst wie unempfindlich gegen die deutlich unter zwanzig Grad liegenden Temperaturen gemacht.

Als wäre er schon zigmal hier gewesen, stieg Felix die steile Treppe zu den Sälen im Kloster hinauf.

Moll schnappte sich zwei Tonkrüge. Seine Schultern fühlten sich leicht an. Er spürte keine Last darauf. Langsam spülte er die Krüge am Brunnen vor der Schank aus und stellte sie dann am Edelstahltresen ab. Melinda legte zwei Gutscheine daneben, die sie vorhin beim Einkauf erhalten hatten, und Franco warf ein paar Münzen auf ein rosa Tuch – eine Art Opfer, um den Gott des Zapfhahns gnädig zu stimmen, auf dass er annähernd die bezahlte Menge in das Gefäß gießen mochte.

Der Brauereiarbeiter, der ihnen eben noch die Kisten ausgehändigt hatte, zapfte mittlerweile Bier aus einem Holzfass. Ohne hinzusehen, schnappte er sich einen Krug und schob ihn unter den beständig rinnenden Bierstrahl, während er das volle Gefäß in einem lässigen Schwung weghob. Das eben gezapfte Bier setzte er wie nebenbei auf der Theke ab und drehte den Henkel mit elegantem Schwung so zum Gast, dass er den Krug bequem wegnehmen konnte. Hier wurde unverkennbar das Hochamt des Bierzapfens gefeiert, vor dem fast alle Gäste andächtig verstummten, um den Priester der Ausschank nicht zu irritieren oder zu verstimmen.

Melinda und ihre zwei Begleiter suchten sich einen Platz an den Holztischen des Gambrinussaales.

Nach einem tiefen Schluck Bier aus dem grauen Tonkrug sprang Melinda wieder auf.

„Weil ich euch gern habe, koche ich nicht für euch. Was darf ich servieren? Schnitzel? Schweinsbraten? Gefüllten Bauch? Stelze? Leberkäse?"

„Ich habe diese Woche so oft bei Bruno gegessen, dass ich meinen Magen nicht an etwas Essbares gewöhnen möchte. Also Leberkäse", räsonierte Moll laut.

„Für mich auch, aber eine große Portion", ergänzte Felix, „mit Salzstangerl, bitte."

Seine Füße baumelten vergnügt unter der Bank, während er am Tisch lümmelte und an einem Strohhalm saugte. Ein älteres Ehepaar am Nebentisch packte eben den Inhalt eines Picknickkorbes aus. Faschierte Laibchen, Salzgurken, Krautsalat aus dem Glas und Püree in einer Plastikbox.

Nach alter Klostertradition durften die Besucher ihr Essen mitbringen, auch noch im dritten Jahrtausend. Allein die Getränke mussten sie den Mönchen abkaufen, obgleich das Benediktinerstift Michaelbeuern nur mehr Hälfteeigentümerin der kleinen Brauerei war.

Melinda stellte auf einem großen Pappteller einen Block Leberkäsewürfel in die Mitte des Tisches und legte ein Papiersackerl mit Gebäck daneben, ging aber noch einmal weg. Felix angelte sich sofort eines der Salzstangerl.

„Wie sagst du immer, Papa? Das ist frenetisch, oder?"

„Nein, genetisch", antwortete Franco und schnappte sich ebenfalls ein Salzgebäck, so wie alle Männer in der Familie Moll sofort zu Salzstangerln griffen, wenn sie eine Chance dazu hatten.

Melinda kam mit einem Berg Senf und Kartoffelsalat zurück. Zufrieden ausatmend setzte sie sich.

„Einen hübschen Buben haben Sie."

Die ältere Dame vom Nebentisch nickte Franco und Melinda freundlich zu und sah dann Felix an.

„Gratuliere."

„Danke, wir haben uns viel Mühe gegeben", lächelte Franco zurück.

Melinda hatte sich eben einen von den überdimensionalen Leberkäsewürfeln in den Mund gesteckt und konnte nichts sagen. Sie lächelte nur mit dicken Backen. Felix zwinkerte der Dame zu, während er Salz vom Gebäck knabberte.

Franco beobachtete den charmanten Umgang seines Sohnes und konnte nicht umhin, stolz auf ihn zu sein, auch wenn er sich dieses kindische Vatergefühl sonst meist versagte. Der Einfluss auf ein Kind war viel geringer, als sich das die meisten Eltern eingestanden, und gleichzeitig viel größer, als es viele wahrhaben wollten. Groß war der Einfluss über jene Dinge, die man ihnen vorlebte. Und das war gleichzeitig der teuflische Teil in der Erziehung, weil hier Großvater und Urgroßvater wie in einem Echo mitredeten und mitagierten, weil hier die Vergangenheit und die eigene Kindheit an die Oberfläche kamen, ein Epizentrum der Familiengeschichte und all ihrer tektonischen Verwerfungen.

Felix schien bereits gut zu wissen, wie er Herzen eroberte, während ihm, Franco, das Gespür dafür abhanden gekommen war. Glaubte er zumindest.

Melinda ließ es sich nicht nehmen, ein zweites Bier für Moll zu holen. Selbst nippte sie noch am ersten und letzten, weil sie versprochen hatte, die beiden zu fahren, und zwar sicher.

Als sie mit dem Krug zurückkam, telefonierte sie. Sie

sprach leise und wandte sich vom Tisch ab. Franco verstand trotzdem jedes Wort.

„Wann ist Abgabetermin? ... Jänner? Das ist okay. Und das Thema? ... Moment, warten Sie, ich schreibe gleich mit."

Sie versuchte vergeblich mit einer Hand ein Notizbuch aus ihrer Tasche zu ziehen. Franco übernahm die Befreiung der schwarzen Kladde.

„‚Der Einfluss der Eigentümerstruktur von Ratingagenturen auf die Bewertung südeuropäischer Anleihegeber' ... 100 Seiten plus Literaturverzeichnis. Wer ist denn der Betreuer? ... Markowitz? Gut, ist mir zumindest bekannt. Der hat gern einen sehr nüchternen, fast spröden Stil, stimmt's? ... Ja, das lässt sich machen. Wie sind Sie eigentlich zu mir gekommen? ... Ich erinnere mich. Der habe ich vor etwa einem Jahr bei der Abschlussarbeit geholfen ... Die Konditionen kennen Sie? ... Also die Hälfte im Voraus, die zweite Hälfte bei Abgabe der Arbeit ... So ist es. Zwölftausend ... Fein, dann sehen wir uns in Kürze und machen alles dingfest. Bis bald."

Damit legte sie auf und lächelte Franco entspannt an, der sie im Gegenzug etwas irritiert ansah.

„Sagen Sie nicht, dass ich jetzt etwas gehört habe, was ich nicht hören sollte."

„Sie haben es ja nicht gehört, nicht wahr?"

So selbstbewusst und lustig wie Melinda ihn anblickte, hätte Franco ihr sowieso keinen Wunsch abschlagen können.

„Sie sind also halbkriminell und schreiben wissenschaftliche Arbeiten für irgendwelche reichen Großbürgersöhne und -töchter. Dass Sie eine kriminelle Ader haben, hätte ich mir schon denken können, als Sie sich als Bankfachfrau vorgestellt haben."

„Passt doch prima zu Ihnen, oder? Mit der Unterwelt können Sie ja gut, nicht wahr?"

Franco nickte mit lachenden Augen. Irritierend war Melindas ‚Dienstleistung' trotzdem.

„Sie haben doch Ihre Diplomarbeit selbst geschrieben, oder? Tut es Ihnen da nicht weh, wenn sich die Begüterten ihre Titel erschleichen?"

Melinda dachte kurz nach, während sie sich ein weiteres Stück Leberkäse in den Mund steckte.

„Ein bisschen. Manchmal habe ich den Eindruck, ich schreibe für die Hälfte der Wirtschaftsstudenten aus den Wiener Bezirken 13, 18 und 19 die Abschlussarbeiten. Meist ist das Argument, dass sie sich nach Absprache mit der Familie den Sommer nicht durch das Studium verbauen lassen wollen und die Arbeit deshalb lieber außer Haus geben. ‚Außer Haus geben' – was glauben Sie, wie oft ich diese Phrase schon gehört habe. Aber ich lasse sie dafür bluten. Zwei bis drei Arbeiten schaffe ich pro Jahr. Das ist ein prosperierendes Business und ein schöner Nebenverdienst. Steuerfrei. Glauben Sie, ich könnte mir sonst ein Pferd leisten? Und die Eigentumswohnung neben Ihnen? Sie haben ja keine Ahnung, wer alles bei mir schon angefragt hat. Sogar einem Finanzminister sollte ich seine Diss. schreiben. Das war mir dann aber doch zu heiß. Wenn das auffliegt, bin ich selbst meinen Titel los."

Ein Ton wie von einem kleinen Dampfer zog ihre Aufmerksamkeit auf sich. Felix pfiff über die Kante seiner Limonadenflasche.

„Halllllloooo ... ich bin auch noch da."

Wie erwartet hatten die Nachfragen bei den Nachbarn von Larisa Deodorjewa nichts ergeben. Ihre Miete hatte sie immer vierteljährlich im Voraus bar mit Erlagschein eingezahlt. Sie war somit erst jetzt, seit Oktober, im Rückstand. Wohl war einigen aufgefallen, dass sie häufig Männerbesuche erhalten hatte, aber das war im Haus völlig im Rahmen. Fast jedes Kind im Block hatte einen anderen Vater. Nur ein Mann war aufgefallen, ein großer blonder Feschak um die vierzig, der Larisa mehrmals in der Woche besuchte. Weshalb einige Nachbarn den Eindruck bekommen hatten, die freundliche, aber zurückhaltende Ausländerin sei jetzt mehr oder weniger häuslich geworden.

Pelegrini war das Warten vor Galina Deodorjewas Wohnung schon leid. Sie wechselte sich in Zwölfstunden-Schichten mit einem Mann vom Diebstahl ab. Erst die Telefondaten der drei Handys, zu denen sie in Deodorjewas Wohnung Rechnungen gefunden hatten, zeichneten den Ermittlern ein neues Bild.

Zwei Nummern waren seit dem 2. August quasi versiegt. Das letzte Mal hatten sich die Mobiltelefone im kleinen deutschen Eck bei einer Funkzelle eingeloggt, danach nie mehr wieder.

Am 1. August führte die Route der Handys von Salzburg weg über Bad Reichenhall in den oberen Pinzgau. Hinter Mittersill riss die Spur ab, am nächsten Tag, knapp vor vier Uhr früh, meldeten sich die Telefone bei derselben Station zurück.

Moll hatte die Wege am Monitor nachgezeichnet, während sein Kollege daneben saß.

„Das ist doch dein Revier, Oberhollenzer, oder?“

„Ich tippe auf ein Funkloch. Da hinten gehen Handys

normalerweise nicht mehr. Es gibt aber jede Menge Almen und Jagdhütten."

„Schau dir mal die Bewegungen vor dem 1. August an. Da gibt's ein Handy, das vorwiegend am Tag in Betrieb war, und eines eher am Abend und in der Nacht. Auf dem einen wurde sie zu neunzig Prozent vom dritten Handy aus angerufen, das wir hier haben. Das Abendhandy hat dagegen eine sehr bunte Anruferschaft. Doppelte Nummern nur in größeren Abständen."

Moll sah Oberhollenzer an. Der nickte.

„Das ist offenbar das ‚berufliche' Mobiltelefon. Die Anmeldestelle für die Freier."

Die Wege der drei Handys führten immer wieder in der Bayerhamerstraße zusammen, in der gemeinsamen Wohnung der Schwestern.

Handy drei war mit August nicht erloschen. Es meldete sich auch jetzt von Zeit zu Zeit und loggte sich seit rund zwei Wochen immer beim selben Funkmasten ein.

„Galinas Mobiltelefon. Und ich weiß auch, wo sie sich versteckt hat."

Moll zoomte in den Stadtplan und deutete mit dem Finger auf einen Punkt.

„Wo würdest du – wahrscheinlich mittellos – mit Kind hingehen?"

Er wartete. Oberhollenzer sah ihn fragend an.

„Ins Frauenhaus."

Franco sprang vom Sessel auf.

„Bevor wir uns den Rest überlegen und um die letzten Anrufe auf Larisas Handy kümmern, fragen wir jetzt mal an der Quelle nach. Bei der Schwester. Jetzt dürfen wir stören. Das Mittagessen ist schon vorbei. Und wir holen zuerst Pelegrini samt der vollen Einkaufstasche vor der Wohnung ab, damit wir was mitzubringen haben."

Die letzten Tage in diesen Gemäuern hatten Galina gezeigt, dass es auch im Westen Vieles gab, was man besser nicht wusste. Da war diese eine junge Frau mit den schwarz gefärbten Haaren, die sich ständig mit der Rasierklinge in den Oberschenkel ritzte und dann noch Parfum oder Schnaps draufschüttete, was immer gerade zur Hand war. Manche lebten samt ihren Kleinkindern nur wie sediert vor sich hin, als hätte irgendeine Faust sie gebremst und in die Zeitlupe geschleudert. Oft war es ja tatsächlich eine Faust gewesen, die sie aus dem Leben geschlagen hatte, zumindest vorübergehend. Bis die Frauen zu ihren winselnden Männern zurückkehrten, um bald darauf wieder grün und blau geschlagen im Frauenhaus aufzutauchen. Aber schließlich war das auch ihre Eintrittskarte ins Frauenhaus gewesen. Die frische Wunde am Kopf hatte die Leiterin schnell überzeugt.

Der blonden jungen Frau mit den hochgesteckten Haaren, die eben durch den Garten ging, hätte man auf den ersten Blick nicht angesehen, an was für ein Biest sie geraten sein musste, um letztendlich hier Zuflucht zu suchen.

Galina schaukelte sanft den Kinderwagen mit dem schlafenden Oleg.

Die junge Frau kam geradewegs auf sie zu. In der Hand trug sie eine schwere Einkaufstasche, so wie sie sie ein paarmal vor ihrer Tür gefunden hatte. Als Galina der mögliche Zusammenhang bewusst wurde, war es zu spät zum Wegrennen.

Hinter der Frau tauchten zwei Männer auf. Männer waren hier normalerweise nicht erwünscht. Der größere von ihnen trug ein enges tailliertes schwarzes Ledersakko, der wuchtige eine recht bodenständig anmutende Jacke.

Die drei blieben bei Galina stehen und stellten sich vor.

Nun war es also wirklich aus. Seit dem Tag in Wien, als sie geistesabwesend über die Straße gelaufen war, hatte sie sich vor diesem Augenblick gefürchtet. Ohne den Beamten zuzuhören, stand sie auf und wollte mit ihnen mitgehen.

„Nicht so schnell, Frau Galina. Setzen Sie sich wieder. Wir reden erst mal miteinander."

Der gutaussehende Polizist mit den dunklen Haaren nahm seine Sonnenbrille ab. Er legte ihr die Hand auf die Schulter und führte sie zur Bank zurück. Wenn man seine Augen sah, merkte man einen versteckten melancholischen Zug an ihm, gleichzeitig hatte er einige kleine Lachfalten. Offenbar pendelte er gewohnheitsmäßig zwischen Hoch und Tief. Es steckte aber auch etwas Gefährliches in seinen Augen, eine Energie, die Menschen normalerweise nicht mehr zur Ruhe kommen ließ, bevor sie nicht ihr Ziel erreicht hatten – wie Tiere, die ihre Beute, wenn sie sie einmal in den Fängen hatten, nicht mehr losließen, selbst wenn sie von den verwundeten Opfern mitgeschleift wurden.

Die blonde junge Frau schien angespannt. Galina war im ersten Augenblick nicht klar, ob man ihr trauen konnte oder ob sie ihre Rollen je nach Bedarf spielte. Der dicke Polizist wiederum: das war blanke Gefahr. Bloß nicht mit ihm allein sein. So gemütlich er auf den ersten Blick aussah. In ihm steckte ein Killer. Ja, er war wohl ein Killer. Der Mann fürs Grobe bei den Behörden hier.

„Frau Galina, hören Sie mir zu. Oder verstehen Sie mich nicht?"

Franco sprach langsam und deutlich mit ihr.

Galina nickte und begann Oleg wieder zu schaukeln.

„Wir wollen wissen, wo Ihre Schwester ist."

Wieder schwieg sie ein paar Sekunden, aber diesmal schien die Frage sie erreicht zu haben.

„Weg. Seit zwei Monaten ist sie weg. Ich weiß nicht, wo."

Franco atmete kurz aus.

„Es tut mir leid, Ihnen das sagen zu müssen, aber sie wird nicht mehr zurückkommen. Da sind wir uns sicher. Deshalb bitten wir Sie, uns zu helfen, ja?"

Sie schüttelte den Kopf. Nein, sie wollte es nicht so genau wissen. Nichts so Endgültiges. Bis jetzt hatte sie noch einen winzigen Rest Hoffnung gehabt, Larisa würde zurückkehren.

Pelegrini stellte die Einkaufstasche auf die Bank.

„Das gehört Ihnen. Es stand vor Ihrer Tür."

„Das ist schon das vierte oder fünfte Mal. Plötzlich steht die Einkaufstasche draußen. Ich weiß nicht von wem. Wahrscheinlich hat Larisa ihrem Freund von uns erzählt. Und er macht sich Sorgen um uns. Er ist nicht arm, soviel ich mitbekommen habe. Larisa hat mir erst zuletzt von ihm erzählt. Sie hat ihre Arbeit von uns ferngehalten. Ich weiß ja nicht einmal, wo sie ihr Geld verdient hat."

Oberhollenzer trat einen Schritt vor. Galina zuckte zusammen.

„Du willst uns weismachen, dass du den Freund deiner Schwester nicht kennst?"

Die Moldawierin sah starr geradeaus.

„Ich lüge nicht."

Moll stieg wieder ins Gespräch ein. Für die junge Frau brauchte man keine Brechstange. Sie wirkte auch so sehr fragil und hatte offenbar keine Energie für Widerstand.

„Ich nehme an, Sie wissen, wie Larisa ihr Geld verdient hat?"

„Nicht nur ihr Geld, sondern unser Geld. Ja, ich weiß. Deshalb kenne ich ja auch ihren Freund nicht. Er war zuerst ihr Kunde, bevor er ihr Freund wurde. Der Übergang war flüssig. So sagt man doch, oder?"

Moll ignorierte die Frage.

„Das heißt auch, dass er von Larisas Tod gewusst haben muss. Sonst hätte er sich nach Larisas Verschwinden bei Ihnen nach ihr erkundigt."

Beim Wort „Tod" zuckte Galina zusammen. Sie hatte sich die Zusammenhänge nicht überlegt. Sie hatte vor allem gehofft, gehofft und wieder gehofft, ihre Schwester würde so plötzlich auftauchen, wie sie verschwunden war.

„Ich weiß nicht. Ich weiß nur, dass er sie mit Schokolade erobert hat. Sie hat, also bei der Arbeit, immer Schokolade gegessen. Sie hat sich den Sex gegen Geld irgendwie damit versüßt. Keine Ahnung, wie das funktioniert hat. Ich verstehe das nicht. Und dieser Mann, Stefan, hat ihr bei seinem zweiten Besuch eine große teure Schachtel Pralinen mitgebracht. So hat das zwischen ihr und ihm begonnen. Es muss im Mai gewesen sein."

„Wie romantisch", höhnte Oberhollenzer und duzte sie weiter, um klarzumachen, wer hier an den Hebeln saß. „Und du fragst dich nicht, warum deine Schwester so einfach verschwindet und ihr zahlender Liebster keinen Finger rührt oder sich um sie sorgt?"

„Er hat sich ja gesorgt. Um mich und Oleg."

„Dass *er* vielleicht deine Schwester aus Eifersucht auf die Freier filettiert hat und jetzt sein schlechtes Gewissen damit beruhigt, dass er dich und das Kind aus der ökologisch korrekten Einkaufstasche verköstigt – das ist okay, oder?"

Galina wollte nicht nachfragen, was mit ihrer Schwester geschehen war. Endgültige Dinge waren erst dann endgültig, wenn man sie aussprach. Sie ließ den Kinderwagen mit Oleg los und hielt sich mit beiden Händen die Ohren zu. In diesem Moment begann Oleg zu schreien, erschrocken über die unbekannten Menschen, die er beim Aufwachen um sich stehen sah.

Pelegrini blickte Oberhollenzer vorwurfsvoll an. Der nickte, als gehörte auch das nur zum Spiel der guten und bösen Bullen.

Der weinende Oleg bewahrte Galina davor, selbst in Tränen auszubrechen. Sie nahm das Kind aus dem Wagen und drückte es wie einen Schild an sich. Als Oleg sich beruhigt hatte, deutete der Kleine auf Martina Pelegrini und plapperte dazu. Galina hatte sich mittlerweile gefangen.

„Wie haben Sie mich eigentlich gefunden?"

Moll setzte seine Sonnenbrille auf.

„Wir haben da so unsere Methoden. Holen Sie Ihre Sachen. Es gibt keinen Grund mehr für Sie, hierzubleiben. Als Zeugin brauchen Sie vorerst keine Angst haben, dass Sie ausgewiesen werden."

„Aber ich habe kein Geld."

„Auch dafür wird sich eine Lösung finden. Sie können das Mobiliar in Larisas Wohnung verkaufen, sobald Sie von uns das Okay bekommen. Sie müssen die Wohnung sowieso bald räumen."

Franco griff nach dem Kinderwagen und drehte ihn Richtung Ausgang.

Oberhollenzer und Franco hatten beide jeweils fünfzig Euro auf den Tisch in Galinas Wohnung gelegt, damit die junge Moldawierin wenigstens in den nächsten Tagen nicht an Geldsorgen litt. Die junge Frau verstand die Welt nicht mehr. Eher hatte sie sich eine Ohrfeige vom breiten Polizisten erwartet, der so laut mit ihr gesprochen hatte. Oder dass er sonst was von ihr wollte. Stattdessen halfen ihr die Beamten mit Geld aus.

Während Pelegrini wieder ihren Platz im Auto vor Galinas Haus einnahm, begann für die beiden Chefinspektoren eine weitere Strecke Knochenarbeit. Das Studieren der Telefonlisten der drei Handys. Es war relativ bald klar, welche Nummer zu Larisas unbekanntem Freund gehörte. Sie tauchte zuerst im April auf dem *Arbeitshandy* Larisas auf, im Mai stieg die Zahl der Anrufe schnell an, und im Juni sprang die Nummer dann auf Larisas Privathandy über, mit dem sie sonst offenbar nur mit ihrer Schwester Galina telefonierte.

Moll rief das Mobiltelefon des Unbekannten mit unterdrückter Nummer an. Eine weibliche Stimme forderte ihn auf, eine Nachricht auf der Mailbox der eben gewählten Nummer zu hinterlassen.

„Ich glaube, uns wird nichts anderes übrig bleiben, als auch die Rufdaten der letzten zehn potentiellen Freier von Larisas ‚Diensthandy' und von ihrem angeblichen Freund anzufordern. Zumindest haben wir dann ein Bewegungsprofil von jenen, die zuerst mal als Mörder in Frage kommen. Vielleicht war's ja wirklich einer ihrer letzten Kunden."

Oberhollenzer saß über einer Karte des Oberpinzgaus.

„Also mal angenommen, die Tote und ihr Begleiter sind am Abend des 1. August in ein Seitental des Salzachtals gefahren. Irgendwo vor Krimml. Zum Beispiel bei Wald. Da haben sie den Kontakt mit dem Sender verloren. Am nächsten Tag, als sie zurückgekommen sind, hat sich das Handy wieder eingeloggt. Warum finden wir dann einen Oberschenkel eine Fahrstunde weiter östlich, bei Lofer? Was ist in der Zwischenzeit passiert? Man zerstückelt eine Leiche nicht so ohne Weiteres während einer Autofahrt."

Moll verschränkte die Arme hinter seinem Kopf und lehnte sich zurück.

„Da gäb's Hunderte Erklärungen. Handys funktionieren auch dann noch, wenn ihr Besitzer längst tot ist. Oder aber auf der Rückfahrt nach Salzburg ist es zum Streit gekommen. Irgendwo auf einem Parkplatz."

Oberhollenzer schüttelte vehement den Kopf.

„Hast du immer das Besteck mit, um eine Leiche zu zerteilen?"

„Ich nicht, aber du weiß ja, welche irren Typen herumlaufen."

„Trotzdem", Oberhollenzer schloss die Augen, wie um die letzten Stunden von Larisa zu sehen, „da passt nichts zusammen. Der Irre verteilt die Fragmente von Larisa in Salzburg. Wir wissen nicht, wo er damit begonnen hat. Eher kann ich mir vorstellen, dass Salzburg der Endpunkt war. Der Weiher, wo wir den Kopf gefunden haben. Sehr durchdacht wirkt das nicht. Und außerdem ist das alles Spekulation. Wir haben keinen Anfang der Geschichte. Mord im Hurenmilieu klingt zwar gut, sagt aber nichts."

Moll hob den Hörer vom Telefon auf seinem Schreibtisch, um die Nummern für den nächsten Schwung an Rufdaten durchzugeben.

Die erste Hälfe der Telefondaten kam einen Tag später per Mail. Die Nummer, die nach Molls Meinung zum Handy von Larisas Freund gehörte, war nicht angemeldet. Aber das Bewegungsprofil dieser Wertkartennummer passte immer wieder perfekt zu jenem von Larisa. In der letzten Juliwoche waren die Handys der beiden oftmals über mehrere Stunden am selben Sender in der Robinigstraße in Schallmoos eingeloggt, ein Sender in Sichtweite von Larisas Liebesnest. Und auch am 1. August liefen die elektronischen Spuren vormittags wieder zusammen und führten bis Bramberg im Pinzgau, wo dann die Lücke bis in den frühen Morgen des 2. August aufklaffte.

Moll zeichnete die Routen der beiden Handys auf einem Kartenausdruck nach. Wieder verlief die Strecke mit ein paar kurzen Unterbrechungen bis zum deutschen Eck.

Franco sah von seiner Skizze auf und suchte Oberhollenzers Blick.

„Wie lange braucht man eigentlich von Zell am See nach Unken an der deutschen Grenze?"

„Circa eine dreiviertel Stunde."

„Den Daten nach haben sie eineinviertel Stunden gebraucht. Das heißt, möglicherweise sind sie hier mal zum Wildgatter abgebogen und haben einen Teil der Leiche entsorgt. Was heißen würde, dass Larisa zu diesem Zeitpunkt nicht mehr am Leben war."

„Spekulation", sagte Oberhollenzer. „Wie kriegen wir denn den Mann zur Wertkartennummer?"

„Vielleicht haben wir so viel Glück wie die Kollegen

in Wien, beim Raub der Saliera. Der Einbrecher ist beim Kauf des Wertkartenhandys gefilmt worden."

„Hoffnung ist keine gute Ermittlungsstrategie."

„Hast du mehr?", fragte Franco.

Oberhollenzer starrte über Francos Schulter auf die Bewegungsskizze und gab keine Antwort.

„Interessanterweise loggt sich das Handy von Larisa ab dem deutschen Eck nicht mehr ein. Die Route des Mobiltelefons ihres Freundes führt noch in die Stadt Salzburg bis Aigen. Dann ist auch da Schluss. Kein einziger Eintrag mehr nach dem 2. August. Absolute Funkstille. Möglicherweise gibt's das Handy gar nicht mehr."

Moll legte den Finger auf den letzten Eintrag in der Liste.

„Das ist unser Mann. Er muss von Larisas Ableben gewusst haben. Sonst hätte er sie in den Tagen danach mehrmals zu erreichen versucht."

„Hoffen wir auf Pelegrini. Und auf die Ritterlichkeit des Mannes. Wenn er plötzlich beschlossen hat, die Schwester seiner Ex nicht mehr zu versorgen, müssen wir uns sowieso etwas überlegen."

„Es ist Heinrich", sagte Felix und streckte das Telefon von sich, um es Franco in die Hand zu drücken.

Weinmeister war bester Laune.

„Ich bin zurück im ersten Leben", eröffnete er das Gespräch. „Hast du Zeit auf ein Bier?"

Moll verneinte. Heute war Spielabend mit Felix angesagt. Aus dem Zimmer seines Sohnes hörte er bereits das Surren der Rennbahn.

„Was gibt's, Heinrich? Hast du eine Ehekrise?"

„Überhaupt nicht. Samira ist ein super Partner."

Weinmeister pausierte. Er hoffte hörbar auf eine Nachfrage Francos. Der ließ ihn hängen und wartete, bis Heinrich weitersprach.

„Wir haben uns jetzt sogar persönlich getroffen. Eine einnehmende Erscheinung."

„Und?"

„Ich und Samira verstehen uns blendend. Es gibt da nur eine ganz kleine Sache, die nicht so recht in meine Vorstellung einer Beziehung passt."

„Das wäre?"

Weinmeister atmete tief durch.

„Samira ist ein Mann."

Es folgte ein schallendes Lachen, so laut, dass Franco den Hörer von seinem Ohr nahm und das Mobiltelefon erst wieder an den Kopf drückte, als Weinmeisters Heiterkeitsausbruch in einen zugegebenermaßen komischen Hustenanfall überging.

„Samira ist ein Mann", wiederholte Franco ungläubig. „Du heiratest einen Mann. Und du hast das nicht gewusst?"

„Bis heute nicht." Weinmeister kämpfte noch immer gegen den Hustenreiz und presste die Feststellung mit einem rumpelnden Lachen zwischen den Zähnen hervor.

„Ich hab Samira in *World of Warcraft* geheiratet. Nicht am Standesamt im Schloss Mirabell. Dort wär's sogar einem Liebesdeppen wie mir aufgefallen, dass Samira ein Mann ist. Aber wie erkennt man das im Internet?"

„Und? Wie kommt ihr sonst miteinander aus? Ist das Gleichgeschlechtliche ein Trennungsgrund für dich?"

Weinmeister dachte sichtlich nach.

„Siehst du, an eine Scheidung hab ich noch überhaupt nicht gedacht. Weißt du, ob ich mich in *World of War-*

craft auch scheiden lassen kann? Oder bin ich jetzt an Samira gebunden, bis der Tod meines Breitbandmodems uns scheidet?“

Wieder heulte Heinrich los, als könne er es noch immer nicht fassen, dass virtuelle Geschlechter mit realen nicht übereinstimmen müssen.

Franco setzte sich. Heinrich hatte sich offenbar zur Beichte entschlossen. Felix gab sich geduldig, zumal er Weinmeister gern hatte.

„Oft entstehen aus sexuell scheiternden Beziehungen ja die besten Freundschaften. Vielleicht ist das in deiner Ehe auch so, Heinrich.“

„Ja, es ist wirklich schad, meine heterosexuelle Fixierung. Geht eh immer unglücklich aus. Samira, also Kai-Uwe heißt sie, also er, eigentlich – Kai-Uwe hat ungefähr mein Gewicht und neigt auch zu den Köstlichkeiten des Wurstkessels und zu gebrautem Getreide. Blöderweise ist er schon verheiratet. Ihn hat eher überrascht, dass ich ein Mann war. Nun ja, abseits dieser Enttäuschungen war's ein vergnüglicher Nachmittag. Vor einer Stunde hab ich Samira wieder in den Zug gesetzt und ihm nachgewinkt.“

„Das heißt, du hattest dein Bier heute schon, richtig?“

„Natürlich. Aber wozu hat man denn Freunde, Franco? Damit man sie zum Lachen bringt, oder?“

Franco seufzte.

„Heinrich, auch in diesem Sinne bist du unangefochten mein bester Freund. Du brauchst dich in Sachen Freundschaftspflege gar nicht mehr anzustrengen, um Heiterkeit zu erzeugen. Bei dir reicht's, wenn du ganz normal vor dich hin lebst.“

„Forellenkaviar, Olivenbrot, getrüffelter Käse, eingelegte Gambas, Oktopus mariniert in Basilikum-Pesto."

Oberhollenzer floss fast der Speichel aus dem Mund, als er Stück für Stück aus der Einkaufstasche zog und ehrfürchtig auf den Bürotisch legte, während ein Hauch von Krautdunst durch den Raum wehte.

„Und dazu noch drei Flaschen Zitronengrasbier. Sozusagen ein Radler für die Dame, oder?"

Neugierig und mit bedrohlich schmalen Augen blickte er auf den gepflegten blonden Mann, der mit übereinandergeschlagenen Beinen an der Stirnseite des Tisches saß.

„Sie wollen mir jetzt nicht sagen, dass das ganz normale Nachbarschaftshilfe ist, oder?"

Der Mann schüttelte gelassen den Kopf.

Pelegrinis Sitzfleisch hatte sich endlich gelohnt. Etwas erschöpft von der Eintönigkeit des Wartens vor dem Haus in der Bayerhamerstraße hatte sie den großen Besucher mit der Papiereinkaufstasche anfangs gar nicht beachtet, sich dann aber an das grün-weiße Dekor erinnert. Deshalb war sie hinter ihm ins Haus geschlüpft und hatte erst vorgeblich verwirrt, nach etwas suchend, in ihrer Tasche gekramt, um ihn aus der Distanz beobachten zu können.

Im zweiten Stock hatte Stefan Lorenz sein Mitbringsel leise vor der Tür 214 abgestellt.

Als Pelegrini ihn mit fester Stimme angesprochen hatte, war er ruhig und ohne Widerrede mitgekommen. Dass er, als er an einem schwarzen Audi A6 vorbeiging, dem Fahrer mit der linken Hand ein Zeichen gegeben hatte, hatte sie nicht bemerkt.

Jetzt saß der schlanke Mann im Kommissariat.

„Am besten, Sie erzählen mal, warum Sie sich als unbekannter Wohltäter gerieren, Herr Lorenz."

Lorenz richtete sich auf und verschränkte die Hände auf den Oberschenkeln.

„Viel gibt es nicht zu erzählen. Ich weiß nicht einmal, wem ich die Tasche bringe."

„Soll ich Ihrem Gedächtnis auf die Sprünge helfen?", unterbrach ihn Oberhollenzer zornig und hob drohend seine linke Hand.

Der Mann im grauen Dreiteiler blieb ruhig. „Lassen Sie mich ausreden. Dann erzähle ich Ihnen alles."

Moll registrierte, dass Ihnen Lorenz, anders als die meisten, die sie überraschend zur Vernehmung holten, nicht mit dem Rechtsanwalt gedroht hatte. Wenn er etwas zu verbergen hatte, tat er es verdammt gut. Oder er hatte nichts zu verbergen.

Lorenz sah aus dem Fenster.

„Ich kenne die Frau gar nicht, der ich die Sachen bringe. Ich kannte ihre Schwester. Sehr gut. Zumindest eine Weile."

Moll setzte sich auf die Schreibtischkante und blickte auf Stefan Lorenz hinunter.

„Warum ‚kannte'?"

„Sie ist seit ein paar Wochen verschwunden."

„Und warum suchen Sie dann nicht nach ihr?"

Lorenz sah Moll an.

„Stellen Sie sich vor, Sie verlieben sich in eine Hure – so würden Sie Larisa ja bezeichnen, oder? Sie verlieben sich als sogenannter ehrenwerter Mann mit Villa und Firma in eine Prostituierte, die dann plötzlich weg ist – was würden Sie tun? Eine Suchanzeige aufgeben? Offen nach ihr suchen? Sich mit ihrer Schwester kurzschließen?"

Er schüttelte den Kopf.

„Die erpresst mich dann vielleicht mit meiner unorthodoxen Liebschaft. Nicht, weil sie grundschlecht ist, sondern weil sie kein Geld hat. Nein, das ist ein zu hohes Risiko."

Seine Zunge befeuchtete kurz die Oberlippe.

„Ich weiß nicht, was passiert ist. Und ich befürchte Schlimmes. Aber ich weiß auch, dass Larisa und ihre Schwester sehr eng waren. Und dass Galina von Larisa abhängig war, in finanzieller Hinsicht. Die zwei waren eine Schicksalsgemeinschaft. Deshalb habe ich, als Larisa nicht mehr auftauchte, mit den Einkäufen für sie begonnen."

Moll dachte kurz nach.

„Woher wussten Sie, wo Galina wohnte? Haben Sie Larisa jemals in ihrer Privatwohnung getroffen?"

Lorenz schüttelte wieder den Kopf und öffnete einen Knopf an seinem Gilet.

„Nein, das ging alles ganz langsam. Larisa hat mir lange nicht vertraut. Ich war einfach ein Kunde, um es mal so zu sagen. Erst Ende Juli ließ sie sich mal heimbringen. Nicht vor die Wohnungstür. Nur vor die Haustür. Aber später herauszufinden, wer ihre Schwester ist, war nicht schwierig, nur zeitaufwändig. Sie sehen sich ja ähnlich."

Oberhollenzer baute sich in seiner ganzen beeindruckenden Größe nah vor Lorenz auf.

„Neigen Sie eigentlich zur Eifersucht? Ich meine, ganz einfach ist es ja auch für abgebrühte Burschen nicht, wenn sie ihre Liebste mit ungewaschenen Männern teilen müssen, die nur daran interessiert sind, der Dame ihr kleines oder großes Ding reinzustecken."

Lorenz schwieg.

„Was ist?"

Oberhollenzer bedeutete ihm mit dem Kopf, endlich zu antworten.

„Nein, ist nicht ganz einfach. Aber wir haben an einem Ausstieg gearbeitet. Und der hätte vor allem von meiner Seite her notgedrungen vorsichtig und langsam sein müssen. Ich hab eine Frau, die mich finanziell schwer schädigen könnte, und ich habe sonst noch einiges zu verlieren."

„Versteh ich nicht."

Oberhollenzer machte wie ein ratloser Schüler ein paar Schritte durch das Büro und wischte sich dann mit beiden Händen über das Gesicht, als sei er müde. Unvermittelt sprach er weiter.

„Wenn Larisa hätte aussteigen wollen, hätten Sie ihr ja einfach ein Apartment gezahlt und sie mit einer üppigen Apanage ausgestattet, so wie das in Ihrer Schicht üblich ist, oder? Daheim die Frau zum Repräsentieren, das Haserl fürs Bett wird outgesourced, nicht wahr?"

Stefan Lorenz zögerte kurz, dann nickte er.

„Ja, Sie haben recht. Meist läuft das wirklich so ab. Aber das wollte ich nicht. Mit Larisa wär mir das zu wenig gewesen."

„War es vielleicht so? Die attraktive Dame mit dem roten Wohnraum wollte nicht aussteigen aus ihrem lukrativen Job. Sie kamen in Rage und haben sonst was mit Ihrer Geliebten angestellt?"

Lorenz ignorierte Oberhollenzers Unterstellung.

„Sie hat mir lange nicht geglaubt, dass ich es ernst meine. Aber wir sind übereingekommen, dass sie, sobald ich die Scheidung eingereicht habe, sofort Schluss macht mit ihrer Arbeit."

„Das ging Ihnen zu langsam, nicht wahr?"

„Natürlich. Aber das war meine Schuld. Ich musste auch in meiner Firma einiges klären."

Moll schaltete sich wieder ein.

„Firma?"

„Ich hab vor zehn Jahren bei einem Management-Buy-out ein Walzenwerk in Tenneck gekauft. Zusammen mit einem stillen Teilhaber."

„Die Hure und der Millionär. Ein schönes Märchen", bemerkte Oberhollenzer, während er Lorenz abschätzig ansah. Moll tat, als hätte er die Bemerkung überhört.

„Wie haben Sie denn nach Larisa gesucht?"

„In ihre Wohnung konnte ich nicht. Ich hatte keinen Schlüssel dafür. Ich habe sie angerufen, immer wieder. Aber ich hab sie nie mehr erreicht. Dann hab ich vor ihrer Wohnung gewartet, oft. Sie ist nicht mehr aufgetaucht."

Pelegrini hatte bisher schweigend am Fenster gesessen und Oberhollenzer und Moll zugehört. Jetzt löste sie sich und lehnte sich neckisch an den Schreibtisch, während sie an ihren Haaren herumnestelte und ein paar lose Strähnen befestigte.

„Haben Sie keine Idee, warum Larisa weg ist? Sie müssen doch geredet haben, so wie man das als Paar tut."

Lorenz sah sie mit warmen Augen an.

„Wir haben viel geredet. Aber da hatte ich nie den Eindruck, dass sie zurück wollte in ihr menschenleeres Dorf in Moldawien. Ich kenne mich aber auch in der Szene nicht aus, in der sie sich bewegte. Sie arbeitete auf eigene Rechnung. Vielleicht kam sie jemandem geschäftlich in die Quere. Aber ich weiß es nicht."

„Wenn Ihnen etwas einfällt, dann rufen Sie uns bitte an."

Als hätte sie Gefallen an dem Mittvierziger gefunden, beugte sich Pelegrini über den Schreibtisch und schrieb ihm die Büronummer auf. Lorenz zog einen BlackBerry aus der Innentasche seines Sakkos und tippte die Nummer ein.

Mit sichtlicher Bewunderung beobachtete ihn die blonde Polizistin dabei und blickte ihn freundlich an.

„Sie haben vielleicht auch eine Karte mit ihrer Mobilnummer für uns."

Mit einem feinen Lächeln zog Lorenz eine Visitenkarte aus einem Lederetui.

Pelegrini las sie interessiert.

„Haben Sie auch noch ein Privathandy? Oder erreichen wir Sie immer unter dieser Nummer?"

Lorenz stand auf.

„Ich hab nur ein Handy und eine Nummer. Und leider bin ich immer erreichbar."

Der sympathische Geschäftsmann gab allen die Hand. Schon im Gehen drehte er sich plötzlich wieder um. Seine Gesichtszüge schienen unvermittelt von dunklen Schatten durchsetzt.

„Weiß die Polizei ... wissen Sie, wo Larisa steckt?"

„Zum Teil", sagte Moll und wandte sich von Lorenz ab.

„Das heißt?", fragte Lorenz leise nach.

„Dass wir momentan noch nicht viel sagen können."

Oberhollenzer hob die Hand, als wäre ihm gerade noch etwas eingefallen.

„Sagen Sie, Herr Lorenz, fahren Sie eigentlich öfter in den Pinzgau?"

Lorenz sah den mächtigen Kriminalpolizisten durchdringend an.

„Selten, wir haben unsere Geschäftspartner eher im Ausland. Wir liefern vor allem nach Asien."

„Waren Sie vielleicht Anfang August im Oberpinzgau?"

„Ich glaube nicht, aber ich müsste erst in meinem Terminkalender im Büro nachsehen."

Stefan Lorenz nickte noch einmal allen Ermittlern zu. Leise schloss er die Tür hinter sich.

Pelegrini wartete kurz, dann hielt sie ihren Kollegen die Visitenkarte unter die Nase.

„Diese Nummer ist nicht die Nummer, die wir zigmal unter Larisas Rufdaten gefunden haben. Entweder er hat ein zweites Handy oder er ist nicht unser Mann."

Moll lächelte versunken.

Oberhollenzer stieß ihn an.

„Woher rührt dein Frohsinn, mein Captain? Stimmen dich die losen Knochen so heiter?"

Franco schüttelte den Kopf.

„Nein, er lügt."

Damit griff er nach der Karte und legte sie auf den Schreibtisch. Aus einer Schublade zog er Larisas Rufdaten und glitt dann mit dem Finger über die Zeilen.

„Die Nummer, die uns Lorenz gerade gegeben hat, findet sich nur zwei Mal auf der Liste. Danach nicht mehr. Vor allem nicht nach Larisas Verschwinden."

Moll pausierte kurz.

„Und auch von der Nummer aus, die wir für die ihres Liebhabers halten, wurde Larisas Handy ab Anfang August nicht mehr angerufen. Dieser Mann wusste also, dass es keinen Sinn mehr macht, mit dem Mädel zu telefonieren. Wenn es keinen zweiten Liebhaber gab, ist Lorenz unser Mann."

Pelegrini trommelte mit ihren Fingern unruhig auf den Schreibtisch.

„Er lügt sicher, Franco. Er hatte einen BlackBerry bei sich. Der synchronisiert sich ständig mit den Terminen, die seine Sekretärin in den Kalender eingibt. Er hätte einfach nachschauen können, um zu klären, ob er Anfang August im Pinzgau war."

Franco nickte gedankenverloren.

„Egal. Ich denke nicht, dass uns der Richter die Genehmigung verwehrt, die Rufdaten von Stefan Lorenz auszuheben. Wenn er tatsächlich Tag und Nacht erreichbar ist, dann sehen wir ja, wo er Anfang August war. Und dann brauchen wir ein allfälliges zweites Handy gar nicht mehr."

Ein Kopf taucht unter. Ein Kopf taucht auf. Keine Ahnung, wie viel Zeit dazwischen vergangen ist. Und wer unter welch mysteriösen Umständen genau am Verschwinden schuld war. Ein Kopf lebte noch. Oder wieder.

Franco hatte die Hände an die Leibung des Fensters gestützt. Die Luft war blendend klar. Je weiter die Dinge entfernt lagen, umso räumlicher sprangen sie aus dem Hintergrund heraus. Das Tennengebirge stand mit seinen feinen Schatten da – gleich einem künstlerisch zerknüllten Blatt Papier. Der Untersberg rechts wirkte, als hätte ihn ein Graphiker freigestellt, seine Kanten scharf wie Steinklingen.

Moll riss sich los vom Spiel des Herbstlichts und suchte sein Mobiltelefon. Die Dinge gehörten zu einem respektablen Ende gebracht. Was auf die eine oder andere Art einen Anfang bedeutete. Die letzte Nacht bei Alexandra hatte nicht nach Ende geschmeckt. Offenbar befanden sie sich in einer ständigen Erneuerung, ohne ein Ziel zu haben.

„Beziehungsarbeit“ war das Letzte, was er derzeit brauchen konnte. Dazu gab es nicht genug Beziehung. Sie trieben dahin, mit einer Art resigniertem Vergnügen aneinander, und sahen sich ohne Regelmäßigkeit, aber doch so, dass sie aneinander festhalten konnten. Man vermisste einander, aber auf eine sehr erträgliche Art, nicht auf die bohrende und zerrüttende Weise, wie sie Frischverliebte plagt.

In ein paar Minuten würde er Felix von Uropa Viktor holen. Zuvor wollte er in Ruhe telefonieren. Ohne Hast suchte Franco Moll die Telefonnummer des Elisabethinenspitals. Irgendwie wirkte die Linzer Vorwahl sehr vertraut. Kurz flackerte ein Daheim-Gefühl auf, das Franco sofort als kindische Reminiszenz abwehrte. Bloß nicht in den Sog eingebildeter Heimaten kommen.

Diesmal hob sein Vater selbst ab. Die Stimme klang belegt und so wie Vinzenz Moll seinen Namen sagte, hatte man das Gefühl, er kaue an einem zähen Stück Speck, das er nicht aus seinem Mund brachte. Aber es war kein Bissen, den man einfach ausspucken konnte. Es war die Lähmung einer Gesichtsseite, die seine Sätze entstellte.

„Schön, dich zu hören, Franco.“

„Ich hab dich auch vermisst“, sagte Moll. Er fühlte sich ganz ruhig. Es tat nicht weh, das zuzugeben.

Mühevoll erzählte ihm der Vater in abgehackten Satzbrocken, dass er nicht den Funken eines Gefühls in der linken Hand verspürte. Er hebe sie mit der rechten hoch und trage sie wie ein Holzscheit mit sich herum, um sie überhaupt als Teil seines Körpers wahrzunehmen. Mit Hilfe eines Therapeuten konnte er mittlerweile wenigstens schon sieben oder acht Schritte gehen. Dann müsse er sich sofort wieder setzen. Mit Sturheit könne er die Übung aber schon vier- bis fünfmal wiederholen, bevor ihm endgültig die Kraft ausgehe. Gestern sei Laura bei ihm gewesen. Ihrem Gesicht nach zu schließen, stehe es um ihn nicht so schlimm, wie er befürchtet hatte, als er wieder zu sich gekommen war.

Vinzenz Moll pausierte. Franco hatte oft versucht, die Sätze seines Vaters zu Ende zu führen, wenn er merkte, dass Vinzenz Luft und Konzentration ausgingen und er gern mehr und schneller gesprochen hätte, als das im Augenblick möglich war. Immer wieder kämpfte sein Vater auch um die richtigen Worte. Ein Teil war verschüttet unter der schweren Verletzung seines Gehirns.

In der Atempause seines Vaters erzählte Franco, wie gut Felix sich entwickelte und welch Hilfe ihm Viktor, Vinzenz' Vater, war, obwohl der alte Mann zunehmend vergesslich wurde.

„Jetzt bin ich vielleicht noch früher blöd als mein Vater", scherzte Vinzenz Moll. Er beeilte sich hinzuzufügen, dass die Ärzte sehr erstaunt waren über seine schnelle Genesung, obwohl die Lähmung aller Voraussicht nach nicht zu hundert Prozent weggehen würde.

Plötzlich schien ihm etwas einzufallen. Er kämpfte wieder um Worte und musste viermal ansetzen, bis er über den Vornamen seines Sohnes hinauskam.

„Franco ... sag ... hast du mich eigentlich mal besucht?"

„Ja, das habe ich. Und ich war lange bei dir im Spital."

Vinzenz Moll atmete aus, als hätte er die Luft angehalten. Ruhiger als zuvor sprach er weiter. „Dann ist ja alles gut."

„Ja, das ist es", sagte Franco leise.

Gelbe Mauern, grüne hölzerne Fensterläden und darüber weißer Stuck, der das Dach mit den kleinen Schieferziegeln zu tragen schien: Lorenz' Villa, die sich am Ostrand von Salzburg im Stadtteil Aigen an den Gaisberg drückte, schien von entrückter Herrschaftlichkeit zu sein, wie ein Relikt aus der Kaiserzeit, das sich abseits des belebten Salzburg in einer stillen Rückzugszone vor der Gegenwart versteckte.

Das Trio parkte das Zivilauto auf einem der drei Besucherparkplätze vor dem hohen Eisenzaun des Anwesens. Bevor Oberhollenzer in die Gegensprechanlage bellen konnte, summte der Türöffner und ließ die Polizisten in einen Vorgarten, der so sauber wirkte, als ginge täglich ein Gärtner mit einem Wischtuch durch. Eine freundliche Haushälterin ließ Moll und seine Kollegen in die Villa. Während die Polizisten erwarteten, nun in einen Salon oder eine Bibliothek geführt zu werden, brachte die ältere Dame sie in die Küche, einen üppigen Raum, in dem sich altes Küchengerät und modernste Kochtechnik mischten, der Holzherd neben dem Edelstahldampfgarer, eine Warmhaltezone neben handbemalten Tiegeln mit Salz und Pfeffer.

Lorenz saß in der Mitte der Küche an einem Resopaltisch, der seine beste Zeit vor fünfzig Jahren gehabt hatte. Das Jackett hing schlampig über der Sessellehne. Er schnitt mit einem Kochmesser konzentriert feine Scheiben von einem großen Stück Speck ab. Kurz blickte er auf und deutete mit dem Kopf auf die drei freien Sessel am Tisch.

„Bitte, nehmen Sie Platz. Wenn ich nachdenken muss, kehre ich gerne an die Wurzeln zurück."

„Wurzeln?", fragte Moll nur, obwohl er Lorenz zu verstehen glaubte.

„Das ist der Tisch, an dem ich auch als Kind immer gesessen bin. Gern gesessen bin. Ein wirklich hässliches Ding. Ich liebe es noch immer. Der Tisch gehört zum wenigen, das ich aus der Wohnung meiner Eltern mitgenommen habe."

Martina Pelegrini zog ihr Smartphone aus der Tasche, blickte kopfschüttelnd auf das Display und ging zum Fenster.

„Wo ist hier eigentlich der nächste Mobilfunksender? Der Empfang ist nicht berauschend."

„Sie haben wahrscheinlich eins dieser Erlebnisnetze, die vor allem bei den ganz Jungen beliebt sind. In meinem Netz ist der Empfang gut hier. Aber wo der Sender ist, kann ich Ihnen auch nicht genau sagen."

„Luftlinie ist er rund 500 Meter weg. Ein Sendemast unten an der Aigner Straße, Ecke Blumaustraße", sagte Pelegrini wie beiläufig.

Lorenz blickte verwundert auf, während er Speck ohne Hast auf eine Scheibe Schwarzbrot legte.

„Warum sagen Sie mir das?"

„Weil sich bei diesem Sendemast die Spur zu jenem Handy verliert, von dem aus Larisa in den drei Monaten vor ihrem Verschwinden mehr als hundert Mal angerufen wurde. Am 2. August vormittags loggte sich das Handy hier zum letzten Mal ein. Danach war Funkstille. Welche Schlüsse ziehen Sie daraus, Herr Lorenz?"

Lorenz schüttelte den Kopf.

„Ich bin Manager, kein Kriminalist. Die Schlüsse überlasse ich Ihnen."

Mittlerweile hatte er sein Brot in kleine mundgerechte Stücke geschnitten. Er ließ sie unangetastet und vergaß, das Messer aus seiner rechten Hand zu legen.

„Sie glauben aber nicht an Zufälle, oder, Herr Lorenz?", fragte Moll und stand ebenfalls auf.

In die Augen des schlanken Geschäftsmanns schlich sich ein melancholischer Zug. Noch bevor er antworten konnte, hörten die Polizisten die Eingangstür aufspringen.

„Sonny, wo bist du?", rief ein atemloser Mann mit tiefer Stimme.

„Küche", antwortete Stefan Lorenz laut.

Ein untersetzter Mann stürmte in den Raum.

„Ist es geschäftlich?", fragte er erschrocken, als er die Besucher sah.

„Nein, setz dich", sagte Lorenz ruhig und deutete mit dem Messer auf einen freien Platz neben Oberhollenzer. „Das ist Walter Nidetzky", stellte er den abgehetzten Besucher vor. „Wir verbringen viel Zeit miteinander. Walter kutschiert mich herum, wenn ich zu müde bin, um selber zu fahren."

„Ich muss mir nur schnell die Hände waschen", hob Nidetzky entschuldigend beide Arme und schnaufte noch einmal tief durch. „Ich hab zwar den A6 gewaschen, in der Eile aber mich vergessen."

Oberhollenzer wischte über den Tisch. Für Moll ein deutliches Zeichen, dass sich sein Kollege seiner Toleranzgrenze näherte.

„Wir wollten eigentlich allein mit Ihnen reden, Herr Lorenz. Brauchen Sie Beistand und ziehen deswegen Ihren Chauffeur bei? Oder wie soll ich das verstehen?"

Lorenz antwortete nicht. Im Hintergrund hörte man nur das heftige Atmen Walter Nidetzkys. Er trocknete sich fahrig die Hände an einem Küchenhandtuch ab und durchsuchte dann einen Oberschrank. Nach kurzem Suchen zog er eine Kekspackung heraus. Wie ein Verhungernder stopfte er sich zwei Stück in den Mund und legte die Packung achtlos auf den Tisch.

„Wenn Sie es wünschen, gehe ich sofort wieder", sagte Nidetzky und legte eine Hand auf die Lehne des Sessels, ohne sich zu setzen.

Moll überlegte kurz und starrte währenddessen die Keksverpackung an.

„Nein", sagte der Kriminalpolizist mit einem seltsamen Zug um den Mund, „besser, Sie bleiben."

Nidetzky nickte und setzte sich neben Lorenz.

„Es geht um Larisa, oder? Ich bin eingeweiht. Wir wissen viel voneinander."

„Waldi ist mein Bruder", erklärte Lorenz. „Genau genommen ist er mein Halbbruder. Aber er macht keine halben Sachen. Er war immer mein ganzer Bruder."

Die beiden sahen einander lange an. Eine Umarmung auf Distanz.

Moll hob die Keksverpackung auf und betrachtete wie beiläufig das ihm unbekannte Logo auf dem glänzenden Papier.

„Wer von Ihnen leidet denn an Zöliakie?"

„Ich", sagte Nidetzky und legte beide Hände auf den Tisch.

„Interessant", meinte Oberhollenzer, „wir haben in den letzten Wochen relativ viele getroffen, die glutenfrei essen. Zuletzt einen Kopf, der in den Plastiksack eines Glutenfrei-Händlers fiel. An Zöliakie ist der Mensch, dem dieser Kopf gehörte, sicher nicht gestorben. Vielleicht können Sie uns weiterhelfen, meine Herren?"

Walter Nidetzky, der kleine gemütliche Mann mit den Schweißperlen auf der Stirn, strich mit dem Zeigefinger über ein dunkles Plätzchen, das aus der Verpackung gerutscht war.

Oberhollenzer ballte seine Hand zu einer Faust und klopfte mit verhaltener Aggression auf den Tisch, leise und rhythmisch, als gehörte sie zu einer Melodie, die nur er hörte in diesem Augenblick.

„Sie möchten uns also nicht weiterhelfen, oder? Eigentlich wollten wir Ihnen eine Chance geben. Sie werden doch nicht glauben, dass wir nicht viel mehr wissen, als wir Ihnen sagen."

Lorenz sah ihn ruhig an. Nichts schien ihn erschüttern zu können.

Franco zog einen Zettel aus seiner Tasche.

„Interessant, dass die Handys von Larisa und von Larisas vermutlichem Liebhaber am 1. August genau die gleiche Strecke zurücklegten und sich an denselben Sendemasten einloggten wie Ihr Handy, Herr Lorenz, also jenes, das Sie uns als Ihr Allzeitmobiltelefon genannt haben."

Moll sah kurz zu Lorenz. Der Geschäftsmann mit den Schatten um den Augen hielt sein Speckmesser mit der Spitze nach oben und starrte so ruhig vor sich hin, dass Franco ihn am liebsten geschüttelt hätte.

„Interessant ist auch, dass es nach diesem Tag keine Anrufe an Larisas Nummer mehr gab. Und Larisas wie auch das Handy des Liebhabers sich seither tot stellen. Soll ich Ihnen die Route bis hinter Bramberg aufzeichnen, Herr Lorenz? Oder wollen Sie uns vielleicht Ihre Version zum Abgleichen geben? Beziehungsweise das Wertkartentelefon geben, von dem aus Sie ab Ende Mai mit Larisa telefonierten, um keine Spuren Ihrer Liaison auf dem Firmenhandy zu hinterlassen? Oder sollen wir Ihr

Anwesen nach allen Regeln der Kunst auf den Kopf stellen? Sie übernachten heute sowieso nicht in diesem Haus. Der Haftbefehl für Sie steckt in meinem Sakko."

Moll klopfte auf seine linke Brusttasche.

Nidetzkys Zeigefinger zerbrach den Keks auf dem Tisch.

„Ich denke, Sie sind auf einer völlig falschen Fährte", sagte er leise.

Oberhollenzer sprang auf und hob den Tisch an seiner Seite ein paar Zentimeter in die Höhe, um ihn lautstark wieder fallen zu lassen.

„Langsam reicht's mir."

Er wischte sich über den Mund, als müsste er ein paar Flüche in seine Tiefen zurückdrängen.

„Wer von euch hat die Frau tranchiert? Oder habt ihr gemeinsame Sache gemacht? War ja nur eine Nutte, nicht wahr?"

Er packte Lorenz am Oberarm. Nidetzky stand auf, zog den Kopf wie ein angriffsbereiter Stier ein und spannte seine Muskeln an. Es roch nach Schulhof. Da begann wieder Streit, der auf dem Rücken seines kleinen Bruders ausgetragen würde. Bevor er den stämmigen Polizisten mit einem Ruck in den hintersten Winkel der Küche stoßen konnte, fasste Stefan Lorenz mit der freien Hand nach dem Arm seines verteidigungsbereiten Bruders.

„Lass, Waldi. Es geht nicht mehr. Ich mag nicht mehr. Ich kann längst nicht mehr mit dieser Nacht leben. Setz dich, bitte."

Walter Nidetzky atmete aus und setzte sich zögernd an den Tisch, ließ aber den bulligen Polizisten, der ihm gewichtsmäßig weit überlegen war und unangenehm roch, nicht mehr aus den Augen.

Lorenz sah seinen Bruder so entspannt und freundlich an, dass Walter nicht mehr wusste, in welchem Film oder Spiel er sich gerade befand.

„Schauen Sie", begann Lorenz, „Sie haben recht. Aber es war alles anders, als Sie glauben."

Endlich legte er das Messer aus der Hand, das er bis jetzt umklammert gehalten hatte, ohne es zu merken.

„Wir sind an diesem 1. August zu unserer Jagdhütte gefahren. Jagdhütte ist untertrieben. Es ist ein romantisches, verstecktes Kleinod hinter Bramberg. Ich bin kein Jäger. Das Walzenwerk hat es für Geschäftsbesuche gepachtet. Spezielle Geschäftsbesuche. Es kam auch schon vor, dass ein Kunde, der um zwei Millionen Walzen einkaufte, mit dem Helikopter bis knapp vor die Hütte geflogen werden wollte. Viele Kunden wollen sich vor oder nach einem Geschäftsbesuch entspannen, wenn Sie wissen, was ich meine. Die Hütte ist so abgelegen, dass uns keiner durchs Fenster schauen kann. Zudem liegt sie in einem eingezäunten Gelände. Wir sind am 1. August mit zwei Wagen in den Oberpinzgau gefahren. Ich mit Larisa, Walter hat die zwei Geschäftspartner aus Japan chauffiert und eine Prostituierte aus einem Club hier – eine Schwarzhaarige, die immer bei solchen Events dabei ist und leidlich Englisch spricht, obwohl das bei den Asiaten ohnehin ziemlich egal ist. Wir hatten auch eine Blonde geordert. Aber die tauchte nicht auf. Das war der Beginn des Verhängnisses. Es war ganz klar, dass die Japsen ‚Fullservice' wollten, wie das bei uns heißt. Und was noch viel klarer war: Wir brauchten diesen Auftrag. Ich muss Ihnen nichts vom Krisenjahr erzählen. Mit Vorlaufzeiten für Eisenwalzen von einem viertel bis zu einem halben Jahr waren wir zumindest im ersten Quartal des Vorjahres noch ganz gut ausgelastet. Danach begannen uns die Produktionsstornos auf den Kopf zu fallen. Irgendwann können Sie niemanden mehr in die Frühpension oder die Altersteilzeit schicken. Und irgendwo gibt es auch eine kritische Masse an Know-how und Personal, das man, wenn man nachhaltig wirtschaften will, nicht unterschreiten kann."

Lorenz schrieb unsichtbare Ringe auf den Tisch und sprach viel langsamer als noch vor ein paar Minuten.

„Wir wollten den Auftrag in Ruhe unterschreiben. Und die Japaner sollten sich danach mit den beiden Nutten vergnügen, bis ihnen die Schwänze abfallen."

Der Geschäftsmann war auf seinem Sessel kontinuierlich zusammengesunken. Er glich immer mehr einem Häufchen Elend, das keine Spur mehr von der Größe des Mannes zeigte, den die Polizisten noch vor einer Viertelstunde respektabel, aber müde am Tisch sitzen gesehen hatten.

„Es kam alles anders. Der eine von den beiden war überhaupt nicht an Sex interessiert. Er schien den anderen eher zu belauern und Punkte gegen ihn zu sammeln. Der andere hingegen, Hiroshi, dieser kleine abgezwickte Kerl, hatte nur Augen für Larisa und stieß die Schwarzhaarige mehr oder weniger weg, wenn sie ihm zu nahe kam. Walter hat das Mädchen noch am Abend nach Zell rausgebracht und mit ihrem Lohn in den Zug nach Salzburg gesetzt. Wir haben währenddessen gezecht, Hiroshi hat sich immer wieder ein paar Lines reingezogen und wurde immer aufgedrehter. Ich greife das Zeug nicht an. Ich brauche eher etwas, damit ich schlafen kann. Aber ich habe mitgebechert, wie das halt so üblich ist, von Vogelbeerschnaps bis Champagner. Auch Larisa spielte mit.

Sie hat Hiroshi auf Distanz gehalten und gleichzeitig immer ein bisschen mit ihm gescherzt oder ist mal wie im Suff auf seinen Schoß gefallen. Der Vertrag lag währenddessen auf einem kleinen Tisch im Eck und wartete auf Hiroshis Unterschrift. Und plötzlich sprang dieses kleine Arschloch auf und rief: ‚Vertrag gegen Frau', und deutete auf Larisa. Sie lachte, als hätte er einen Scherz gemacht; Larisa verstand zwar nicht viel Englisch, aber aus seinen Armbewegungen hatte sie die korrekten Schlüsse gezogen. Hiroshi wiederholte seine Forderung. Ich war zuerst wie paralysiert, aber mit dem vollgekoksten Zwerg war nichts zu machen. Als ich mit ihm zu diskutieren versuchte, schaltete er wie ein trotziges Kind auf stur. Larisa lachte immer weiter. Keine Ahnung warum, vielleicht hatte sie auch was vom Koks genommen, als ich nicht hinsah."

Wieder pausierte Lorenz. Er sah niemanden an, aber seine Augen weiteten sich, als sähe er den Abend des 1. August auf einer überdimensionalen Bühne noch einmal ablaufen.

„Larisa lachte einfach sinnlos. Sie wusste, wie wichtig der Auftrag für uns war. Vielleicht hatte ihr auch der Champagner zugesetzt. Sie trank sonst nicht viel. Sie lachte und meinte, dass sie mit dem kleinen Mann schon fertig werden würde. ‚Das ist mein Job', sagte sie. ‚Noch immer, vergiss das nicht.' Ich war dagegen. Aber ich habe nicht genug Widerstand geleistet. Der größte Fehler meines Lebens."

Stefan Lorenz schüttelte den Kopf.

„Die beiden verschwanden in einem Zimmer im Obergeschoss. Waldi hielt mich zurück. Ich hab es kaum ertragen."

„Sie haben Ihre Geliebte an den Japaner verkauft? Wegen ein paar blöden Eisenwalzen?“ Pelegrini konnte nicht mehr an sich halten. Sie stand neben Franco am Fenster. Lorenz konnte nur ihre gesichtslosen Umrisse sehen, einen Schatten, der ihn völlig überraschend ansprach, wie die Racheengel aus der Unterwelt, die ihn seit August immer wieder mit Fragen quälten.

„Ich wollte sie nicht verkaufen. Für nichts und niemanden ... aber wenn ich jetzt mit kühlem Kopf darüber nachdenke, kann man es so sehen. Wahrscheinlich habe ich sie verkauft, für ein paar elende Stahlwalzen, damit ich weiter in diesem goldenen Käfig leben kann, mit einer Frau, die ich nur mehr zum Kotzen finde und der ich nicht näher bin als der Verkäuferin, die mir Samstag früh die Croissants über den Ladentisch schiebt.“

Pelegrini löste sich aus dem Gegenlicht und ging zum Tisch. Sie nahm das Messer neben Lorenz' Hand und legte es in sicherer Entfernung ab.

„Und aus Eifersucht musste Larisa sterben.“

Lorenz stieß einen verächtlichen Lacher aus.

„Aus Eifersucht? Aus Eifersucht hätte *ich* sterben können. Larisa starb, weil ich es nicht gewagt habe, zu ihr zu stehen. Begreifen Sie das?“

Lorenz' Kopf ging unruhig hin und her, während er Pelegrini anblickte. Die junge Polizistin schüttelte den Kopf.

„Nein, das verstehe ich nicht.“

„Eine Viertelstunde, nachdem Larisa mit Hiroshi verschwunden war, kam der Japaner aufgelöst zurück und zog sich sofort wieder eine Linie rein. Er wirkte sehr fahrig, verlangte barsch einen Stift von seinem Assistenten und setzte wortlos seine Unterschrift unter den Vertrag. Ich wollte nicht wissen, was die beiden im Zimmer getrieben hatten, und wartete deprimiert auf Larisa. Sie kam auch nach zehn Minuten nicht."

Walter erwachte aus seiner Erstarrung. Er hatte eine angenehme Stimme, der man allerdings anhörte, dass er körperlich nicht im besten Zustand war.

„Ich ging nachsehen. Zu spät. Viel zu spät. Larisa lag nackt auf dem Bett. Ihr Hals war blau und rot."

Er atmete heftig, als bewegten ihn die Bilder aus der Vergangenheit noch immer.

„Dieses Vieh hatte Larisa einfach erwürgt. Keine Ahnung, was in dieser Viertelstunde passiert ist. Ob er beim Sex so in Rage kam. Oder ob er es geil fand, jemanden beim Ficken umzubringen. Ich tippe auf Letzteres."

„Er war pervers", schaltete sich Stefan Lorenz wieder ein. „Das merkte man, wenn man Hiroshi nur kurze Zeit in Gesellschaft beobachtete. Da war etwas zutiefst Gefährliches und Unruhiges in ihm. Aber ich habe es unterschätzt. Oder ich wollte es nicht sehen. Ich wollte nur das Geschäft mit ihm machen, um das Werk zu retten."

Wie auf ein geheimes Kommando hin standen Lorenz und Nidetzky auf. Der Geschäftsmann ging um den Tisch herum und legte seinen Kopf auf die Schulter des viel kleineren Bruders. Kurz glaubte Moll zu sehen, dass sich Lorenz' Oberkörper ruckartig zusammengezogen hatte, dann war jedes Zeichen eines stummen Schluchzens verschwunden.

Ein paar Tage saßen Stefan Lorenz und sein Halbbruder Walter Nidetzky in Untersuchungshaft. Nach einem geplanten Mord sah das Ganze tatsächlich nicht aus. Nidetzky konnte jeden Ort nennen, an dem er Leichenteile deponiert hatte, insgesamt an sieben Stellen, inklusive

Wildschweingehege. Bloß, wie der Kopf in den Leopoldskroner Weiher kam, das wusste er nicht. Er faselte etwas vom A6, der einen Tag lang verschwunden gewesen war, von Polen, die sich am Auto zu schaffen gemacht hatten.

Eine seltsame Geschichte, aber auch die würde sich aufklären, davon war Moll überzeugt. Die Spurensicherung fand noch an zwei der genannten Stellen Leichenteile. Nidetzky führte sie hin.

Wie schon in der Vergangenheit hatte er seinen feschen erfolgreichen Bruder schützen wollen, mit den Mitteln, die ihm zur Verfügung standen. So wie Stefan Lorenz umgekehrt nie Walter im Stich gelassen hatte.

Larisas Handy hatte Walter kurz nach der österreichischen Grenze entsorgt. Der Geschäftsmann Lorenz hatte wie vermutet für seine Telefonate mit der Geliebten ein Wertkartenhandy benutzt. Und nach dem 2. August nie mehr eingeschaltet.

Die Jagdhütte erzählte noch jede Menge von der Bluttat. Sowohl an den Messern fanden sich unter dem Polilight feine Blutspuren als auch in rauen Mengen an Tisch und Boden, wo Walter Nidetzky die Leiche zerlegt hatte.

Nachdem Nidetzky zwei Tage in U-Haft verbracht hatte, tauchte seine Frau Maria im Büro in der Polizeidirektion auf. Sie setzte sich wortlos zu Moll an den Tisch, legte ihre Hände in den Schoß und gestand, beim Einkaufen den A6 benutzt zu haben. Und wie immer hatte sie eine Plastiktasche aus dem Kofferraum geholt, weil Walter in seiner Sammelwut alles hortete, auch die Einkaufstüten. Nur dass die Tasche diesmal nicht leer war, sondern ihr ein blutiger Frauenkopf entgegensah.

In ihrer Panik hatte sie den Schädel in der Salzach entsorgen wollen. Aber sie war nur ein paar Kilometer weit gekommen. Dann hatte sie der Kopf so geängstigt, dass sie das Auto irgendwo in der Nähe des Hauses abgestellt hatte, um das Leichenteil nicht auch noch auf dem Grundstück zu haben. In der Nacht warf sie den Plastiksack mit ein paar Steinen in den Leopoldskroner Weiher. Leichter war ihr damit nicht ums Herz geworden. Mit dem Kopf verschwand auch der letzte Rest von Seelenfrieden. Sie hatte nicht mehr gewusst, mit wem sie da unter einem Dach schlief, diesem Mann, dem sie bisher blind vertraut und den sie für die Liebe ihres Lebens gehalten hatte. Obgleich jetzt alles sehr schlimm sei, sei es besser als diese Ungewissheit. Immerhin bekomme sie ihren Mann wieder zurück. Und dass zwischen die Brüder kein Blatt passe, das habe sie immer schon gewusst.

Um die Auslieferung Hiroshis würden sich andere kümmern. Für Nidetzky und Lorenz blieben auch so noch einige Delikte übrig, aus denen sie nur mit viel Glück und vor allem einem guten Anwalt ohne Freiheitsstrafe davonkommen würden, von Leichenschändung bis hin zur Vernichtung und Unterschlagung von Beweisen. Obwohl man jede Menge Zweifel an ihrer Version haben konnte, war es sowohl für Moll wie für Oberhollenzer klar, dass die beiden Brüder sie nicht belogen hatten. Auch in separaten Vernehmungen, in denen es immer wieder ins Detail ging, stimmten die Versionen von Lorenz und Nidetzky dermaßen gut überein, dass eine gemeinsam erfundene Geschichte mehr als unwahrscheinlich war.

Moll und Oberhollenzer hatten sich bereit erklärt, Galina Deodorjewa zur Wohnung ihrer toten Schwester zu begleiten. Galina ging ganz still in die muffige rote Höhle, nicht einmal ihre Schuhe machten Lärm, so vorsichtig setzte sie einen Fuß vor den anderen. Auch das Kind auf ihrem Arm gab keinen Laut von sich. Als Moll die Vorhänge wegzog und sich zu der jungen Mutter umdrehte, sah er, dass sie lautlos weinte. In zwei feinen Bächen liefen ihr die Tränen über die Wangen und versickerten irgendwo im Kragen ihrer Bluse.

Moll nickte Oberhollenzer bedeutsam zu. Sie würden bleiben.

„Schauen Sie, was Sie mitnehmen und zu Geld machen können. Für den Rest geben Sie ein Inserat auf oder lassen es einfach hier. Sie müssen in einer Woche zurück nach Moldawien, richtig?“, sprach Moll sie leise an.

Galina nickte.

Sie ging zum roten Schubladenkasten und zog die erste Lade mit einer Hand auf, während sie die andere um Oleg klammerte. Ohne wirklich hinzusehen, hob sie die Arbeitsunterwäsche ihrer Schwester in großen Packen heraus und legte sie sorgfältig in eine blaue Ikea-Tasche.

Ebenso still räumte sie die zweite Lade mit dem Lederequipment aus, als wären es Küchenutensilien. Ihren Zweck schien Galina gar nicht zu realisieren. Moll und Oberhollenzer durchsuchten währenddessen die anderen Räume nach Brauchbarem.

Kurz darauf hörten sie Holz auf den Boden stürzen, dazu kam ein spitzer Schrei aus dem Hauptraum. Galina trug Oleg noch immer auf dem Arm. Beim einhändigen Öffnen hatte sie die unterste Lade zu weit herausgezogen. Sie war ihr auf den Fuß gefallen und stand jetzt auf der schmalen Vorderseite, rundherum lagen verstreut Kondome, zwei Dildos und ein braunes Paketband.

Als Moll und Oberhollenzer ins Zimmer kamen, versuchte Galina etwas von der Unterseite der Lade zu entfernen. Ein Briefumschlag klebte, gesichert mit zwei Streifen Paketband, an der rauen Oberfläche. Mit einer Hand tat sich die junge Frau schwer, ihn abzulösen.

Oberhollenzer zog das Paketband herunter und öffnete den Umschlag für sie.

„Da sind einige tausend Euro drin“, flüsterte Galina. „Hier also hat sie die Reserve versteckt. Ich hätte es mir denken können.“

Sie blickte über das Meer von grünen Scheinen. Zumindest erschien es ihr wie ein Meer von Geld. Dann schüttelte sie den Kopf.

„Larisa hat nie Steuern bezahlt. Das Geld wird sicherlich die Polizei behalten, nicht wahr?“

„Welches Geld?“, fragte Moll, der Oberhollenzer interessiert über die Schulter sah.

„Das Geld im Umschlag hier.“ Galina deutete resigniert auf das Bündel Scheine und warf noch einen letzten Blick auf den Reichtum, der nicht der ihre sein würde.

„Ich seh kein Geld“, sagte Oberhollenzer und drückte Galina den Umschlag in die Hand. „Aber passen Sie gut auf den Brief Ihrer Schwester auf.“

Felix hatte bei Tisch etwas von einem Ordnungsneurotiker. Er richtete seine Fischstäbchen exakt parallel nebeneinander aus, und das Ketchup durfte auf keinen Fall mit den Pommes und dem Fisch in Berührung kommen. Alles hatte seinen Platz. Trotzdem stocherte er etwas abgelenkt auf seinem Teller herum, sodass auch Melinda ihn fragend ansah.

Franco blickte von seiner hoffentlich für lange Zeit letzten Karpfensuppe auf.

„Sag schon, Felix. Was ist denn los?“

„Erinnerst du dich an den Kopf, den die Fischer im Leopoldskroner Weiher gefangen haben, Papa?“

„Natürlich, der hat mich ja jetzt fast zwei Monate beschäftigt.“

Felix nickte, ohne richtig hinzuhören, so sehr war er mit seinen Gedanken beschäftigt.

„Wir haben doch damals von Heinrich einen Karpfen geschenkt bekommen, den wir gegessen haben.“

Franco nickte und bot Felix einen Löffel seiner Suppe an.

Der schüttelte vehement den Kopf und kniff die Lippen fest zusammen.

„Nur probieren, Felix. Mehr will ich überhaupt nicht.“

„Nein, Papa, darum geht es ja gerade. Dieser Karpfen, den wir gegessen haben. Den hatte Heinrich ja auch aus dem Weiher.“

„Ja, und?“

„Was ist, wenn dieser Karpfen beim Kopf abgebissen hat?“

Franco schob sich einen Löffel Suppe in den Mund und wartete, was noch kommen würde.

„Was sollte sein, Felix?“

„Dann haben wir auch von diesem Kopf gegessen, oder? Wir haben Menschenfleisch gegessen. Wenn ich daran denke, wird mir so schlecht, dass ich speien könnte.“

Um seinen Worten Nachdruck zu verleihen, legte Felix die Gabel aus der Hand. Erst jetzt dämmerte Franco, worauf sein Sohn hinauswollte.

„Ich glaube, Karpfen sind keine Fleischfresser. Drum knabbern sie auch keine Knochen ab.“

„Bist du dir ganz sicher, Papa?“

„Eigentlich schon."
„Tausend Prozent?"
„Fast."
„Siehst du. Doch nicht, Papa. Und darum esse ich ab heute nur mehr Fischstäbchen und den blinden Fisch, den wir in der Schule immer bekommen."
„Welchen blinden Fisch?"
„Er schaut aus wie ein Geodreieck und hat keine Augen. Deshalb kann er auch keine anderen Fische und keine Menschen essen."
„Klingt einleuchtend", schaltete sich Melinda jetzt ein. „Felix ist ganz auf meiner Linie. Der geometrisch durchformte Fisch passt einfach am besten in unsere Kultur." Damit spießte sie ein etwas angebranntes Fischstäbchen auf und biss mit gespieltem Genuss ab.
„Ich versteh nicht, was du sagst, Melinda. Aber du bist meine Freundin", bemerkte Felix staatstragend.
„Ich glaube, es ist weitaus gefährlicher, Fischstäbchen zu essen, die Melinda zubereitet hat, als einen Meeresfisch mit Augen."
Melinda seufzte gespielt genervt.
„Seien Sie doch nicht so kleinlich wegen dem bisschen Kohle. Das Fischstäbchen kommt halt vom schwarzen Kontinent. Ich hab Felix eh alle hellen gegeben."
Zum Spaß bot Franco seinem Sohn noch einen Löffel Fischsuppe an.
Wieder schüttelte Felix vehement den Kopf.
„Nein, ich bin kein Menschenfresser."

Der Novembernebel draußen unterschied sich kaum vom Dunst, der den Kellerteil des Lethe an der Petersbrunnstraße einhüllte. Nur dass es draußen weitaus besser roch.

Weinmeister feierte seine Rückkehr ins erste Leben und Ulrichsberger hatte seinen ersten „Freigang", wie der Anwalt den ersten Abend ohne seine sechs Frauen nannte. Abgesehen vom stehenden Zigarettenrauch roch es für Moll sehr vertraut in diesem ausgelagerten Wohnzimmer. Pelegrini hatte sich offenbar vorgenommen, Heinrich den ganzen Abend am Schmäh zu halten, und ihm angeboten, sich mit ihr via Facebook zu befreunden und über sein Smartphone zu chatten, wenn ihm der Kontakt en face zu anstrengend werden würde. Weinmeister konnte nichts kränken. Auch Ulrichsberger nicht. Franco hatte ihm für seine jüngste Tochter, die er schließlich wirklich „Rosa" getauft hatte, einen Strampler in rosa mitgenommen, verpackt in Klarsichtfolie, damit die Farbe schon im Lethe ihre Wirkung entfalten konnte. „Blöder Hund", sagte Ulrichsberger nur und legte das Geschenk mit einem Grinser auf die Theke der Bar, an der alle lehnten.

Moll studierte die Speisekarte und verkniff sich einen Lachanfall. Es war Oberhollenzers Wunsch gewesen, hier das Ende seiner Krautsuppendiät zu feiern.

Franco bemerkte seinen wuchtigen und trotzdem leicht geschrumpften Kollegen erst, als ihm Oberhollenzer seine große linke Pranke auf die Schulter legte.

„Meine Freunde, diese sechs Wochen mit dem Kraut in seinem flüssigen Aggregatzustand waren emotional und körperlich die schwierigsten meines Lebens. Mit dem heutigen Tag kehre ich wieder in das Reich von Rindsroulade und Rehgulasch zurück. Und ich freue mich darauf."

Franco grinste ihn an.

„Oberhollenzer, du hättest dir dafür keinen besseren Ort aussuchen können."

„Warum?“

Franco deutete mit dem Kopf auf die mit Kreide beschriebene Tafel an der Wand.

„Weil sie im Lethe gerade Krautwochen haben.“

„Nein ...“

Oberhollenzers Kinnlade fiel in echter Betroffenheit hinunter. Murmelnd las er ein paar Gerichte von der Tafel ab.

„Ungarische Krautsuppe mit spanischer Knoblauchwurst, Krautgnocchi, eingebranntes Kraut mit Steinbutt, Krautstrudel mit Sauerrahm, Krautrouladen mit Couscous ...“

Er schüttelte den Kopf und klatschte seine großen Hände auf die Theke.

„So geht das nicht. Trinkt alle aus. Ich lade euch zum Schnitzelwirt ein.“

Pendragon Verlag
gegründet 1981
www.pendragon.de

Gedruckt auf holz- und säurefreiem Naturpapier

Originalausgabe
Veröffentlicht im Pendragon Verlag
Günther Butkus, Bielefeld 2011

Lektorat: Meret Lange, Vanessa Vogt
Umschlag: Michael Baltus Mediendesign
Foto: Franz Zeller
Satz: Pendragon Verlag auf Macintosh
Gesetzt aus der Adobe Garamond
ISBN 978-3-86532-256-2
Druck: Aalexx Buchproduktion, Großburgwedel
Printed in Germany

Robert B. Parker

Der stille Schüler
Ein Auftrag für Spenser

Spenser wird angeheuert, die Unschuld des 17-jährigen Jared Clark zu beweisen. Ihm wird zur Last gelegt, gemeinsam mit einem Mitschüler fünf Schüler, den Dekan und eine Spanischlehrerin erschossen und weitere Personen von der Dowling Privatschule verletzt zu haben. Einer Spezialeinheit der Polizei gelingt es, die Geiselnahme zu beenden. Der Fall scheint abgeschlossen. Nach ersten Befragungen ist Spenser zunächst selbst von der Schuld Jared Clarks überzeugt. Neugierig aber macht ihn das allgemeine Desinteresse an den Hintergründen der Tat. Die Polizei, die Schulleitung, auch Jareds Eltern scheinen die Ereignisse möglichst schnell hinter sich lassen zu wollen. Spenser lässt die Frage nach dem Motiv nicht los ...

Deutsche Erstausgabe, 3. Auflage
Paperback, 216 Seiten, Euro 9,90
ISBN 978-3-86532-068-1
Pendragon Verlag

„Mit ‚Der stille Schüler' legt Robert B. Parker den Finger mitten in die Wunde der amerikanischen Gesellschaft: Waffen, des Amerikaners liebstes Kind."

3sat Kulturzeit-Krimitipp

PENDRAGON - Verlag